廢柴么女勞碌命 4

風文創 1266

雁中亭 著

目錄

第七十六章　委以重任

再次回到殿中時，裡面只有坐在龍椅上的聖上，唐韞修不在了。

趙瑾試探性地問道：「皇兄，駙馬呢？」

「朕派人將他送回去了。」

趙瑾一臉問號。這是什麼意思？

「朕有事單獨與妳商量，便先讓駙馬回府了，有意見？」趙臻掃了她一眼，語氣冷淡，眸光滿是帝王威嚴。光是這一瞥，便彷彿能看透人心，壓得人喘不過氣來。

趙瑾愣了一下，隨後垂眸，問得小心翼翼。「臣妹不敢，就是不知皇兄有何吩咐？」

「妳去坤寧宮待了一會兒，妳皇嫂都和妳說了吧？」趙臻緩緩道。

身為聖上一母同胞的親妹，只要趙瑾沒有造反的意思，那麼在眾多皇親國戚中，她必定是最親近聖上的那位，她的利益與趙氏正統綁在一起，因此帝后信任她，也算正常。

「詡兒的身體情況想必妳也清楚。」說到這裡，趙臻停頓了一下，片刻後才又道：「朕信不過其他人，希望妳親自輔助詡兒。」

這話怎麼聽怎麼不對勁，趙瑾漸漸地反應過來了。「皇兄？」

「詡兒年幼，還不到該接觸朝堂之事的年紀，今後需要妳多多費心。」

趙瑾愣了半晌才明白便宜大哥的意思，搞了半天竟然是託孤，難怪她回京路上這麼熱鬧，還真是礙了別人的路。

可惜她沒出息，在意識到聖上接下來的打算後，便直接跪地磕頭道：「稟皇兄，臣妹實在難擔此大任，還請皇兄另覓能人。」

說完，趙瑾猛然站起身來，火速往大門走，步伐快得像是後面有鬼在追。

就在她的手要碰到門時，身後傳來一句。「將她攔下！」

趙瑾看到面前突然出現一個一身黑的陌生人，攔住了她的去路——聖上身邊的暗衛，只聽從他一人的命令。

進這麼一趟宮，來的時候好好的，現在卻回不去了。

趙瑾轉身看向坐在龍椅上的便宜大哥，決定和他講道理。

「皇兄，此事不妥。」趙瑾的語氣頗為真誠。「您尚在位，皇子之事哪輪得到他人操心，就算您要找日後能輔助詡兒的人，朝中王爺與官員，哪個不比臣妹合適？」

趙瑾根本想不到，自己身為一個公主，竟然會被迫摻和朝政，便宜大哥這個決策，不說丞相一派，光是朝中臣子的唾沫星子，都能將她給淹死。

「朕讓妳輔助皇子，沒說只讓妳輔助，跑什麼？」

趙瑾書是讀得少了點，但畢竟不是傻子，剛才便宜大哥說的話，哪句不是讓她出來當冤大頭的意思？

「皇兄，這差事為何不讓其他皇兄辦？」趙瑾問。

這個問題是真心的。太師去世，便空了個位置出來，只要接手的人選得好，將來未必不能妥善輔助皇子。

便宜大哥要是覺得煬王不夠老實，那麼讓宸王當攝政王，未必不是一個法子。

宸王是沒出息了點，但好歹是王爺，只要無二心，怎麼說都比她這個公主出面好上許多。

「瑾兒，」趙臻不打算解釋太多，他的語氣沈了些。「朕並非與妳商量，妳是要抗旨不遵嗎？」

趙瑾沈默了。這麼大一頂帽子扣下來，她哪裡接得住？

想了想，趙瑾回道：「不知皇兄想要臣妹做什麼？」

「明日起，每日下朝後就來朕的御書房。」趙臻如是道，又像是突然想起什麼一般，吩咐道：「妳的女兒與唐韞錦的兒子也送來上書房唸書吧，和詡兒一起。」

連孩子的問題都替她設想好，可說是十分貼心了。

君命不可違，哪怕是趙瑾的親生大哥，他也先是君王，才是她的兄長。

「皇兄，臣妹無自貶之意，可是公主攝政必定招致朝臣反彈，屆時如何是好？」趙瑾不想接這差事，她只能再為聖上分析利弊。

這個朝代男女本就不平等，哪怕她是公主，比大多數人的命都要貴重一些，但身為女子，若是影響了男人的權勢，勢必遭到壓迫，甚至是彈劾。

周玥就是個很好的例子。儘管成為武朝第一位女侯爺，可朝廷上的男人排擠她，京城中的貴婦生怕她影響丈夫的晉升之途，亦在背後嘲諷她。

皇權對她而言是靠山，她是周駙馬唯一的骨肉，是永陽公主之女，這個身分讓她有一個不錯的開始，然而對她的能力來說，未嘗不是一種束縛。

趙瑾知道若是消息一經公布，不管她這個公主有沒有禍亂朝綱的意思，爭端依舊不會少。

「朕在時，自然護妳。」趙臻一頓，隨後又悠悠道：「朕若不在了，妳的駙馬會護著妳。」

趙瑾不禁一愣。這句話裡摻雜了不少意思，她大概能明白為什麼便宜大哥會選中自己——唐韞錦手上的兵權足以護住她這個弟妹。

只是……前半句是什麼意思？

趙瑾看著自己的兄長。身為聖上，趙臻算是好好地守住祖先打拚下來的基業了，只是這身體不僅拖垮了他，也影響皇權繼承的布局。

尋常天子在趙臻這個年紀，已經有不少兒子能在面前表現一番，只有他，兒子年幼，既是獨苗，還被太醫斷言活不過二十歲。

就算趙翊十幾歲便納妃生子，等他二十歲時，他的孩子仍舊年齡極小，遇到的困境比當今聖上更甚，何況趙詡還不一定能活到二十歲。

為了朝堂的穩定，趙詡有心疾這件事，至今還是個秘密。

趙瑾心想，她這個便宜大哥究竟打算往她身上扔幾個爛攤子啊？

知道越多的人就越難抽身，正因如此，她才不想被牽扯進去。

沒等趙瑾再開口，趙臻便道：「最近邊疆各處都不太平，根據消息，近日恐有大戰，朕已經調兵北上，若到時朝堂亂起來，便沒人顧得上妳是不是女子了。」

趙瑾無語。便宜大哥忽悠人這一點，倒是熟練。

說到底，趙瑾對人心終究是不夠熟悉，不知道越是不想要的，說不定就越是有人要給。

再度出宮，是李公公送趙瑾出宮門的，他臉上喜氣洋溢。「殿下得聖上看重，將來前途不可限量，奴才在此恭賀殿下了。」

趙瑾不曉得能說什麼。

李公公這話不知是真心祝福還是在詛咒她。和權勢攪和在一起，能有什麼好事？

趙瑾一路被護送到公主府門外，下了馬車後，唐韞修帶著女兒出來迎接，兩人的目光對上的那一刻，趙瑾張了張嘴，卻什麼話也沒說出口。

小郡主不明所以，跑過來抱住趙瑾的大腿。「娘親！」

可憐的小傢伙還不知道，明日一大早，她就要成為眾多早起大軍中的一員。

趙瑾牽著閨女的小手進門，接下來是用膳的時間。

陳管家早就吩咐人做好了晚膳，這是三年多以來趙瑾等人第一次在京城的公主府用膳，但心境卻截然不同。

夫妻兩人今日入宮一趟，回來後都沈默了不少，趙瑾簡明扼要地向家裡兩個小朋友說出明日起需要進入幼崽噩夢學堂——上書房唸書的事。

唐煜與趙圓圓在臨岳城時已經體驗過學堂生活了，只是那邊是趙瑾出資設立的，就連晨練時間都比上書房遲半個時辰，如今兩個孩子一大早便要起床，趙瑾雖是有些於心不忍，卻認為孩子吃點苦是好事。

趙某人絲毫沒想起自己過去曾為了多睡半個小時，頂著眾人異樣的目光走進上書房的事。

尋常孩子遲到後在眾目睽睽下走入學堂，都會有濃濃的羞恥感，不過那些老師根本不可能知道趙瑾這個年幼孩子的身體裡是成熟大人的靈魂。

她可比那些調皮的小公子不要臉多了。羞恥心？她沒有。

太傅起初顧及她是個小姑娘，不打手板，結果她天天遲到，上課雖然不吵鬧，安安靜靜的，但一看就是在走神。

這是班上最平凡無奇、同時也是最容易讓老師忽略的孩子了，奈何趙瑾是一群孩子當中身分跟輩分最高的那個，又是女孩，太傅怎麼可能忽略她？

在趙瑾連續遲到一個月後，太傅叫住了她，當著眾人的面打了尊貴的華爍公主五個手板。

華爍公主沒哭，不僅太傅驚訝，就連那些等著看她哭鼻子的男孩也有些失望。

趙瑾當時不僅不覺得手板疼，甚至還想讓太傅別放水放得那麼明顯，不過既然被打的人是她，她就不多嘴了。

後來大概是太傅跟家長告狀了，聖上親自來巡視，趙瑾當下裝模作樣地乖乖聽課，結果聖上一走，立刻原形畢露。

太傅無語。小姑娘竟還有兩副面孔。

不過那些都是往事了，趙瑾如今當了娘，應當好好教育孩子專心聽講。

然而她那天真無邪的女兒卻問道：「娘親，您小時候也在上書房唸書嗎？」

糟糕。趙瑾忽然意識到一個相當嚴重的問題，有空得跟太傅他們嘮嘮，平日講學的時候，少跟孩子舉她這個負面案例。

待燈火熄了，夫妻兩人躺在床上時，趙瑾才問起白天的事情，她側身將手搭在唐韞修腹部上，輕聲問：「皇兄單獨留你時說了什麼？」

唐韞修握住那隻手輕輕捏了捏，語氣溫和，還有股淡淡的懶散。「殿下想從我這裡打聽機密，是不是得付出些什麼？」

趙瑾不知道他是何時喜歡上玩這些小把戲的，這幾天一直在趕路，今日回來還沒歇下便進了宮，人又不是鐵打的，她的眼睛已經半瞇著了。

唐韞修累不累她不知道，她今夜是沒力氣荒唐了，但該問的事還是得問清楚。她靠上去隨意親了唐韞修一口，小聲道：「先欠著如何？」

說到這裡，唐韞修睜開眸子，抬起另一隻手為趙瑾撩了一下額前的碎髮，臉色如常，語氣就不那麼正經了。「下次在銅鏡前？」

他的訴求倒是很直接。

趙瑾的年紀比他大，自然不能認輸，她說道：「駙馬若是喜歡看清楚點的，本宮讓人去做面新鏡子如何？」

要比變態的程度，誰怕誰？

儘管趙瑾口中「更清晰」的鏡子還沒出現，可這短短的一句話，便打亂了唐韞修的氣息。

她平常不會在唐韞修面前自稱本宮，除非是夜深廝磨——他喊的「殿下」越是低微虔誠、身下越發用力時，她才會自稱本宮。

今夜唐韞修忽然不是很累了。

只是趙瑾沒配合他的眼神，她追問道：「皇兄究竟與你說了什麼？」

唐韞修輕嘆了一口氣，嗓音啞了些。「聖上讓我發誓，日後不管發生何事都要護殿下周全。」

「只有這個？」趙瑾半信半疑。

唐韞修輕聲笑道：「殿下若是不信，不如入宮問聖上去？」

趙瑾盯著唐韞修看了半晌，不知是這男人過於鎮靜，還是真的沒其他任務，趙瑾完全沒從他臉上看出半分心虛。

「殿下還想知道什麼？」唐韞修將趙瑾撩撥得清醒了些，他嗅著她脖頸處的味道，由衷地說了句。「殿下好香啊。」

說話時噴灑出來的溫熱氣息讓趙瑾覺得癢，反射性地往後仰了些。

「別鬧。」趙瑾說。

「殿下今日是宮中的人護送回來的，想必我離開後聖上又召見了殿下，應當是有事和殿下商量。」

趙瑾說道：「想知道？」

唐韞修卻笑著說：「殿下不說自然有殿下的道理，我不問便是了。」

這麼懂事？

趙瑾原本想用來逗唐韞修的話就這樣卡在喉嚨裡，一時之間微微愣住。

唐韞修將她摟進懷裡。「殿下，早點睡吧，明日還有得忙呢。」

這句話有沒有暗示什麼，趙瑾不知道，只是當她第二日在皇宮裡與剛剛下朝的唐韞修撞了個正著時，他那雙丹鳳眼裡並未流露太多驚訝之色。

前往御書房的路上，趙瑾碰見了幾位臣子。

丞相蘇永銘向趙瑾行禮後說道：「華爍公主此時找聖上可是有事？」

趙瑾看了丞相一眼，也瞥了瞥他身後的諸位官員，才微微一笑道：「丞相大人，本宮與皇兄確實有要事相商，怎麼了？」

她的語氣算得上溫和，甚至還相當尊重這位兩朝元老。

相較之下，蘇永銘的態度就沒那麼客氣了，他說：「殿下若是沒有急事找聖上，可遲些時候再來，臣等有朝政之事等候聖上定奪，殿下恐怕不方便在場。」

「本宮為何不方便在場？」趙瑾像是聽不懂人話一般，反問丞相。

蘇永銘畢竟是朝堂上的老油條了，他眉宇間帶著厲色道：「殿下既非朝廷命官，也非皇子，本就該迴避，此番道理，應當不用臣說明。」

這點規矩對趙瑾來說，不過是個笑話。她年幼時被聖上抱著上朝，朝臣求見聖上時，她在場旁聽的次數也不少，這點朝中的大臣都有所耳聞。

趙瑾輕笑道：「丞相大人真是折煞本宮了，只是爾等就算有再急的事，在本宮面前失了尊卑，便是不將聖上放在眼裡。」

提男尊女卑是吧，她就來個君臣之別。扣帽子這種事，誰不會？

果不其然，丞相被趙瑾這麼一懟，臉當場就黑了。

趙瑾不甘示弱地回望他。她身邊跟著紫韻，紫韻已經做好有事立刻擋在趙瑾面前的準備。

自從小皇子出生以來，丞相的地位就水漲船高，連蘇家的人都跟著雞犬升天。在朝堂上，丞相一職本就站在除了聖上以外的最高處，他又是小皇子的外祖父，趙詡若想坐穩儲君之位，免不了仰仗這位外祖父扶持，這也是聖上容忍丞相的原因之一。

當然，趙瑾這個姑姑的作用，多半是為了平衡朝中勢力，又或者是預防某些人野心過度膨脹。

朝中一家獨大不是好事，只是趙瑾始終覺得便宜大哥將她推出來的決定過於理想與草率。

她雖是嫡長公主，但在朝中並無勢力，唐韞修與唐韞錦這對兄弟手上的兵權固然有用，卻遠遠無法壓制住丞相等人。

「何人在御書房外喧譁？」李公公從裡面走了出來，看著站在臺階下的眾人道。待他看清是趙瑾與丞相一行人時，語氣變了。「原來是公主殿下與幾位大人，聖上就在裡面，請進吧。」

聞言，趙瑾不再看丞相等諸位官員，轉身先一步上了臺階。

不得不說，丞相此人確實比幾年前看到時更凶了些，不難看出中宮得子對其娘家來說有多大的好處。

幾位朝臣跟在趙瑾身後進門。

趙瑾率先開口道：「臣妹參見皇兄。」

她身後幾人也道：「臣參見聖上。」

趙臻似乎才剛在御書房坐下不久，連奏摺都還沒翻開，他漫不經心地看了面前幾人一眼，道：「都平身吧。」

等所有人都站直後，他看向趙瑾道：「瑾兒，妳先在那邊坐著。」

趙瑾自然聽話，她已經習慣在這種時候自己找好位置，由李公公為她準備好零食，接下來她聽天書就成。

然而今日，她不能像之前一樣安靜坐著了。

第七十七章　小試身手

就在聖上開口詢問「諸位愛卿有何要事」後，蘇永銘忽然上前一步道：「聖上，臣有事要奏。」

趙臻的視線落在丞相身上，問道：「愛卿有何事？」

蘇永銘忽然雙手作揖，跪在地上看著聖上道：「聖上，臣以為，談及政事時，華爍公主不宜待在此處。」

趙瑾才剛嗑起瓜子，聽到這番話，手不禁一頓。

……那她走？

她面露期待地看著自己的便宜大哥，希望他能聽勸，畢竟和權臣唱反調是一件危險的事。

「哦？」趙臻反問道：「有何不妥？」

蘇永銘道：「自古女子不得干涉朝政，公主殿下雖是皇室之女，仍舊不妥。」

他的話一說完，室內鴉雀無聲，陷入一片沈寂。

丞相這話讓趙瑾的處境相當尷尬，然而她的臉色絲毫沒有變化——她早就想到了這一點。

在便宜大哥做出決定後，趙瑾便明白，她和丞相這一派，注定無法井水不犯河水，何況丞相提出的「女子不得干政」一語，他身邊幾個官員看來都是認同的。

趙瑾按兵不動，只抬起眸子平靜地看著丞相等人。

今日她入宮前化了一個相對有氣勢的妝容，額間畫了朵淡淡的花，加上她的長相本就明豔，看上去有幾分說不出的威嚴與壓迫感。

趙臻發話了。「怎麼，除了丞相，其他幾位愛卿也是這般想的？只要是女子，哪怕是公主、皇后、太后，都不能染指朝堂之事，對嗎？」

聖上向來清楚如何向人施壓，這句話當中出現的人不僅僅是女子，還是聖上的母親、妻子，甚至是女兒與姊妹，皆是皇室，是比他們身分還高的人。

除了丞相以外，其餘官員可沒有一個能成為儲君的外孫，若是敢針對聖上這番話點頭，聖上難免會將他們當作殺雞儆猴的對象。

丞相沒事，他們卻可能倒大楣，於是幾位大臣一時不敢回話。

過了好一會兒，終於有人想到該怎麼說了。「回聖上，太后娘娘、皇后娘娘以及公主殿下，乃武朝最尊貴的女子，此等傷神之事，怎可勞她們操心？此事與男女無關，有臣等為聖上、為百姓盡本分即可。」

好一個巧言如簧。

趙瑾聽完後，無聲地笑了一下，心想她的好皇兄真是給她找了個好差事，這些讀聖賢書長大的朝臣們，在偷換概念這方面簡直讓人佩服得五體投地。

「行了。」趙臻不繼續針對此事與他們糾纏，只道：「既然覺得與男女無關，那公主在此，礙著諸位什麼了？」

聖上這話算是給臺階下了，只是丞相仍舊在意趙瑾這個和議政「格格不入」的公主。

蘇永銘如今在朝中的勢力已非三年前可比擬，他堅持道：「聖上，御書房是處理朝政之地，公主殿下也非幾歲孩童，在此吃喝玩樂，實在是不敬。」

他這是非要將趙瑾趕出去不可了。

趙臻的眸色深了些，隨後對趙瑾道：「瑾兒，丞相所言有理，既如此，妳便站著聽吧，到前面來。」

趙瑾此時就是一個工具人，她放下手中的零食，緩緩站起身來。她絲毫不怯場，緩緩走到丞相等人前面，比他們的位置更靠近聖上，即便轉過身面向眾人，她也泰然自若。

「公主從前確實沒怎麼接觸過朝政之事。」趙臻緩緩道：「只不過，既是武朝最尊貴的女子，朕覺得她在此並無不妥。」

話都說到這分上了，就算是丞相，要是再進諫，便是真的在踩聖上的底線。

於是幾位大人依次向聖上匯報朝政，無非就是最近往邊疆運送的東西太多，國庫逐漸感受到了壓力，戶部過來向聖上訴苦。

「聖上，依臣之見，邊疆如今一切祥和，未見物資緊缺，國庫卻是實打實地不斷縮水，今年各處的稅收亦不如去年，還請聖上暫且停止往邊疆運送物資。」戶部尚書說道。

國庫空虛是個大問題。至於邊疆，尚且看不出是要戰還是不戰，聖上就往那邊送這麼多東西，怎麼看都不合理。

趙瑾在一旁安靜地聽著。戰爭對每個國家來說都是大事，若是戰敗，輕則割地，重則亡國，預先準備並沒錯，就是缺錢。

「朕知曉了。」

聖上難得這麼好說話，不只是戶部尚書意外，其餘臣子同樣有點驚訝。誰都不知道聖上心裡在想什麼，帝王心，說是海底針也不為過。

戶部的訴求當然不只如此，恰逢聖上今日聽得進去，便連其他的也說了。「稟聖上，國庫目前需要填補，臣建議今年提高賦稅，好緩解朝廷的負擔。」

此話一出，趙瑾便瞄了便宜大哥的臉色一眼，如她預想的那般，他的表情冷了下來。

「僅是開銷大了些就要提高賦稅，倘若真到了打仗的時候，是不是要靠不斷增加賦稅維持國庫的支出？」趙臻的語氣原本還算平和，只是下一刻便猛然拍桌道：「你們戶部就只能給出這樣的法子?!」

趙瑾明顯看見便宜大哥不經意間深呼吸了一下。如今他身邊最容易讓人忽視卻又難以忍受的，便是這帶著藥味的熏香。

「聖上息怒。」

戶部幾位官員立刻跪了下去。
「朕如何息怒？你們若是只能給出這麼個法子，倒不如早些致仕，回鄉養老去！」
顯然，聖上嫌他們無用，提高賦稅只會失去民心，乃下策；更何況，戶部關乎民生與國政，若只會從普通老百姓身上挖錢，國之將亡也。
「丞相可有想法？」這時候，聖上將問題扔給丞相。
丞相畢竟是兩朝元老，他曾經輔佐先帝，後來也扶持當今聖上，不說他的勢頭如何，最起碼是有謀略的人。
「稟聖上，臣以為提高賦稅雖不可取，但方才尚書所言不無道理。若是一般百姓，賦稅重了自然難以支撐，然而武朝商人多如牛毛，且大多富庶，臣以為，可單獨提高商戶的稅收。」
這個提議聽起來還像是人話，可是說到底，不過是將倒楣鬼從所有百姓變成商戶罷了。
「瑾兒，妳怎麼看？」在丞相之後，趙瑾被點名。
趙瑾愣了一下，不僅是她，就連丞相以及戶部幾位官員都跟著傻住了。
原來他們說的女子不宜干政，聖上根本就沒放在眼裡，也沒擱在心上，這會兒竟直接當著他們的面問起公主對政事的見解了。
趙瑾不是傻瓜，這會兒好歹是頂著公主的名號站在這裡的，雖然這些年來，便宜大哥在許多事情上與她的觀念相差甚遠，但他對她這個妹妹確實不錯。

聖上之所以對她上心一些，興許只是因為他們那同父同母的血緣關係，可光是如此，她身邊的人對她的態度便大大不同。皇宮的人當她是不能怠慢的主子，其他人就算對她這不學無術的公主不滿，只要聖上在，就沒人動得了她。

更何況，趙瑾身後不僅僅有聖上，還有太后，也就是說，她的母親不需要她去爭寵，這可比聖上的親生女兒都來得強。

趙瑾並不計較帝王心中的兄妹情分有多少，既然她這個公主享了福，這會兒就該幹點得罪人的實事。

「回皇兄，臣妹以為丞相大人說得有理，這錢確實應該從商戶身上出。」

聽她這麼說，丞相與其他人的目光一點也不意外——雖未在御前露出輕蔑之意，但他們心裡都是這麼想的。

聖上曾想過以培養皇子的模式教育趙瑾，身為嫡長公主，理應滿腹經綸，好展現出皇室的風範，可惜趙瑾扮演學渣這個角色太過成功，根本沒人對她抱有期望。

「不過……」趙瑾停頓片刻後再度開口。「錢雖然從商戶那兒出，卻不能直接伸手要，朝廷又不是什麼山賊窩，說搶錢就搶錢。」

「公主殿下，您這話是什麼意思？」戶部尚書不樂意了，就算是傻子，也聽得懂趙瑾話裡的嘲諷之意。

趙瑾沒理會他，反而向聖上道：「皇兄，臣妹提議放寬一些行商的政策，順便給出幾個明年的皇商名額。」

皇商，這可是京城乃至武朝境內眾多商賈都想爭取的身分，成為皇商雖然不意味著跨越階層，卻實實在在地提供了一條向上爬的途徑，比什麼榜下捉婿實在多了，但凡有這樣的機會，那些財大氣粗的商人恨不得天天往國庫送錢。

這其中的利害關係不難明白，然而在場的戶部官員，甚至是丞相都沒有想到，可想而知，他們沒真正在動腦子。

「諸位愛卿還有什麼問題？沒有的話，就按公主說的去辦吧。」趙臻淡淡地道，內心的天平顯然傾斜到了趙瑾這邊。

戶部尚書還想說什麼，不過趙瑾搶先一步開口。「皇兄，若實在不行，就查查諸位大人有沒有什麼不正當收入吧？」

抄一個貪官，不僅能充實國庫，戶部那邊的壓力也能減輕不少。

此話一出，便是真正得罪人。

趙臻瞥了她一眼道：「瑾兒，別鬧。」

哦，這是怪她太過自由發揮了。所以說啊，天子的心思真是難猜。

戶部的人一走，就剩下聖上、丞相、趙瑾以及旁邊的李公公。

蘇永銘跪在地上，哀切地懇求道：「聖上，臣自先帝在位起便盡心輔佐，就要到致仕的年紀了，可實在放心不下聖上。臣雖不只皇后娘娘一個女兒，但這些年來心中始終牽掛著，她好不容易為聖上開枝散葉，如今小皇子殿下已經四歲，臣也惦記這個外孫，懇請聖上讓臣與小皇子殿下見上一面。」

丞相這番話說得真情實意，如果聖上再天真一點，或是趙瑾從前沒見過丞相夫人想多送幾個皇后的妹妹入宮，他們可能會相信這所謂「股肱之臣」的眼淚。

「翊兒身子骨兒弱，不宜見外人。」趙臻道，又意有所指地補充。「愛卿雖不算外人，可你們終究不曾見過，等翊兒調養好身子，再相見也不遲。」

這就是拒絕了。哪怕丞相剛才真的擠出了眼淚，在聖上這裡也不管用。

「愛卿的心情朕理解，待翊兒長大些，自有見面之時。」

就這樣，聖上打發走了丞相。

看著丞相的背影，趙瑾不僅感慨了一句「演技派」，接著便聽見趙臻說道：「方才，表現不錯。」

趙瑾當然知道自己表現得不錯，若不是她是公主，攝政王這個頭銜就會落在她頭上了。

聖上正缺一個值得信任又能得罪任何人的對象，他會賦予那個人權勢，不過趙瑾此時還沒真正意識到自己的角色是什麼，她以為聖上是在未雨綢繆。

「皇兄謬讚。」趙瑾裝模作樣地表示謙虛，同時微微屈膝。

「行了，過來這邊坐下。」趙臻似乎懶得理會她這點小動作，伸手指了指自己身邊的位置。

看著聖上身邊的位置，趙瑾忍不住愣了一下。有一說一，那個位置她還真的坐過，就在她五、六歲的時候。

那時趙瑾被太傅跟太保一起告了狀，他們不敢叨擾太后，於是來找聖上這個冤大頭兄長，左一句、右一句的，講到讓聖上懷疑起了人生——不管是皇子還是公主，他趙家從沒出過像趙瑾這樣不學無術的，於是年幼的小公主最後被迫坐在皇兄的身旁寫字。

實不相瞞，趙瑾進來瞧見了那個位置時，還以為是給她的小姪子準備的，畢竟他已經四歲了，聖上又急著培養儲君，親自盯著他的課業也正常，結果兜兜轉轉，小丑竟是她自己。

趙瑾慢吞吞地坐了過去，就看見平日堆在桌上的奏摺被李公公勻過來一半。「皇兄，您這是什麼意思？」

趙臻涼涼地看著她說：「妳試著批一下。」

趙瑾這下子萎了。她忽然意識到一件事，便宜大哥讓她輔佐小姪子登基的決心，可能比她想像中還要再強烈些。

「皇兄，臣妹不會。」便宜大哥連對自己這個妹妹最基本的認知都沒有嗎？她由衷感到疑惑。

趙瑾誠實到李公公都替她捏了一把冷汗。

「朕讓妳試著批一下，不是讓妳直接對朕說自己不會。」

老闆的意思是，他只要結果，不要跟他說過程中有什麼困難。

趙瑾懂了。便宜大哥是太久沒感受過什麼叫心塞，需要她幫忙回憶一下，於是她乖乖地翻起了奏摺。

一時之間兩人各自翻閱手邊的奏摺，趙瑾時不時拿起毛筆在上面寫兩句話，大概是拿筆的姿勢不夠正確，又招來了聖上的視線。

或許是趙瑾長期以來的形象實在太糟糕，聖上給了自己一些心理暗示，決定降低一下及格標準。

約莫半個時辰後，一位小公公匆匆忙忙地從外面跑了進來，迅速跪下道：「稟聖上，小皇子殿下爬樹去了！」

趙臻猛然站起來道：「什麼?!」

趙瑾挑了挑眉，心想自己終於得以放鬆一下，便放下手中的毛筆，等著看戲。

不料小公公看見她之後，又說道：「小郡主也爬樹了。」

趙瑾無語。這是吃瓜吃到自己頭上了？

當趙瑾和聖上看著在樹上當猴子的三個孩子，下面一群宮人輕聲細語地喊著小皇子殿下、小郡主還有唐世孫快下來時，皆陷入了沈默。

趙臻語氣裡隱隱含著怒火，他看向自己身邊的侍衛道：「還不趕緊將他們給朕弄下來?!」

半晌後，全身髒兮兮的三個小孩站在聖上面前，他們不僅爬樹了，爬樹之前還玩了泥巴。原本虛弱不堪的小皇子臉上帶著未散去的興奮紅暈，就像尋常人家的調皮孩子一般。趙瑾則是看到她家小閨女一臉無辜，絲毫不知道自己做錯事的模樣，她的臉蛋沾上泥巴，成了髒兮兮的小水蜜桃。

旁邊的唐煜倒是知道自己不對，他原本低著腦袋不說話，此時忽然站了出來。「聖上、嬸嬸，是煜兒帶著小皇子殿下跟妹妹去爬樹的，要罰就罰煜兒一人吧！」

他的聲音鏗鏘有力，頗有一人做事一人擔的風範。

趙瑾此時還有心思感慨自己將這孩子教得真好，可她的嘴角尚未來得及翹起，聖上冷冷的目光就落在她臉上。

趙瑾心裡打了個突，開口道：「皇兄……」

「妳也給朕站過去！」

等皇后匆匆忙忙趕過來時，看到的便是一大三小齊齊被罰站的畫面。

趙臻道：「詡兒，你老實跟父皇說，到底是誰提出要去玩泥巴和爬樹的？」

年僅四歲的小皇子面對聖上時，臉上浮現了遲疑與害怕的神色。

聖上身上的氣勢很能唬小孩，不是誰都能像當初的趙瑾，她本就不是小孩的靈魂，自然能在她這個皇兄面前拿捏好分寸。

「父皇，是兒臣沒玩過，想去，唐哥哥跟表姊才帶兒臣去的……」

趙詡說著，再也忍不住了，豆大的眼淚往下掉，可在他父皇面前又不敢放聲大哭，於是拚命忍著哽咽聲，臉都脹紅了，成了個委屈的粉肉小團子。

第七十八章　事有蹊蹺

情緒是有感染力的，小皇子一哭，他那個不中用的表姊也紅了眼眶，淚珠在眼眶裡打轉，委屈地看著聖上說道：「皇舅舅，是圓圓不聽話帶哥哥跟弟弟去玩泥巴還有爬樹的，您凶我好了，別凶弟弟。」

聖上無語。敢情現在是他在欺負小孩？

此時蘇想容走上前來，先向聖上行了禮，隨後道：「聖上，詡兒身子骨兒弱，小郡主與世孫也還小，身上濕著容易生病，不如先讓他們換身衣裳再訓斥也不遲。」

聖上轉頭看向皇后，正想說些什麼，卻意識到皇后說的話不無道理，只得無奈道：「帶他們去換衣裳。」

皇宮不缺衣裳，趙圓圓與唐煜兩個人的衣服不難找，三個孩子很快就換上了乾爽的衣裳，小郡主的腦袋上甚至重新紮了兩個小髻，可愛極了。

三個小孩乖乖地在坤寧宮殿內站成一排，眼淚跟臉蛋也擦乾淨了。

趙瑾還想渾水摸魚找張椅子坐下，結果聖上一個眼神看過來，她立刻站直了身子。

裝乖，對趙瑾來說不難，可她不禁思索起自己到底做錯了什麼。

趙臻盯著眼前三個孩子問道：「都知錯了嗎？」

「知錯了。」三個小孩緩慢且異口同聲說道。

「趙詡，說說你錯在哪裡了？」

小皇子四歲，說起話來已經很有條理。「兒臣不該哄唐哥哥跟表姊帶兒臣去爬樹和玩泥巴。」

「為何不能玩？」趙臻又問。

「身為皇子，兒臣舉止理應穩重，且爬樹危險。」

皇宮裡的孩子沒幾個不早慧，連體弱多病的小皇子也是如此。

「既然知道不應該，為何還犯？」趙臻的語氣嚴厲了些。「若你從樹上掉下來，或是因為玩泥巴弄濕了衣裳而染上風寒，你身邊的哥哥跟姊姊要受罰不說，那些照顧你的宮人可是要掉腦袋的。」

這話真的嚇到了小皇子，他馬上跪了下去，恐慌道：「父皇，您不要怪其他人，罰兒臣一人就好。」

皇后哪能眼睜睜看著兒子被處罰，她上前一步，結果還沒開口，就見小郡主與唐世孫也跟著跪了下去。

「皇舅舅，您別罰弟弟，罰圓圓吧，圓圓比弟弟有肉，扛得住的！」

「聖上，煜兒比妹妹跟小皇子殿下都大，要罰就罰煜兒吧。」

趙瑾覺得自己現在進退兩難，眼看幾個小的都跪下去了，她到底要不要跪啊？

「放肆！」趙臻哪有那麼容易被糊弄。「真以為朕不敢罰你們是吧?!」
蘇想容立刻道：「聖上，不能罰啊！詡兒還小，還望聖上……」
她的語氣裡滿是哀求。趙詡這個孩子的身體狀況他們都心知肚明，這一罰，萬一生了什麼病，嚴重起來會要命的。
趙臻頓時一口氣堵在胸口，出也不是，不出也不是。

唐韞修是被通知去宮裡接人的，他在家遲遲等不到趙瑾跟兩個孩子回來，誰知宮中的小公公來報，說是兩個孩子第一次去上書房就闖禍了。
駙馬一刻都未拖延地入了宮，最後看見一大兩小像罰站似的等他來接，趙圓圓跟唐煜的衣裳也不是早上穿著入宮的那一套。
唐韞修差不多能猜出兩個小祖宗在宮裡闖什麼禍，方才到公主府的小公公言語中曾談及小皇子，估計是他們帶著小皇子去哪裡玩了。
小皇子可不同於他們接觸過的其他玩伴，身分尊貴不說，還像陶瓷似的，碰一下都可能碎。只是，孩子哪裡懂這些？只怕小皇子自己也不明白。
「爹爹！」趙圓圓一看見唐韞修，就像是瞧見了救星一般。
在唐韞修的視野裡，他一出現，三雙眼睛瞬間亮晶晶地看了過來，彷彿他有三個孩子似的，感覺很微妙。

唐韞修彎腰將女兒抱起，隨即看向趙瑾道：「殿下無事吧？」

趙瑾搖頭說：「沒事。」

唐韞修雨露均霑地摸了一下唐煜的腦袋，見唐煜臉上寫著愧疚，他只道：「有什麼話回去再說。」

公主府的馬車就停在宮門口，唐韞修並未覲見聖上，反正喊他來就是要接人的，四個人就這樣離開了。

趙瑾一家四口回到公主府之後，到了傍晚時分，宮裡又來人了，是在聖上身邊伺候的年輕公公，也姓李，是李公公收的乾兒子。

小李公公道：「公主殿下，聖上說讓您明日起先別入宮了。」

見趙瑾一臉的不明所以，小李公公面露難色，壓低聲音靠過去道：「殿下，聖上看了您批的那些奏摺，氣得頭疼，如今病倒了，明日休朝。」

趙瑾的表情寫滿驚訝。不至於吧？便宜大哥現在的承受能力竟差成這樣？

一轉頭，趙瑾就發現唐韞修也看著她，臉上難掩震驚。

意思是說，今日公主府入宮的三個人裡面，大的先折騰聖上，小的又聯合小皇子一起折騰聖上。

公主府這點聖寵，是不是該到頭了？

聖上這一病，就休了三日的朝。這三日裡，京城裡不是沒有風言風語，尤其是聖上雖然休朝，卻依舊每日召見迦和寺的釋空大師。這位大師在京城的地位，藉著聖上榮寵的這陣春風，扶搖直上。

趙瑾跟唐韞修都不用出門，除了唐韞修帶著閨女與姪子出城去軍營晃晃以外，趙瑾倒是在府裡好好待著，哪裡都沒去。

直到太傅跟太保、少傅找上門來時，趙瑾還有些愣神。

「你說太傅他們就在門外？」趙瑾有點難以置信地看著陳管家問道。

在這一瞬間，趙瑾懷疑這幾位是特地來跟她講道理的，便宜大哥讓她一個公主處理政事的事情若是傳了出去，朝堂肯定得炸。

「已經請去前廳了，殿下現在要見他們嗎？」

趙瑾把書合上，懶散地打了個哈欠道：「那便見見吧。」

等她換了身衣裳出現在前廳時，陳管家已吩咐下人為他們三位上茶了。

原本趙瑾還想看看他們是不是準備對她發作了，就看見以太傅為首的三人齊齊站起來朝她行禮，同時說道：「臣見過華爍公主。」

趙瑾擺手道：「諸位大人平身。」

這些人都曾是她的老師，太傅更是扶持聖上登基的股肱之臣，如今六十好幾了，趙瑾哪裡受得起他這個禮？

「不知幾位今日來找本宮所為何事？」

「公主殿下，聖上日日召見那西域來的僧人，您可知曉？」

趙瑾當然知曉。目前京城最出名的寺廟就是迦和寺，平日燒香拜佛的香客絡繹不絕，這座規模頗大的寺廟能在京城繁華處屹立，代表背景很硬。

「知道。」趙瑾靜靜打量著幾位大人的神色。「聽聞那位釋空大師是位高僧，進獻的熏香甚得皇兄喜愛。」

「什麼高僧，那就是個妖僧！」太傅聞世遠忍不住罵道：「他居然讓聖上在這個關節眼上勞民傷財興建寺廟，供奉什麼西域來的神佛！」

瞧見太傅的態度，趙瑾就知道自己多慮了。她可以確定一件事，那就是便宜大哥並未告知他們他要讓她輔佐小皇子。

趙瑾覺得自己那個兄長的想法越來越難捉摸了。按道理來說，太傅該是聖上的心腹，但趙瑾相信太傅也不會贊成讓女子干涉朝政，便宜大哥顯然清楚這一點，不然不會瞞著太傅至今。

若聖上沒反悔，等到他將自己的打算告知朝臣們時，不知太傅會不會用罵釋空大師「妖僧」的這股勁來罵她這個華爍公主「妖女」？

「太傅莫要氣壞了身子。」趙瑾緩緩道：「只是本宮與釋空大師並無交集，皇兄要與何人親近，不是本宮這個妹妹該管的，諸位來找本宮是不是找錯人了？」

這種事其實應該去找太后，只是就算她願意站在朝臣的角度勸說，聖上也不一定會聽，更別提現在太后身體不好，不便驚動她老人家。

可就算沒有太后，還有皇后啊，那是聖上的原配，又生了皇子，難道說起話來沒分量嗎？

「殿下是聖上的胞妹，聖上又一向寵愛殿下，臣等貿然上門，只是想懇求殿下去勸勸聖上，讓他免受妖僧蠱惑。」

趙瑾聽明白了，這是讓她去得罪人。

聖上聽不聽她的勸不知道，起碼趙瑾身後有太后這張免死金牌，無論如何，聖上總不會重罰她這個妹妹。

趙瑾一時之間沈默了，片刻後，她看著眼前這些人道：「三位老師。」

她喊的是「老師」，不是「大人」。

「皇兄做事向來有自己的考量，若是那僧人真的有問題，他自己心裡定有數。三位老師心心念念的皆是朝堂與百姓，本宮能理解，只是本宮相信皇兄，你們也應當相信他才是。」

她這番話將眼前三位大人捧得很高，太傅甚至震驚於趙瑾一個不學無術的公主能說出這種話來，看向她的目光頗為訝異，只差沒老淚縱橫。

趙瑾無語。倒也不至於這般對她刮目相看吧？

不過，太傅他們的話卻提醒了趙瑾一件事。

那位西域來的僧人本身有沒有問題，尚且不知，但皇兄那邊常用的檀香，想必有些蹊蹺。這世間提神醒腦的東西不少，但擁有立竿見影的功效者，其實不多。

趙瑾曾在御書房裡聞了小半天的檀香，確實感受到了效果。她不是調香大師，不可能聞出那檀香中的所有原料，然而裡頭的藥味卻有些突兀，像是在掩蓋什麼。

「殿下可曾見過那釋空？」太保杜仲輝問道。

趙瑾點頭道：「曾在宮中有過一面之緣。」

那短暫的碰面，實在看不出什麼來。

「殿下去迦和寺看看便能明白，裡面的裝潢比皇宮更金碧輝煌，說什麼供奉佛像必須心誠，臣看他就是哄騙聖上！如今聖上休朝三日，肯定也是那妖僧的主意！」

若說趙瑾之前還沒什麼想法，現在倒是真想瞧瞧那迦和寺內部究竟長什麼樣了。

「三位老師有心了，若是明日皇兄再不上朝，本宮便入宮看看。」

趙瑾說著，吩咐陳管家道：「將本宮今日做的飲料倒一些來給幾位大人嚐嚐。」

對上三雙不解的目光，趙瑾輕笑一聲道：「是本宮這幾日鼓搗出來的東西。府裡有兩個孩子，他們喜歡，加上工序並不複雜，本宮便打算過些日子開一家茶店，恰好三位老師都在，替本宮品嚐一下如何？」

陳管家很快便端來一個瓷白的茶壺與幾個茶杯，茶壺裡的液體一倒出來，空氣中便瀰漫著一陣濃郁的奶味與甜香。

太保是第一個喝的，喝了之後他先是下意識蹙眉，隨後又喝了一口。

「是牛乳與茶混合成的吧，像是草原那邊的喝法。」杜仲輝喝了兩口後得出結論。「甜滋滋的，跟茶沒得比，除了小孩，估計沒人喜歡。」

這三位都是喝了幾十年茶的人，對茶的熱愛幾乎刻進了骨子裡，這會兒心中自然分出了高下。

趙瑾沒生氣，反而笑著道：「既如此，本宮讓人多準備些，三位老師帶回家裡給孩子嚐嚐，也算是替本宮探探他們的口味。」

太傅他們不肯收。這趟是為了聖上的事情而來，哪能從公主這邊帶禮物走？

「不是什麼值錢的東西，拿回去哄哄孫子跟孫女也好。」趙瑾說著，像是想起了什麼。「之前本宮在臨岳城和駙馬一起親手種了點茶，回京前剛好採摘了些，三位老師不嫌棄的話，也帶點回去？」

趙瑾這話不是在徵詢他們的意見，等她說出口時，陳管家已經吩咐人去拿了。不管這三位大人要不要，等趙瑾送客出門，東西就全遞給他們身邊的奴僕。

不等他們推辭，趙瑾便道：「本宮年幼時既調皮又不懂事，實在令三位老師操心了。這點心意算是賠罪，若老師們願意品嚐一下本宮種的茶，便是給本宮面子了。」

無論如何，按照趙瑾的身分，她與他們之間是君臣關係。華爍公主話都說成這樣了，再不接就是給臉不要臉。

三位大人神情皆是一凜，互相對視一眼後，便由太傅聞世遠帶頭道謝。「既如此，臣等便恭敬不如從命，在此謝過公主殿下賞賜。」

從公主府出來後，坐上自家馬車的太傅開始反省。原本今日是請公主入宮勸諫聖上的，誰知三個在朝堂上打滾數十年的老人，竟被一個丫頭片子給輕鬆繞了過去，還帶著伴手禮回府。

太傅夫人瞧見丈夫手上提著東西，愣了一下，說道：「不是說今日去公主府嗎？怎麼，還去了別人家做客？」

「哲兒他們何在？」聞世遠不知道該怎麼回答，乾脆避而不談。

「正在自己的院子裡唸書呢，你昨日不是交代了作業嗎？」

「那宜兒她們在府裡嗎？」

「都在呢，怎麼了？」

「將幾個孩子叫過來，我有事。」

沒多久，三個孫子、兩個孫女都出現在太傅的院子裡，他們齊聲行禮道：「見過祖父。」

這當中年紀最大的才八歲，年紀最小的不過三歲，分別是太傅三個兒子的孩子。

見人到齊了，太傅便差人將從公主府拿回來的牛乳茶分成了五份。

路過的太傅次子聞秉賢剛好瞧見。「父親，這還是您第一次出門回來給您的孫子跟孫女們帶好吃的呢，稀奇啊！」

聞世遠瞪著他道：「又沒你的分，少在這裡瞎嚷嚷。」

看見兒子就煩的太傅擺了擺手。

幾個孩子捧著碗垂首喝了一口，眼睛一下就亮了，隨後埋頭苦幹地喝了起來，都快要將臉埋進碗裡了。

聞秉賢好奇得很，彎下腰來說道：「有這麼好喝嗎？什麼東西呢？誠兒，給爹爹嚐一口。」

太傅無語。有的人連兒子碗裡的東西都不放過。

聞秉賢接過兒子有些不情願地遞過來的碗，喝了一口後，雙眸頓時瞪大了。「父親，這玩意兒在哪裡買的？」

見兒子不僅眼饞孩童的東西，還想自己出門買，聞世遠愣了一下後道：「你喜歡喝？」

聞秉賢向來拉得下臉皮，他評論道：「這喝起來有牛乳與茶的味道，但又不僅僅是這樣，這兩者結合得妙啊，好喝！」

此時太傅夫人端著茶來了，她抱怨道：「這茶究竟是誰送給你的，還非要我親手泡才行。」

「父親，這是今年的新茶？快讓兒子品嚐一番！」

等熱茶入喉，聞秉賢深深喟嘆一句。「真是好茶！」

太傅夫人也喝了，稱讚道：「確實不錯。」

「父親，這茶葉有多的嗎？能不能給兒子一點？」

等他說完這句話，就見他那太傅父親幽幽地盯著他看，說道：「這茶葉，是華爍公主賞的。」

聞言，聞秉賢被嗆了一下，訝異道：「華爍公主？父親今日去公主府了？」

不是他大驚小怪，實在是父親每每提起華爍公主時總是一臉「孺子不可教也」的表情，讓他印象深刻。

今日他怎麼會上公主府拜訪，還從那裡拿茶葉回來？

「不僅是茶葉，那牛乳茶也是公主殿下賞賜的。」聞世遠面無表情道。

「父親……您何時與公主殿下有這般好的私交了？」

第七十九章 一探虛實

太傅沈默了。哪裡是私交，這簡直就是那個小丫頭片子懂得人情世故，用來打發人的。

聞秉賢有些遺憾地說：「這牛乳茶外頭沒得買嗎？」

你腦子裡只有吃喝玩樂是吧？」聞世遠簡直氣不打一處來。「就知道貪圖口腹之慾，正事一點也不幹！」

聞秉賢怎麼也沒想到這把火會燒到自己身上來，他迷茫了一會兒，而後終於意識到要遠離暴風中心。「爹，誠兒該唸書了，兒子帶他回去，順便監督這小子。」

太傅這個孫子是小皇子的伴讀，他的親爹不太可靠，奈何這是太傅府上唯一與小皇子年紀相仿的孩子，由聖上任命擔任伴讀，太傅只能親自盯著孫子的功課。

為了保住自己這條小命，聞秉賢也是拚了。

聖上休息三日，第四日時終於上朝了，然而下面的官員還在稟報政務，龍椅上的聖上就猛然吐血暈倒。

那一天，御醫的項上人頭幾乎不保，不管是後宮妃嬪還是前朝幾個有分量的官員，全部都在聖上的寢殿外守著。

聖上猝不及防地來了這一齣，將所有人都嚇得不輕。要知道，聖上不年輕了，他這一倒還能不能醒過來，實在難說。

這麼大的消息，自然很快就傳到趙瑾耳中，她不禁愣住了。回想起前幾日見面時，聖上看起來精神還算不錯，她怎麼都沒想到會有今日這個情況。

趙瑾原本想進宮一趟，不料到了宮門外卻被擋下──皇后下令任何人無詔不得入宮，哪怕是華爍公主也一樣。

同樣被攔在外面的宸王趙恆心裡平衡了不少，笑道：「原來皇妹如今也進不去啊。」

今日宸王偷懶請了病假，沒看見聖上吐血那一幕，自然也沒能成為待在御前伺候的人。

皇后這個命令沒什麼問題，聖上昏迷不醒，難保有人想乘機做些什麼，控制進出皇宮的人很合理。

唯一不合理的地方，大概就發生在趙瑾這個公主身上，她畢竟是聖上恩准可以自由出入宮廷的人。

趙瑾倒沒執著一定要入宮，依她幾日前所見的情況，聖上不應交代在這兩日。話雖如此，她還是在宮門口站了半炷香的時間。

不僅是趙瑾跟宸王，好些皇室成員與大臣都想要進去，卻不得其門而入。

遲遲等不到大門敞開，趙瑾只能轉身離去。

「皇妹。」

身後忽然有人喊住她，是宸王。

趙瑾回頭，對上宸王打量的目光。「八皇兄？」

「皇妹知道自己現在回去代表什麼嗎？」

宸王的意思很明顯，趙瑾身為聖上的胞妹，是眾多公主當中最得聖寵的那個，聖上對她比自己的親生女兒更親近，若是病榻前有趙瑾在，說不定她能乘機撈到油水。

「八皇兄，皇兄只是病了，若他知道這麼多人在背後盼著他有什麼三長兩短，他會怎麼想？」趙瑾盯著宸王慢悠悠地回道，語氣是冷的。

直到看見趙瑾離開，宸王才有些遲疑地轉頭看向宮門。

這個妹妹不太與人私下交流，但不妨礙宸王認定趙瑾是個會審時度勢的人。所有人都畏懼聖上，一方面不知道怎麼做才夠，一方面則是更怕做得不夠，只有聖上這個胞妹能掌控好在他面前的分寸。

趙瑾沒回公主府，反而去了一個目前在朝堂爭議很大的地方——迦和寺。

迦和寺的人氣依舊鼎盛，趙瑾今日打扮得不顯眼，身邊又只跟著康霖、喬陽和紫韻，原以為這樣夠低調了，但身為公主，她的貴氣藏不住。

「這位施主可是第一次來迦和寺？」

趙瑾還沒走幾步，便見到有個小僧人上前來打招呼。

見狀，趙瑾眉一挑，問道：「小師父，如何看得出我是第一次來？」

那小僧人道：「施主貴氣顯赫，既不像其他香客帶供品前來，更是四處張望，像是初次到來。」

趙瑾笑道：「不知可否煩勞小師父帶我參觀一下這迦和寺？」

「自然可以。」

說著，小僧人便領著趙瑾等人進入佛寺內。

首先映入眼簾的，是一尊打造得極高的金身佛像，眉目間給人的感覺與趙瑾見過的有些不同，比起慈悲，更透露著幾分不容褻瀆的威嚴與神聖。

趙瑾沒忍住問了一句。「這佛像可是金子打造？」

「施主說笑了。」小僧人似乎被趙瑾的關注點給逗笑了，說道：「這佛像的主要材料確實是金子，但不全然是。施主似乎不曉得，這是由當今聖上親自下令鑄造，由工部的官員監造完成的。」

趙瑾無語。她知道便宜大哥有一些錢，可是拿金子鑄這麼大的佛像，這是人幹的事？難怪如今國庫空虛，一想起戶部那窮得苦哈哈的樣子，趙瑾不禁默默唸了幾聲「罪過」。

一旁的小僧人道：「迦和寺建成後不久便成了整個京城最受歡迎的寺廟，除了這是聖上親自下令建造的佛寺以外，更源自於釋空大師所修之大道。他精通佛法，常得神佛指點，連聖上也十分器重他，時常召他入宮暢聊。」
那位釋空大師到底有多懂佛法，趙瑾不知道，不過便宜大哥確實頗為依賴他。
趙瑾的目光落在那尊佛像上，忽然問了個牛頭不對馬嘴的問題。「這佛像如此貴重，就不怕有賊人惦記？」
「施主不必擔心，聖上在迦和寺建成後特地派了軍隊把守，就算有賊人惦記，也難以將這佛像搬走。」
趙瑾一想也是。如今這個朝代，誰有能耐將這麼大的東西神不知、鬼不覺地搬走？就算是在現代，也不能。
「小師父，可否煩勞你帶我去後院瞧瞧？」
小僧人的臉上浮現一抹遲疑。「施主，迦和寺有規定，只有經過釋空大師同意，才可參觀後院。」
趙瑾還是頭一次聽說寺廟的後院不能進去。「為何？」
「釋空大師在後院種了不少花草，有不少都是用來配藥的，後院不開放也是聖上的意思。」
趙瑾懂了，這座寺廟就是她那錢多沒處花的聖上哥哥建來消遣的，若說他的腦子沒被驢踢，趙瑾都不信。
「不知釋空大師如今可在？」趙瑾問。

大概是趙瑾貴氣逼人，即便她未表明身分，也沒在這寺廟上過一炷香，那小僧人對她的態度依舊畢恭畢敬，在趙瑾說想見釋空大師時，他也沒第一時間拒絕。

「施主請稍候，待弟子請示方丈與釋空大師。」

趙瑾主僕四人便在原地等著。

佛像前輕煙裊裊，空氣中瀰漫著一股淡淡的香味，是燃燒清香的味道沒錯，可聞著不僅不刺鼻，反而使人頭腦清明了些——這也是迦和寺繁榮的原因之一，多得是考生來此祈求一個好成績。

趙瑾微微瞇了眸子，一旁的紫韻則輕聲問道：「殿下為何要見那釋空大師？」

「有些好奇，所以過來看看他是不是像皇兄說的那樣好。」

紫韻不明白趙瑾這句話是什麼意思，她似懂非懂地點點頭之後，便不再多問了。

沒多久，小僧人回來了，他雙掌合十道：「施主請隨弟子來。」

趙瑾等人隨著小僧人緩緩踏入迦和寺的後院。

這裡確實種了不少花草，空氣中瀰漫著一股淡淡的花草香。

在這花草爭奇鬥豔的後院裡，趙瑾很快便將目光停留在一片開著紅色花朵的花圃上，她情不自禁地走近了些，彎腰輕嗅最外邊的一朵花。

小僧人看見趙瑾的動作時愣了一下，他以為她要摘花，反射性地開口阻攔。「施主——」

他的話還沒說完，一道溫和的嗓音便在微風中響起。「貧僧見過公主殿下。」

伴隨著這道聲音的，是一抹略濃的檀香。

趙瑾回過頭，看見身披袈裟的僧人出現在自己面前，而小僧人則因那聲「公主殿下」而愣在原地。

「殿下想見貧僧，何必親自前來？」釋空輕聲道。

趙瑾將目光落在他身上，說道：「釋空大師，久仰大名了，本宮今日路過，便想進來看看這迦和寺究竟長什麼樣，叨擾了。」

說這些話時，趙瑾不忘瞥了身邊的花一眼，狀似無意地問道：「對了，這花開得嬌豔，本宮從未在京城見過，不知能否請大師賜教？」

「殿下喜歡這花？」釋空的語氣平和，說道：「不過是貧僧從西域帶來的普通花草，其莖長刺，恐傷了殿下。這院子還有許多其他種類的花，殿下若喜歡，可摘一些回去。」

「若本宮偏偏只喜歡這一種呢？」趙瑾笑問。

「那麼殿下也可摘一些回去，只是這花不好養，殿下拿回去沒兩日估計就枯萎了。」

趙瑾倒不管這些，她看著釋空道：「紫韻，給本宮摘兩朵回去賞賞吧。」

紫韻摘花的過程中，釋空大師的表情始終未變，甚至面帶微笑。

「聽聞皇兄這幾日一直召大師入宮陪伴，不知大師能否如實告知皇兄的身體狀況？」

趙瑾這話算是窺探龍體，若是放在別人身上，可是會被問罪的，然而趙瑾的身分不同，就算這會兒她說的話傳到聖上那兒，對她也毫無影響。

「殿下，恕貧僧不能直言。」釋空道。

趙瑾在迦和寺後院待了將近一炷香的時間才回公主府，只是臉色說不上好。

回府之後，趙瑾便將自己關在藥房內，等唐韞修帶著兩個孩子從城外回來時，趙瑾仍沒從藥房裡面出來。

小郡主要去找母親，走到藥房外時被康霖攔下了。「小郡主，殿下說不讓任何人進去。」

唐韞修走過來將小姑娘一把撈起。「圓圓乖，別煩妳娘親，爹帶妳去吃飯。」

小郡主眼巴巴地看著緊閉的門，卻只能任由親爹將自己越扛越遠。

沒了趙瑾，趙圓圓的飯吃得也不香了，唐韞修敏銳地察覺到閨女吃的東西比平常少了些，問道：「圓圓吃飽了？怎麼吃這麼少？」

「飽了，娘親不在。」

「娘親不在跟妳吃多少有什麼關係？」唐韞修愣了一下。

旁邊的姪子貼心地解釋道：「嬸嬸吃飯很香，看她吃，自己也忍不住會多吃些。」

趙圓圓一臉認同地點頭。

唐韞修無語。萬萬沒想到是這個原因。

趙瑾在藥房一待就待到深夜才離開，出來時便瞧見唐韞修在院子裡對著滿天星星看。

「殿下忙完了？」

趙瑾沒回答這個，而是向他招了招手道：「過來一下。」

唐韞修緩緩走了過去，只見趙瑾手上有一個小香爐，裡面正燃著香，她對著唐韞修輕輕搧了搧，檀香頓時湧入他的鼻間。

「與在宮中聞到的有什麼不同嗎？」趙瑾問。

讓唐韞修聞了一下之後，趙瑾便將香爐移開了。

「確實像，檀香裡混雜點藥味，既好聞又很特別。」唐韞修給出了評價。「殿下怎麼會知道這香的配方？」

說完以後，唐韞修忽然想到真正應該提出來的問題。「殿下製香做什麼？」

趙瑾眼底帶著倦色，臉色則是冷的。

她說：「今日我去了一趟迦和寺，拿了點東西回來製成此物，應當就是釋空大師獻給我皇兄的熏香。」

唐韞修還沒反應過來，趙瑾就將檀香滅了。「迦和寺建成不到半年，不過此物可能已在京城內廣為流傳了，雖然不一定是檀香，但市面上肯定有類似的東西。」

如果話說到這裡唐韞修還沒明白，趙瑾下一句話便給出了答案。「此香易上癮，長期聞下來，會產生依賴性。」

唐韞修愣了一下，瞬間意識到事情的嚴重性。

這香是給聖上用的，也就是說，這相當於光明正大地謀害聖上了。

唐韞修立刻壓低聲音道：「殿下，那您今日去迦和寺拿回那兩株花，豈不是打草驚蛇了？」

趙瑾搖頭道：「釋空大師應該不知我認識此物。此花名為紅蠶花，花為紅色，極為鮮豔好看，花瓣與花蕊可入藥，微量使用可治癒頭疾，輔佐其他草藥使用，還可提神醒腦，使耳目清明。今日我在迦和寺內也聞到了類似的味道，只是香的種類不同，用量也少得多，然而皇兄的熏香用得凶猛，這段時間下來必定成癮。」

等她說完這番話，夫妻兩人看著彼此，同時陷入沈默。

良久後，唐韞修才開口。「若聖上已對此物上癮，殿下該如何？」

沒等趙瑾回答，唐韞修又道：「那位釋空大師背後必定有人，如今您我尚且不知，此事不宜聲張。」

敵暗我明，說什麼都是徒勞。

趙瑾自然明白唐韞修話裡的意思，她還想說點什麼，唐韞修便道：「殿下今夜沒用晚膳，這會兒該餓了，我讓膳房給您備了吃的，先吃點。」

唐韞修這個駙馬確實貼心，趙瑾一忙起來就廢寢忘食，不曾記得自己有沒有吃東西。

夜深時，駙馬陪公主用膳，食物的熱氣蒸騰而上，公主府的下人看見這一幕，紛紛感慨這對夫妻的恩愛。

趙瑾與唐韞修成親至今已經差不多六年，這段時間裡，孩子生了，也在外面度假了三年左右，甚至花街柳巷還是照去，天底下哪來這樣一對手牽著手去逛青樓的夫妻？

這段時光裡，駙馬沒通房，公主無男寵，孩子只有小郡主一個，堪稱另類的奇蹟。只不過，不管趙瑾想為誰生孩子，在這個時代，只要她沒能生下男孩，她的肚子總會有人盯著。

趙瑾抬眸盯著唐韞修那張臉看了半晌，隨後又低下腦袋，繼續吃。

「殿下這麼看著我做什麼？」唐韞修問。

趙瑾拿起手帕擦了一下嘴，忽然道：「忽然覺得你與初見時相比，還是變了些。」

他們初見時，他還是個十八歲的青年，對趙瑾而言，這是在道德的底線上瘋狂試探。撇開自己吃了小鮮肉的罪惡感，當時她還真沒想過這段婚姻能維持得這麼久。

唐韞修與她對視，問道：「殿下覺得哪裡變了？」

青年與男人，終究還是有些區別的。

趙瑾輕笑一聲，沒有直說，只道：「大概是駙馬長得越來越好看了。」

「殿下亦比昨日美豔動人。」唐韞修輕聲道。

兩人坐在院子內的小亭子裡，燈光昏黃、氣氛極佳，眼前的人仍舊深深吸引著自己。

趙瑾笑了聲。「倒是嘴甜。」

「嘴甜不甜，殿下嚐一嚐不就知道了嗎？」

唐韞修目光灼灼、眉目含情，視線往下時，睫毛也跟著像扇子般撲閃了一下。

若是在床榻之上，趙瑾倒是喜歡趴在他身上數睫毛。唐韞修這張臉，是禁得起細看的，多看幾眼便忍不住啃上兩口。

「殿下怎麼不說話了？」唐韞修湊得近了些，直勾勾地盯著趙瑾。

趙瑾抬起了唐韞修的下巴。「駙馬，本宮近日不便。」

唐韞修一把抓住她的手，眸光熾烈。「殿下，只是親一下也不行嗎？」

自從身邊擁有這麼一個男妖精之後，趙瑾便體會到什麼叫做「君王從此不早朝」了。

公主府裡的下人都很會看臉色，兩個主子在談情說愛，他們自然識相得很，不該聽的不會聽，不該看的更不會看。

第八十章　燙手山芋

相較於公主府這邊一片祥和，隔壁煬王府的主人聽說大半夜才回家。

聖上醒了，只是「醒了」與「身體恢復如初」有本質上的區別。

他一醒來，便將在床前伺候的人轟走了大半，最後只留下皇后母子、李公公以及太傅。

太傅聞世遠擔憂道：「聖上務必保重龍體，江山社稷還需要您來操持，武朝需要聖上。」

趙臻躺在床榻上，忽然轉頭看向皇后道：「瑾兒今日有入宮嗎？」

蘇想容道：「按聖上的吩咐，今日誰也沒進來，瑾兒倒是到了宮門外，不過被侍衛攔下後沒多久便回去了。」

「瑾兒聰慧，若是她今日入宮，想來許多事瞞不過她。」趙臻說著意味不明的話。

「聖上，今日為何不讓瑾兒入宮？」蘇想容問道。

聖上在金鑾殿上暈倒，在太醫救治過程中醒來，當時皇后在場，聖上吩咐皇宮只出不進，就連華爍公主也不許放進來。

徐太醫診斷後蹙眉許久，給出的說法是聖上操勞過度、氣血不足才吐血昏迷，這顯然無法讓在場的煬王以及丞相等人信服，只是徐太醫堅持自己的診斷，並為聖上開了藥。

緊接著，幾位心腹大臣以及煬王、皇后、小皇子等人就這麼在床前守著聖上，直到他醒來。

皇后提出自己的疑惑之後，聖上一頓，沒直接回答，床邊的小皇子趙詡倒是乖巧，他握著聖上的手道：「父皇，您別生病，生病了就得像兒臣一樣吃許多苦藥。」

稚子之言，單純且發自內心。

趙臻抬手摸了摸兒子的小腦袋。「沒事，父皇不怕苦。」

說著，他看向太傅，輕聲道：「老師。」

這一聲，直接將聞世遠給喊得跪了下去，語氣懇切道：「陛下！」

太傅比聖上大八、九歲，他成為新科狀元那年，正是十八歲，後得先帝看重，官至少傅，直接到上書房任教，再後來，為儲君一人之師。

聖上登基時，他官至太傅，亦為帝師，風風雨雨數十載，太傅始終秉持臣子的本分，盡心輔佐帝王治理天下。

「老師，朕近日在朝堂上估計是有心無力了，還望老師多多費心。」

聞世遠此時沒意識到聖上話裡有話，他低頭叩首道：「臣定不負聖上囑託。」

趙臻語氣平和道：「老師，朕知道你們近日對朕有意見，但詡兒年幼，還有許多需要老師勞心之處，望老師諒解朕的一些決策。」

這番話讓人一頭霧水，太傅剛想抬起頭問兩句，聖上就猛烈地咳嗽起來，蘇想容慌亂地湊過去道：「聖上，您怎麼樣了？」

她想揚聲喊太醫，趙臻卻擺手道：「罷了……老師，夜已深，你先回去吧。」

太傅是由聖上派人護送回府的，回想起聖上說的話，他越想越糊塗。

第二日一大早，眾人上朝前，聖旨先後來到公主府與金鑾殿上。

趙瑾向來睡得晚，當那句「聖旨到」出現在耳邊時，她還以為自己在夢中。

唐韞修輕聲道：「殿下醒醒，該接聖旨了。」

趙瑾起初是疑惑，接下來是驚訝，她猛然睜開雙眼，發現唐韞修已經穿戴整齊，房門外傳來一陣腳步聲和窸窣聲。

「什麼聖旨？」

唐韞修搖頭道：「不曉得，但來的人是李公公。」

趙瑾頓時清醒了，一種不祥的預感籠罩心頭。

她披了外衫便走出房門，只見李公公身後跟著好幾個宮人，看見她時，笑意盈盈。

「公主殿下，接旨吧。」李公公衝趙瑾露出了一個和善的笑，可趙瑾只覺得心底發毛。

「李公公，這一大早的是哪齣啊？」趙瑾問。

「殿下聽完聖旨便明白了。」李公公笑得溫和。

趙瑾更害怕了。

「奉天承運皇帝，詔曰：華爍公主趙瑾聰慧敏銳，曉事明理，有朕之風範，今朕感不適，皇子年幼，特令華爍公主攝政，暫代朕處理朝事。欽此！」

趙瑾懷疑自己的耳朵出了問題，她轉頭看了旁邊的唐韞修一眼，就見他一臉驚愕，至於府上其他人，在聽明白聖旨說了些什麼時，全都呆住了。

「李公公，聖旨沒唸錯吧？」趙瑾真誠發問。

「公主殿下，奴才怎敢在此等大事上出任何差池呢？」李公公笑著說道：「奴才傳的可都是聖上的意思，殿下，接旨吧。」

趙瑾盯著那聖旨，腦子裡的漿糊還沒倒乾淨，但她知道拒接聖旨的後果。

不得不說，便宜大哥這次做得有點狠，他直接下了聖旨，跟跳過考試就給了錄取通知書沒什麼差別，他甚至將這件事來了個全國公告。

一個不學無術的公主攝政，她有幾條命能讓文武百官的唾沫星子淹？趕鴨子上架也不是這麼個趕法。

趙瑾明白聖上對自己兄弟的不信任，畢竟宸王跟煬王這兩個不管是真的資質平庸還是擁兵自重，都有聖上無法賦予全然信任的原因，但是將重擔這樣毫無預兆地放在她一個公主身上，朝堂將亂。

「殿下，接旨吧。」李公公又催促道：「很快便是上朝的時辰了，殿下還是先收拾一下，準備進宮吧。」

趙瑾無奈道：「謝主隆恩。」

她低頭跪在地上，雙手接過聖旨，只覺得這東西實在燙手。

就在趙瑾接下聖旨，到李公公返回皇宮後不久，已經站得整整齊齊的朝臣沒等來他們的聖上，反而等來了一道幾乎一模一樣的聖旨，唯一不同的是，那道聖旨後面加了這樣一些話——

「華爍公主處理朝政期間等同於朕，可掌賞罰生殺大權，望眾愛卿敬之，不敬者，隨公主處置。」

……女子當政?! 金鑾殿上頓時炸開了鍋。

「聖上呢？臣要見聖上！」有臣子喊道。

負責宣旨的公公將聖旨收好，說道：「聖上龍體抱恙，近日不理朝政，無詔不得面聖，朝政之事一律由華爍公主代理。」

「公主殿下如何能干政？」又一文官當眾道：「即便華爍公主乃聖上胞妹，可她從未接觸過朝政，怎麼能處理政事？」

在場的人當中，保持安靜的不是沒有，唐韞修便是其中一個。他已經被周圍好幾道目光上下打量遍了，只是他依舊垂眸，像是絲毫不在意朝堂上的紛擾般。

最沈默的人，莫過於太傅。這會兒，他終於意識到聖上昨夜說的那番話究竟是什麼意思了。

周玥也在朝堂上，她這唯一一位女侯爺也成了眾矢之的，在一群「女子怎可干政」的議論聲裡，她一語不發。

聖旨已下，除非再生變故，否則趙瑾都必須上這個朝。

就在這個時候，外面傳來長長的一聲。「華爍公主駕到——」

金鑾殿瞬間陷入一片沈寂，隨後，在眾目睽睽下，一道紅色的身影緩緩出現在眾人眼簾內。

在這一日，二十六歲的嫡長公主擔起攝政一職，若非趙瑾前一日沒有進宮，這會兒就該有人懷疑她是不是想謀權篡位了。

趙瑾出現在金鑾殿上時，朝臣靜默，中間空出了一條走道，她就在大家的注視下緩緩踏上臺階，最後在龍椅旁邊的椅子上落坐。

朝臣們這才注意到，龍椅下首多了一把椅子。

趙瑾不是第一次從這個視角往下看，當她還是個孩子時，因為便宜大哥心血來潮，她這個嫡長公主就被抱在他腿上，看著下方的臣子畢恭畢敬地稟報。

那時趙瑾就稍稍感受了一下位處權力巔峰所帶來的滿足感，誰知兜兜轉轉，她又再次坐上了這裡。

那些官員們現在是怎麼看她怎麼不順眼，趙瑾可以理解。

聖上為了給趙瑾撐場面，甚至將李公公安排在她身邊，李公公瞧見下面的臣子們無動於衷，於是乾咳兩聲，朝臣這才有了反應。

首先跪地的竟是太傅，身邊的人看了他一眼，紛紛跟著跪下。

「臣參見公主殿下，公主千歲千歲千千歲。」

聽得出許多人口氣不服，趙瑾垂眸看著跪倒在地上、官服顏色各異的官員們，不知道在想什麼。

她沒第一時間就讓眾人起來。

直到旁邊李公公低聲提醒，趙瑾才道：「諸位大人平身吧。」

她確實對上朝這個程序不太熟悉，但再不熟悉，也不妨礙她這會兒慵懶地盯著下面的人看。

看得差不多了，趙瑾才緩緩開口道：「諸位不必這麼看著本宮，如諸位所見，本宮只比你們早幾刻知曉這消息，比諸位還要不知所措與惶恐。你們也知道，本宮不懂朝政之事，不過聖旨已下，還請諸位忍耐一段時間，讓本宮這女子指點一下江山了。」

趙瑾這話的意思很明顯，冤有頭、債有主，真看不慣她一個公主指手畫腳，就去找頒聖旨的人。

這個道理大家都懂，但不妨礙他們看輕她這個公主。

趙瑾的身分確實尊貴，即便身為女子，若真有心要攪和朝堂，也不是絕對辦不到。可按照她過去的事蹟，實在令人想不透聖上為何將這重責大任交給稱得上是廢柴的華爍公主。即便她醫術卓越，可這跟監國是兩回事。

關於這點，趙瑾同樣不明白。她一直都沒涉獵朝政，如今一下子被她的聖上哥哥架在這高位上，朝堂的凶險，不是她輕描淡寫的一句「聖旨已下」就能避免的。

可不管怎麼樣，事情還是得幹。

趙瑾臉上不見任何忐忑，她看了李公公一眼，李公公領會了她的眼神，高聲道：「有事啟奏，無事退朝──」

現場一片安靜，半晌過後，有人站出來道：「稟殿下，臣有奏。」

趙瑾看見了一張還挺眼熟的臉，是莊錦曄。

他身上的官服是緋色，從幾年前的正七品到現在的從五品，晉升速度極快，他已是翰林院侍講學士，顯然是得聖上器重的寒門官員之一。

莊錦曄這時候出聲，多少有要替趙瑾解圍的意思。

他這一開口，翰林院學士的臉一下子就黑了。

趙瑾在上面其實什麼都看得見，這種感覺就像在講臺上看下面的學生有沒有小動作。

她忽然有些想笑。

「稟殿下，聖上之前曾提起要辦一場講學，但聖上如今抱恙，臣想問這講學是辦還是不辦？」

是個請示或不請示都可以的問題。

見狀，李公公立刻低聲向趙瑾說明道：「聖上之前想為京城學子辦場講學，吩咐翰林院準備，只是場地與時間還未定。」

趙瑾思索了起來，莊錦曄則一直低著腦袋沒說什麼，其他朝臣保持著沈默，等著看這位新上任的攝政公主怎麼個出醜法。

華爍公主怕是連以往講學安排在什麼地方都不知道呢。

聞世遠看不下去了，他上前一步道：「殿下……」

「太傅，」趙瑾開口了，語氣輕鬆得彷彿她現在不是在上朝，而是在閒聊。「本宮聽聞京城中的迦和寺夠寬敞也夠氣派，不如就在那裡開設講學如何？」

趙瑾這話讓朝堂上大半的人都愣住了，大概是沒想到她會選這麼個地方。

「殿下，不可。」禮部尚書站了出來。「迦和寺乃佛門聖地，豈能舉行此等喧譁之事？」

趙瑾看著他，神色未變。「邱尚書，你告訴本宮，迦和寺供奉什麼神佛？」

「回殿下，迦和寺供的是西域來的鬥戰勝佛，聖上很看重。」

「工部尚書何在？」趙瑾垂眸問。

一道紫色的身影從人群中走了出來，對著趙瑾行禮道：「稟殿下，臣在。」

趙瑾平常雖然不怎麼與這些官員打交道，但幾個大官她還是認得的。「陸尚書，告訴本宮，迦和寺是國庫出錢修建的嗎？」

「回殿下，是的。」陸尚書答道。

「那邱尚書，你告訴本宮，既然是國庫出錢修建的寺廟，本宮在那裡辦個講學，有何不可？」趙瑾這話問得犀利。

邱尚書頓了一下才答道：「殿下有所不知，迦和寺的釋空大師受聖上器重，此番行事不曾問過聖上與釋空大師，迦和寺那邊恐怕會有意見。」

趙瑾又道：「邱尚書方才是沒聽清楚聖旨的意思嗎？聖上休養期間，由本宮代行聖上之職，武朝花費重金建成的寺廟，不過是借用一下，還得問過一介僧人的意思？」

「殿下息怒！」邱尚書跪下，垂著腦袋。

趙瑾慢悠悠道：「朝堂上的事，本宮確實不懂，但從來沒聽過朝廷要借用一間寺廟，還得徵詢裡面僧人的意見，更何況，這寺廟是朝廷出錢建的。

「聖上器重什麼僧人或大師，本宮不知道，但這講學，本宮既說在迦和寺辦，就得在迦和寺辦。」趙瑾掀起眼皮子看了下去。「參加講學的都是武朝的讀書人，若在寺中辦講學就算衝撞神佛，那麼一個連武朝讀書人都不保佑的神佛，供奉又有何用？」

邱尚書低聲道：「殿下慎言。」

趙瑾笑了一聲說道：「行了，邱尚書起來吧，這事就這麼定了，翰林院將事情安排好再呈給本宮。」

這件事敲定以後，兩位尚書與莊錦曄都站回了自己的位置。

華爍公主上朝第一天，朝臣除了不滿，還抱持一種觀望的態度，他們不信這個公主有什麼能耐管理朝政。

趙瑾也不信自己有什麼本事，只是她這個公主到底代表聖上，她可以不懂，但不能讓人將她當作傻子。

不過趙瑾還是希望她那聖上哥哥能早點意識到，她非但不堪重任，甚至跟朝臣之間的關係也處理得一塌糊塗。

一如趙瑾預料的，有人希望她知難而退，給她出了一個難題。

「稟殿下，臣有奏。」丞相蘇永銘道。

趙瑾眯了眯眸子，心想自己總算等到這一刻了，她淡淡地道：「丞相，有事直說。」

「殿下，清明將至，祭祖大典需要籌劃，今年聖上抱恙，想來此事需要殿下代勞，不知殿下是否有所準備？」

趙瑾能有什麼準備呢？往年就算參加祭祖大典，她這公主也不曾接觸過什麼重要事宜，便宜大哥將這麼大的爛攤子扔給她，她又能怎樣？

她這個攝政的表現如何，幾乎取決於這些臣子的作為，橫豎以後坐上龍椅的人不會是她趙瑾，這就表示不論她將朝政處理成什麼樣，都是合理的。

「往年怎麼處理的，今年照做不就行了嗎？」趙瑾問道：「還是說丞相有不同的看法？」

蘇永銘垂眸，義正詞嚴道：「稟殿下，往年主持祭祖大典之人是聖上，今年，臣以為應當讓小皇子殿下來。」

趙瑾稍稍一頓。

丞相話音才剛剛落下，很快就有其他臣子站出來。

「稟殿下，臣附議。」

「臣附議……」

趙瑾的眼尾餘光瞥見太傅也悄悄地上前一小步，看得出來他很想附議，只可惜身為聖上心腹，他不好站在聖上的對立面。

這個場景，讓趙瑾又想笑了。

清明時節雨紛紛，祭祖大典上經常陰雨連綿，她那可愛小姪子的身體挨不得半點風雨，就算趙瑾想讓他來主持，只怕出去一趟，回來又得躺在床上半個月，到時也不知道她會不會落得個謀害皇嗣的罪名。

往後退一萬步來說，就算小皇子身體健康，他們指望一個四歲的孩子能主持什麼大局？

第八十一章　難以服眾

「稟殿下，」就在這個時候，太傅聞世遠站了出來。「祭祖一事向來是禮部負責，箇中細節還需再確定，小皇子殿下畢竟年幼，未必能勝任，臣以為，此事還是殿下親力親為比較穩妥。」

「太傅此言差矣。」丞相蘇永銘不甘示弱。「聖上五歲時便能在外使面前應對自如，小皇子殿下既然身為皇嗣，自然能延續聖上的風範。」

出乎意料，這場爭論並未一面倒，丞相一派雖然獨大，可太傅的影響力不是開玩笑的。武朝的皇子不過一位，結黨營私的情況算少了，太傅向來代表聖意，他的門生也不少，就算不是所有人都站在太傅這邊，也不至於讓朝堂上只有丞相一派的聲音。

趙瑾抬手撐著自己的下巴，優哉游哉地看著朝臣們唇槍舌戰，這種體驗還算新奇，不知她的聖上哥哥聽了幾十年，可曾覺得厭煩？

「行了，」趙瑾在差不多的時候喊停。「此事過兩天再議。」

趙瑾的話其實沒什麼分量，不過朝堂終究不是課堂，下面這群人也不是不懂事的孩子，知道何時該住嘴。

這會兒是文官在爭論，武官們沒讓戰火蔓延到趙瑾身上，他們的陣營裡有個周玥在，相對而言收斂得多。

說到底，華爍公主不過是個被架在高處的傀儡，昨日趙瑾沒入宮，這可是大家都知道的。公主自己也是被趕鴨子上架，而且她都佛成這個樣子，只差沒抓著一把瓜子看那些文官吵架了，武將們誰忍心為難她？還不如趕緊下朝求聖上收回成命。

見安靜得差不多了，趙瑾便道：「若是沒什麼事，今日就到這了，退朝。」

大概是身為學生的記憶太過深刻，這一聲「退朝」，居然讓趙瑾生出在喊「下課」的錯覺。

下朝後，不湊巧，趙瑾又在養心殿門口與丞相與太傅等人不期而遇。

趙瑾看著自己的「救星」們，不禁露出了「慈祥」的微笑道：「幾位大人也是來求見皇兄的啊？」

丞相跟太傅兩方人馬皆是沈默不語——晦氣。

養心殿前的侍衛攔下眾人。「聖上有令，近日不見任何人。」

趙瑾無語。這是在搞她？

一聲不響地扔來個爛攤子，這會兒更是直接隱身，她有些看不懂自己這個便宜大哥了，他難道真不怕她將朝堂攪得亂七八糟？

趙瑾還沒說什麼，丞相蘇永銘便上前一步對著侍衛道：「本官一定要見到聖上！」

這些侍衛也不是吃素的，他們一把抽出劍指著幾人，領頭者說道：「聖上有令，擅闖者殺無赦！」

刀劍無眼，聖上的侍衛也不縮手縮腳，就算丞相等人想硬闖，也無可奈何。

趙瑾不像其他人只能乾瞪眼，聖上不願見人便罷，皇宮這麼大，她總能找到能見的人，然而她轉身後不久，又碰上了兩張熟悉的面孔。

「八皇兄、九皇兄。」趙瑾先打了招呼。

兩位王爺不是很給面子，全都冷著臉，煬王趙鵬率先說道：「本王如今哪還受得起皇妹的禮，如今妳可是等同於聖上。」

一開口就陰陽怪氣。

趙瑾能理解，畢竟聖上龍體抱恙，沒將朝政託付給王爺或心腹大臣，也沒讓皇后垂簾聽政，反而讓趙瑾一個平時只知吃喝玩樂的公主踏上政治舞臺。

身為王爺，他們不平很正常，畢竟他們可是實打實、與聖上流著相同血脈的兄弟，聖上將朝政大權交給公主，無異於當眾打他們的臉。

「九皇兄這說的是什麼話。」趙瑾輕笑一聲。「沒記錯的話，昨日皇兄急病，您一直守在旁邊，他醒來以後您沒自願站出來承擔責任，眼下倒是將氣撒在臣妹身上，您覺得合理嗎？」

趙瑾沒給他反駁的機會，繼續說道：「八皇兄與九皇兄若是想面聖，估計是不行了，皇兄若是不想見，你們難不成還能硬闖？」

這話多少有些像是在炫耀，宸王與煬王果然氣急，拂袖而去。

趙瑾看著那兩位王爺的背影，目光忽然一頓，一個身著袈裟之人從轉角晃了過去。

自下朝後便跟在趙瑾身邊的小李公公道：「殿下，是釋空大師。」

趙瑾當然用不著他提醒，她問道：「皇兄今日又召見他？」

小李公公雖然為難，但這不是什麼該藏著掖著的事，於是他老實道：「回殿下，是的。」

在聽到這句話之後，趙瑾眉心深深蹙起。半晌後，她繼續往後宮的方向去了。

坤寧宮倒未大門緊閉，趙瑾造訪時，殿內的宮女先是愣了片刻，隨後連忙跪地道：「奴婢參見華爍公主。」

「皇嫂呢？」趙瑾問道。

「殿下稍等，奴婢這就去為您通傳。」

趙瑾身為女子最大的好處，便是這後宮對她而言不是個需要避嫌的地方。

那宮女進去後不久就出來了，垂首對趙瑾道：「請殿下隨奴婢來。」

小皇子還在上書房沒回來，但今日坤寧宮裡面不只有皇后，德妃也在。

見到趙瑾那一刻，德妃衛欣站起身行禮道：「妾身見過華爍公主。」

趙瑾先後向皇后與德妃打過招呼，才靜靜看向皇后。

蘇想容語氣溫和道：「瑾兒怎麼有空來本宮這裡？」

趙瑾開門見山道：「皇嫂，臣妹想見皇兄。」

此話一出，蘇想容神色未變，道：「瑾兒，不是皇嫂不幫妳，只是聖上這幾日連本宮都不見，本宮也無計可施。」

趙瑾算是明白了，這是早就猜到她會找誰求助，便宜大哥為了不見她，乾脆連皇后都避開了。

「那皇兄為何召見那位釋空大師？」趙瑾問。

聽到趙瑾拋出這問題，皇后頓了一下，她看了德妃一眼，德妃便道：「娘娘，臣妾先告退了。」

今天朝堂上鬧得這般厲害，德妃的消息再閉塞，也不可能直到此時還一無所知。

華爍公主的身分本就不一般，如今更上一層樓，德妃這麼多年來能在後宮安穩度日，不外乎是會做人。皇后跟華爍公主要說話，她最好不要在場。

等德妃離開後，蘇想容才輕聲道：「瑾兒，妳皇兄的事，妳就別管了，他心裡有數。」

「皇嫂真的覺得皇兄心裡有數嗎？」趙瑾問。

蘇想容不解地看著她。「瑾兒為何這麼說？」

趙瑾本來還想說句什麼，但觸及皇后疑惑的目光後，話全卡在喉嚨裡。

「沒事。」趙瑾沒再說什麼。「皇嫂保重。」

說完她便離開坤寧宮，順便去了一趟上書房將兩個孩子接回家。

趙瑾回到公主府後不久，她的院子裡便來了客人，一襲黑衣的嘉成侯出現了。「小姨，您讓我查的事情有眉目了。」

趙瑾還沒來得及說說周玥這放著好好的大門不走非要爬牆的壞習慣，就聽見她說了這麼一句。「迦和寺確實有一批東西流入市面，只是不在明面上販售，大多在富貴公子哥兒們常去的酒館跟花街柳巷等地流通，聽聞此物昂貴無比，一兩值千金。」

無論何時，人只要有錢，就會追求更多享樂的機會。

趙瑾沒想到自己會在這個朝代碰上毒品。紅鬣花本非中原產物，就算能種植，可沒人意識到其價值，所以一直未被引進。如今西域來了位高僧，此花便落地生根，侵蝕身體與精神的玩意兒也現世了。

聽了周玥的匯報，趙瑾眸色漸冷。

「小姨，您到底想不想做攝政公主？」周玥忽然開口問道。

趙瑾疑惑道：「怎麼突然問這個？」

周玥低聲說道：「您如果是皇子，今日會不會就不只是攝政了？」

「慎言。」趙瑾看了周圍一眼。「我這公主府不是什麼能胡說八道的地方。」

周玥馬上跪了下去。「小姨既然無意，為何還要查迦和寺？」
趙瑾一頓，沒有說話。
周玥繼續道：「當初是您告訴我，女子亦可掛帥的，我從參軍到封侯，皆是您在背後協助，聖上明理，若只考慮能力，只要您想……」
「夠了。」趙瑾打斷她。「只要妳看到那些人沒了那東西後會變成什麼樣，就會明白我調查這件事的原因了。」
見周玥低著頭不說話，趙瑾緩了緩口氣道：「起來吧。」
周玥站起身，她沈默了一會兒後顯然還想說點什麼，趙瑾卻道：「繼續盯著，等下一批流出來時再來稟報。」
待周玥離開後沒多久，公主府便來了一隊御林軍，領軍之人是高祺越。
「卑職參見公主殿下。」高祺越單膝跪地，朝趙瑾行禮。
趙瑾看向他身後，挑眉道：「高將軍，這是什麼意思？」
「聖上派卑職等來保護殿下的安危。」
便宜大哥這一齣，是終於發現自己做事不太妥當嗎？
御林軍往公主府這麼一站，趙瑾這府邸才終於有了攝政公主該有的排場，只是這排場，她寧願不要。
「這麼說，你們如今受本宮調遣？」趙瑾問。

「是。」高祺越呈上一塊令牌。「今日起，殿下可號令御林軍，除了聖上以外，卑職等聽從殿下的命令。」

趙瑾愣了一下，這才意識到她的聖上哥哥往她手裡塞了兵權。

這個攝政公主原本不過是虛職，但手中有了兵權，那就不一樣了。

趙瑾靜靜地盯著那塊令牌，沒第一時間接下。這不是聖旨，卻是比聖旨還重的東西。

「聖上說什麼了嗎？」趙瑾問。

「讓殿下多為國分憂。」

趙瑾忍不住笑了一聲，她垂眸看著跪在自己面前的高祺越。「高將軍怎麼看本宮如今的身分？」

「聖上將重擔託付給殿下，是信得過您，還望殿下不要辜負聖上的信任。」

趙瑾輕笑道：「看來你自己也覺得荒謬。」

高祺越低著頭，並未回應趙瑾的話。

半晌後，趙瑾才緩緩地接過高祺越遞過來的令牌。

公主府在原本的保全基礎上又加了一層防衛，趙瑾非但不覺得自己安全，反而覺得周遭更危險了。

有兵權在手，意味著她真正被架到了那個位置上。

趙瑾嘆了口氣。罷了，就當是打工吧，領了工資，幹點活是應該的。

等唐韞修帶著孩子返家，便看見府上忽然多了些穿著盔甲的侍衛，一眼就瞧出那是御林軍。

小郡主好奇極了，甚至還想伸手去摸摸人家的盔甲，結果被唐煜拉住了。

駙馬一進門就看見站在趙瑾旁邊的高祺越，腳步不禁一頓。

趙瑾還沒開口說話呢，大腿就被女兒抱上了。「娘親！」

這小小的一個閨女，黏糊糊的那股勁兒，趙瑾真的頂不住，她將閨女抱起來，溫柔地問道：「圓圓今日玩得開不開心？」

「開心！」

年幼的趙圓圓愛上了持刀弄棒，不到五歲就纏著唐韞修教她武功了。

即便郡主身分尊貴，不缺人保護，但還是擁有自保能力更讓人放心，所以趙瑾支持她跟唐煜一起習武。如今趙圓圓每日回來時，一張小臉蛋總是紅通通的，趙瑾看著看著，便忍不住上手捏捏。

「娘親，家裡怎麼多了這麼多人呀？」被捏著臉的小郡主軟乎乎地問道。

趙瑾眨著杏眸忽悠小孩道：「娘親也不曉得呢。」

她可太懂小朋友的「十萬個為什麼」了，乾脆斷了讓她提問的路。

另一邊，高祺越向唐韞修行禮道：「見過駙馬爺。」

唐韞修保持著溫文儒雅的形象，笑著說道：「有勞高將軍了。」

回到房間、關上房門以後，趙瑾正欲摘下頭上的髮簪，身後就有人靠了過來，一隻手從右肩緩緩移到她的脖子上，並未用力，只是輕輕捏著，在白皙的脖頸上下摩挲。

某天晚上的記憶瞬間湧上心頭。當時是在鏡子前，差不多是同樣的姿勢，不同的是，兩人身上未著寸縷。

唐韞修垂眸輕嗅趙瑾的髮絲。「殿下，高祺越，他可是差點成了您的駙馬。」

這醋吃得沒道理，當初高祺越確實是駙馬候選人，但趙瑾可從來沒想過挑他當駙馬。不管是當年還是現在，高祺越的野心明晃晃地擺在眼前，趙瑾可無心與枕邊人玩什麼爾虞我詐。

「不喜歡他在府裡？」趙瑾看著鏡子問道，兩人的目光在鏡裡對上。

唐韞修笑了，道：「怎麼會呢，如今睡在殿下身邊的人是我，又不是別人。」

「那你吃什麼醋？」趙瑾問。

兩人之間陷入片刻沈默，半晌後，趙瑾後頸一熱，身後的人俯身埋在她脖頸處，悶悶的聲音響起。「殿下既然知道，怎麼不哄我一下？」

被人從身後抱著，趙瑾笑了一聲，抬手往後輕輕撓了一下唐韞修的下巴，像是在為小貓順毛一樣。「別鬧了，早些歇息，明日還得上朝呢。」

說到上朝，唐韞修忍不住將趙瑾抱得更緊了些。除了她本人，只有唐韞修明白早起上朝對趙瑾來說是多痛苦的事。

何況攝政這個位置，是聖上一聲不響就扔過來的重擔，就算唐韞修知曉趙瑾並不如外人以為的那般不諳世事，可這畢竟不是當官，而是監國。

「殿下早些睡吧。」唐韞修嘆了一口氣，隨後替趙瑾摘下簪子，再將人抱到床榻上……蓋被子睡覺。

趙瑾這兩日的心情一般，實在沒心思與他「浪漫」一下。

翌日上朝，趙瑾看著諸位朝臣時，腦袋開始疼了。

昨日是大家都沒準備，今日可不同，就算是聖上親自下令讓華爍公主坐到這個位置上，也不妨礙眾人逼退她的決定。

女子監國便罷，找一個什麼都不懂的公主，聖上到底想做什麼？

就算煬王手握兵權、宸王謀略不足，但這兩個人哪個不是皇子出身、年紀到了之後便上朝，再不受寵也處理過幾樁大事。

再者，朝中還有太傅、丞相以及諸多重臣，哪個不比趙瑾這麼個溫室裡養大的公主好？

儘管是站在趙瑾這邊的太傅，也同樣不理解聖上的想法。

「稟殿下，」工部尚書道：「清明已近，雨季雖然還未至，但往年五、六月時，武江都會決堤，今年修壩一事是否應該提上日程了？」

陸尚書拋出這個問題的時候，太傅等人暗道不好。趙瑾一個養尊處優的公主，哪裡懂這些？

這事做得不厚道，像這種事等退朝之後再商議也不是不行，當眾提出來，無非就是想看趙瑾怎麼處理。

武江是武朝最重要的河流之一，連貫南北，只是上、中游水流湍急，每逢雨季漲潮都有決堤的風險，武朝史上最嚴重的洪澇就是因為此江決堤，導致莊稼與房屋全毀，死傷無數，一度讓武朝元氣大傷。

此事發生在趙瑾五、六歲時，當時聖上愁得夜夜難寐，朝廷上下都在為此煩惱，最後甚至查了幾個私吞賑災款項的貪官，趙瑾到現在都還有印象。

聽了陸尚書的話以後，趙瑾沈默片刻才問道：「既然年年決堤，這麼多年來，就沒人想出長遠之計嗎？」

「殿下有所不知，武江水勢急，不管每年如何修整堤防，來年水一漲，必定決堤。」

趙瑾懂了，是培養出來的人才不行。人人皆知文武兩條路，也知萬般皆下品，唯有讀書高，但真正文武雙全的人少之又少，而文工兩手抓也是同樣的道理。

「往年是怎麼做的？」趙瑾問。

第八十二章　刻意刁難

「回殿下，往年是聖上提前派人修復武江必定決堤之處，用以抵擋洪災。」

「今年為何不像往年一樣？」

這次換成戶部的龔尚書站出來了。「稟殿下，國庫空虛，可支出的錢財不多。」

趙瑾無語。說到底，還是錢的問題。

前不久戶部找聖上提高賦稅一事還歷歷在目，就算是想從商戶身上要錢，也得花些時間，如今錢不夠，正常。

太傅聞世遠道：「國庫就算不足，但總不至於連這筆錢都出不了吧，龔尚書？」

他顯然是替趙瑾解圍。

「太傅，國庫支出非兒戲，總得保有盈餘才是。」龔尚書不疾不徐道。

聞世遠吹鬍子瞪眼。「你——」

眼看下面就要吵起來了，趙瑾開口道：「行了，無非是國庫沒錢，這點小事還用得著吵？」

小事？龔尚書成功被這一句話激怒，他瞪著趙瑾陰陽怪氣道：「殿下是不當家不知柴米貴，修壩的錢哪裡是想賺就能賺回來的？」

趙瑾沒想到自己當個監國還得籌錢，不過她這輩子財運算是不錯，還有點生意頭腦，賺了不少。

「這錢本宮出了。」她說。

這話實在不知天高地厚，朝堂上有人正在心裡嗤笑，結果還沒來得及說什麼，就聽見趙瑾丟出下一句——

「五十萬兩銀子，夠不夠？」

龔尚書原本想再酸個兩句，結果趙瑾那「五十萬兩銀子」直接將他給砸了個糊塗，半晌沒反應過來。

若說是災後重建，五十萬兩銀子遠遠不夠，當年的江南水患再加上瘟疫，朝廷總共往南方撥了數百萬的銀兩，更別說當初嫡長公主還差點死在那裡。

不過，若是為了防患於未然，那麼五十萬兩銀子便綽綽有餘，就看這錢怎麼花了。

正所謂拿人手短，龔尚書這會兒啞口了。

「殿下，做事不能只憑意氣，用錢的地方可多了，難不成殿下全要自己掏腰包不成？」聞世遠上前阻攔，他盯著趙瑾看的眼神，像是在譴責不學無術的紈袴子弟，只知道揮霍錢財。

說句實話，趙瑾賺的錢估計這輩子都花不完，再說句囂張一點的，她窮得只剩下錢了。

趙瑾乾咳一聲，避開太傅的目光，說道：「此事稍後再議，下朝後陸尚書與龔尚書來與本宮商討。

「還有什麼事嗎？」趙瑾問。

「臣有奏。」一道略顯突兀的女聲響起，周玥站了出來。

身為女侯爺，周玥在朝中的人脈一般，但她說的話還是有一定的分量，誰都知道聖上寵信這個外甥女。

自從趙瑾監國那一刻起，才有人細細思量聖上這步棋究竟是從什麼時候開始下的，在他決定讓周玥繼承其父的爵位時，是否就做了如今讓嫡長公主攝政的打算？

「准奏。」

周玥拱手作揖道：「稟殿下，京中最近有人販售一種西域奇香，名喚『臨仙』，聞了可令人身心舒暢、如臨仙境，但若是斷了香，便如萬蟻噬心、神志潰散，此物若流竄各地，恐有損武朝人之身體與心靈，懇請殿下徹查。」

趙瑾頓了一下，目光掃過眾朝臣，將他們的反應一一收於眼底。

「侯爺，不過是京城裡多了一項商品，何至於這樣大費周章，拿到朝堂上來稟報？」說這話的人是御史大夫。

高峰身故之後，聖上提拔了新的御史大夫，這個大夫姓商。

「商大人親眼見過那些對香上癮的人是何種模樣嗎？」周玥問。

「沒有必要看，橫豎是件小事，侯爺是否有些小題大作？」

趙瑾還沒做出回應，底下又走出另外一個人。「稟殿下，大理寺近日正在查的一樁殺人案，也與『臨仙』有關。」

此人正是大理寺少卿崔紹允，在他走出來的那一刻，大理寺卿的臉黑了。

「哦？」趙瑾挑眉道：「說說。」

「稟殿下，近日京城發生一樁縱火案，縱火者和其妻兒一起葬身火海。據當時在場的人描述，此人從火海衝出後手舞足蹈，似乎感受不到痛覺。經查證，此人是『臨仙』的吸食者。」

「崔紹允……」趙瑾直呼其名。「你想說什麼？」

「臣以為，『臨仙』該查。」

趙瑾並未第一時間回答，她緩緩打量著在場的官員，輕輕問了一句。「諸位，有人用過這所謂的極品香嗎？」

鴉雀無聲。

「沒有？」趙瑾又問了一遍。

「殿下這是什麼意思？」有人問。

趙瑾將手搭在椅子旁的扶手上，隨後用手撐住了腦袋，微微瞇著眸子道：「本宮好奇，若那香真像嘉成侯說的那般讓人欲罷不能，而我朝哪個大官用了以後上癮，別人又以此物誘之，那麼國家機密……會不會輕而易舉就被人弄到手了？」

她問得輕巧，像是沒經過大腦一樣，只是這話落在旁人耳中，便各自品出了不同的意思。那些心虛的、不屑的、好奇的或是充滿思慮的神色，皆落入她眼中。

朝堂，必須權衡各方勢力，才不至於出亂子。然而，對她這個本來就不懂政事的公主來說，還能怎麼指點江山？當然是看心情啊！

趙瑾笑了一聲道：「既然嘉成侯提出此事，那就跟大理寺一起查吧。」

周玥與崔紹允異口同聲道：「臣遵命。」

接下來再奏的事情，全都無關緊要，趙瑾只需要看著他們說，最後看太傅那邊的意思做個決定。

終究是聖上將趙瑾架到這個位置上的，那些臣子該忍的還是忍了，趙瑾也沒玩什麼新官上任三把火的把戲，她不會動手馴服不聽話的臣子，畢竟往後他們要以誰馬首是瞻，都跟她沒關係。

這段時間內，但凡換個王爺攝政，朝堂都不會像現在這般風平浪靜，各方勢力早就開始明爭暗鬥了。

就算朝臣再不服氣，趙瑾仍舊是嫡長公主，聖上既然有意讓她成為小皇子日後的倚仗，那麼公主的心偏向哪裡就很重要。

基於這種想法，一部分人對趙瑾的態度有了那麼一點轉變。

好不容易結束早朝，趙瑾還沒來得及喘口氣，就不得不面對堆成小山的奏摺。全國各地上報到朝廷的奏摺不算少，加上聖上養病，堆了好幾天的份，之前的由太傅與丞相等人幫忙處理，但如今趙瑾既然擔任攝政，這些事就該由她定奪。

趙瑾並未使用聖上的御書房，李公公讓人在御書房旁邊另外為她整理出了一個獨立的書房，桌子上已經堆了不少奏摺。

當趙瑾進入書房時，身後跟著太傅、丞相、工部尚書以及戶部尚書。

說實話，工部與戶部的關係向來一般，戶部將錢抓得比什麼都緊，而工部要用錢的時候就得一催再催。

這會兒趙瑾說她要出修壩的費用，兩隻老狐狸恨不得將趙瑾這個初出茅廬的攝政薅個乾淨。

「殿下說要出五十萬兩預防武江潰堤一事，可是認真的？」陸尚書率先發問。

趙瑾慢悠悠地道：「怎麼，本宮看起來像愛開玩笑？」

一個公主隨隨便便就能拿出這麼一大筆巨款，讓人很難不好奇公主府的底蘊。她到底是擁有多少財產，才願意拿出這些？

「只是本宮有個要求，」趙瑾緩緩看向工部尚書與戶部尚書。「本宮這次會派兩個人前往武江。」

「殿下，您這是……」陸尚書蹙眉，語氣有些遲疑。

「陸尚書不必擔心，本宮只是恰好認識兩個治過水的人，讓他們跟著去學習一下而已，具體要怎麼整治武江，自然還是工部說了算。」

聽到這話，陸尚書不禁鬆了一口氣。

「殿下，那這錢什麼時候……」龔尚書開口了。

戶部對錢的敏銳度可不是開玩笑的，趙瑾既然誇下海口，那錢肯定得從她兜裡出。

趙瑾笑了聲道：「龔尚書不用擔心，本宮不是說話不算話的人。」

多年以來，趙瑾與六部的人毫無交集——正常情況下也不應該有什麼交集。若不是因為被按在上書房許久，她也不會和太傅他們有來往。

當然，在眾多端莊貴女當中，趙瑾的性子略顯跳脫以及叛逆，注定讓不少人對她抱持觀望的態度。

「錢的事情，會有人和戶部對接的。」趙瑾道。

接下來就沒工部和戶部什麼事了，趙瑾看著太傅和丞相，又看了看堆積的奏摺，乾咳一聲道：「太傅、丞相，這些奏摺本宮不會批，還得麻煩兩位了。」

為人臣子，理所當然為君分憂，只是趙瑾這麼個爛泥扶不上牆的模樣，一下子就讓太傅的血壓飆升到最高。

他從前教育過皇子，可惜滿腹自信在趙瑾這個公主出現後，就被摧毀殆盡。按道理來說，輔佐皇子才是重中之重，偏偏聖上來了這麼一齣——將自己的妹妹扶上了攝政這個位置。

華爍公主當政，不說王爺，其他公主也會有意見，雖然趙瑾是太后的親生女兒，輩分高，但聖上膝下仍舊有兩位公主。

安悅公主與安華公主的年紀都在趙瑾之上，不管安華公主之前跟聖上鬧過什麼矛盾，但身為帝女，趙瑾坐得上的位置，其他公主也能坐才是。

為何偏偏是趙瑾？

太傅聞世遠語重心長道：「殿下，聖上將如此重責大任託付給公主，您自當勤勉，莫要辜負他的期望才是。」

趙瑾滿臉無辜道：「太傅這說的是什麼話？本宮就是不懂，所以需要兩位大人指點啊。您也看到了，這些奏摺已經堆積成山，本宮今日就算不眠不休也不可能將奏摺批完，所以只能煩勞兩位大人了。」

見趙瑾這樣正大光明地想要偷懶，太傅猝不及防地被噎了一下，他原本想開口訓斥的，但話到嘴邊又想起，眼前的人已經不再是他的學生。

就在此時，丞相蘇永銘開口了。「太傅，殿下所言極是，殿下身為公主，並未接觸過朝政，如今不懂也屬正常，你我身為臣子，辛苦些便是，何苦為難殿下？」

趙瑾看太傅的表情，覺得他大概想當場跟丞相吵一架。

「行了。」趙瑾說道：「太傅，本宮明白您一片苦心，只是本宮實在不是治國理政的料，您有這心思督促本宮，倒不如關心皇兄的身體何時恢復安康。」

轉移焦點向來是個好辦法。

趙瑾這一開口，那兩個互不相讓的人倒是將目光轉向她了。

然而，蘇永銘又提出了他的想法。「殿下若是不想處理政事，不如將小皇子殿下接來，臣與太傅可在旁教導，殿下也能放心，不是嗎？」

「丞相，」聞世遠蹙起眉頭，語氣凌厲。「聖上尚且未讓小皇子殿下接觸朝堂，你這是什麼意思？」

「聖上既讓公主殿下暫代朝政，那殿下的意思便是聖上的意思，只要殿下同意便是。」

丞相看起來毫不心虛。趙瑾還記得他向聖上求見自己外孫時的模樣，就算他一把鼻涕、一把淚，也不見聖上心軟，如今倒想藉她這個公主見上小皇子一面了。

只是很可惜，趙瑾再想卸下這個擔子，也明白自己什麼能做、什麼不能做，朝臣皆知小皇子體弱，但除了為他治療的太醫、帝后、他們身邊親近的人與趙瑾本人以外，應當沒其他人知道小皇子患有心疾且短壽。

這個皇位，小皇子有沒有命活著坐上去，還是個未知數。

趙瑾畢竟是站在便宜大哥那一邊的，不會因為她代理朝政就改變立場。

「丞相，小皇子一事，本宮不便插手。」趙瑾說道：「小皇子年幼，皇兄既然沒安排，便是有他自己的考量，丞相難道是覺得自己比本宮的皇兄更有想法？」

「臣不敢。」蘇永銘低下了頭。

趙瑾道：「你最好不敢。」

書房內的氣氛著實算不上好，不過奏摺還是得有人來批。

像這種事，趙瑾自然更願意交由太傅安排，但丞相的身分不一般，於是趙瑾決定讓兩個人一起來，看誰打得過誰，簡直是看熱鬧不嫌事大。

只是瞧兩位老人家一把年紀了還要在這裡加班，趙瑾過意不去，便表示想多喊幾個人來。

「殿下，政事不是兒戲，請殿下仔細翻閱已經批好的奏摺，如若有疑問，可問臣等。」聞世遠不僅接下批奏摺的差事，甚至不願意放趙瑾舒舒服服地躺著。

薑果然是老的辣。

趙瑾倒沒有想不開，她其實很擅長摸魚。

奏摺隨手翻了兩下又合上，趙瑾的眼尾餘光瞥見太傅好幾次深呼吸，眼神裡滿滿的「孺子不可教也」，不禁有點擔心自己將他氣出個好歹來。

養心殿內，殿內縈繞著檀香的味道，一身黃衣的聖上躺在床上，面色紅潤、雙目緊閉，乍看之下氣色似乎不錯。

李公公低著頭進來了。「聖上，奴才已經將釋空大師送出宮去了。」

趙臻輕聲「嗯」了一下，抬手道：「下去吧。」
李公公點頭稱是，隨後退了出去。
片刻後，殿內又進來一人，正是謝統領。「卑職見過聖上。」
趙臻睜開雙眸。「說說，華爍公主今日都做了什麼？」
「公主殿下今日在朝堂上說要拿出五十萬兩銀子去修繕武江堤壩。」
趙臻先是一頓，隨後又閉上眼睛，笑了聲道：「是她這丫頭能幹出來的事，還有呢？」
「殿下命嘉成侯與大理寺去查京城最近出現的西域奇香一事，估計很快就會查到迦和寺那邊。」謝統領垂著腦袋，沒抬頭看聖上的臉色。
趙臻在聽了這些話之後沈默了一會兒，才緩緩道：「就讓他們查吧。」
「聖上，那公主殿下那邊……」
「朕說過了，瑾兒聰慧，她絕對能擔起監國重擔。」趙臻道。

趙瑾擔任攝政公主的第三日，太傅依舊時常上火，顯然輔佐趙瑾比教小孩子唸書更難，別人不懂，起碼還願意嘗試跟學習，這位主兒倒是直接撂挑子不想幹活。
「殿下，這奏摺您老是不批也不成，總不能每日都讓臣替您批吧？」
「為何不能？這本來就不是本宮該幹的事。」趙瑾倒是毫無心理負擔，她笑了一聲。
「太傅，本宮知道您老人家辛苦，可是先不說本宮願不願意批奏摺，朝堂上有多少人是陪著本宮逢場作戲的，您清楚。」

趙瑾說的話，太傅何嘗不明白。

皇權至高無上，然而今日監國的並非皇子或王爺，而是個什麼都不懂又養尊處優的公主。

不是他們多嘴或是意見太多，若不論身分適不適合，真要安排一個皇室女眷攝政的話，連嘉成侯都比華爍公主更適合。

太傅被趙瑾這個懶散的態度一氣，又跑去求見聖上了。

如今趙瑾是攝政，要見的人比往常多上許多，丞相跟太傅像是約好似的，每日都在她面前吵架，比誰先將誰氣死。可是要看的奏摺數量真的太多，又不能要他們別來了。

由此可見，要當個平衡朝堂、勤於朝政的聖上，屬實不易。

第八十三章　祭祖大典

擁有至高無上的權力，必定伴隨著無法拋卻的責任與使命，包括傳宗接代。

朝中如今只有一個小皇子，那些與小皇子年紀相仿的小姑娘，有一部分確實已經入了皇后的眼。就算小皇子體弱，皇室的血脈終究得傳承下去。

趙瑾不認同這點，但無人在意她的看法。

清明將至，禮部已經將事情都安排妥當了，然而當日的主祭人卻始終沒有著落。

趙瑾吧，她不樂意，大臣們也不樂意；聖上吧，他不見朝臣，將重擔扔給心腹大臣與妹妹了。

至於小皇子，還是太年幼了，但凡他早幾年出生，武朝都不至於陷入這樣的困境。

有些人認為可以在宸王與煬王兩位王爺當中挑一個去主持，然而擔任祭祖大典的主祭人代表什麼意思，大夥兒再清楚不過。

若是從這兩位裡面挑人去祭祖，那麼在百姓或朝臣心裡，難免會生出其他想法——皇室的正統即將被取代。

趙瑾看著又一次堵在她面前的禮部尚書，不自覺地嘆了口氣道：「邱尚書，你這是何意？」

「殿下，祭祖大典剩不到三日，但是主祭人還沒決定，臣請殿下做出決斷。」

趙瑾回道：「那你說說，該安排誰呢？」

「殿下，若是聖上龍體康復，自然是聖上最好；若聖上……」邱尚書一頓，又道：「小皇子殿下也合適。」

趙瑾哪裡聽不懂他的意思，可是她面無表情地拒絕了。「小皇子不行。」

「殿下，這是為何？」

不僅是邱尚書，甚至連太傅都不太明白，為何小皇子不能擔任祭祖大典的主祭人。即便到時他身邊跟著趙瑾，那也算是亮了相，既能安撫朝臣，又能讓大家看到皇室的未來，何樂而不為？

結果聖上寧願將公主推出來也不讓小皇子出面，而趙瑾這麼一個顯然不想接手爛攤子的人，也同樣不願意將小皇子推出來。

這對兄妹在想什麼，無人知曉，但越是這樣，就會越讓人忍不住多想，難道小皇子有什麼問題？

趙瑾說道：「如今詡兒的重中之重，便是顧好學業與身體，他不該過早接觸這些。」

起碼朝堂的爾虞我詐，不該在此時推到趙詡面前。

就算趙瑾對這個時代始終有股疏離感，但她已成為母親，身為長輩、處在這個位置，她當然有自己的責任。

若這一次祭祖大典讓趙詡出面，那下一次呢？

邱尚書為難道：「殿下，如今朝中還有何人能擔此重任？」

趙瑾似笑非笑地說：「邱尚書，這是你們禮部應當操心的事，問本宮做什麼？」

她根本不摻和這件事，也就是說，邱尚書依舊頭大，於是每日在養心殿外求見聖上的人又多了一個。

宸王與煬王這兩個王爺是可以代勞，不過聖上只是龍體抱恙，可不是昏迷不醒，之後他會不會秋後算帳很難說，禮部哪承擔得起這個責任？

讓趙瑾來？不是沒人想過，就算是女子，她也是聖上親自封的攝政公主，但朝臣不服啊！

歸根究柢，不外乎是趙瑾這個嫡長公主在朝堂上沒有公信力，沒有能與她目前的位置相匹配的威嚴。

直到祭祖大典前一日，趙瑾仍未安排這件事，禮部尚書都要將養心殿門前的石磚給跪爛了，終於等來了一句「聖上召見華爍公主」。

只召見她一人。

趙瑾出現在養心殿門前，在李公公的指引下，總算見到了好些日子都沒見到的聖上。

「臣妹參見皇兄。」趙瑾老老實實地行禮，半垂著眸子，一副虛心聽講的模樣。

她今年二十六歲，聖上五十六歲。兩兄妹相差三十歲，這個年齡差距，注定讓他們更像父女。

在床榻上的聖上坐起了身來。他髮間又添了許多白髮，只是氣勢仍舊凌厲，給人強烈的壓迫感。

殿內縈繞著那股夾雜著藥味的檀香，趙瑾不禁抬眸看向正燃著香的爐子。

趙臻開口道：「怎麼，不喜歡朕給妳的權力？」

這話不知是問責，還是有其他意思。

趙瑾又垂下了眸子。「皇兄厚愛，只是臣妹並非治理朝政的料，恐怕要辜負皇兄的期望了。」

「朕下了聖旨，妳就讓朕聽這個？」趙臻問。

趙瑾低頭不語。

聖上的目光一直都懸在她頭頂上，直到趙瑾聽見他再次開口。「朕還記得妳小時候問過朕一個問題，妳問為何朝中大臣皆是男子。」

趙瑾一頓。她確實問過，然而當時她問的可不只這個，後面還有一句話──「假如女子與男子接受一樣的教育，朝堂上是否也能出現女官」。

「瑾兒，妳從前義憤填膺，想讓朕給妳找出一個能站在朝堂上的女官來，後來周玥站在上面了，但也僅僅只有她一個，如今朕給妳機會，妳卻志不在此。」趙臻的語速不快，每個字都值得細細推敲。

「妳覺得不公，卻也不願意為此做些什麼，朕說得對嗎？」趙臻問。

直到這一刻，趙瑾才真正確認，她這個聖上哥哥根本沒糊塗，他清醒得很。

這會兒殿內的檀香，也不知熏的是誰的腦袋。

「朕可以明明白白地告訴妳，這天下就是由男子掌控，妳比眾多人幸運的是，妳生在帝王家，是朕的胞妹，這世間大多數男子都達不到妳的高度。」趙臻說著一頓，又道：「世上大多數女子生來注定與權勢無關，她們唯有依賴父親、兄弟或兒子，才能接觸到這一切。

「包括妳。」趙臻說道：「朕知道妳有些小聰明，但妳的小聰明，能護妳一世嗎？」

趙瑾眸光閃爍了一下，她摸不準聖上和她說這番話究竟是什麼意思。

「皇兄想要臣妹做什麼？」趙瑾終究開口問道。

殿內沈寂了片刻，床邊有輕煙裊裊升起，室內光線幽微，有種道不清的模糊。

默默的，趙瑾抬起眸子對上了聖上的目光。

趙臻坐在床邊目光沈沈地看著她，語速依舊緩慢。「朕要妳抓穩朕給妳的權力，直到詡兒能坐上朕如今的位置。」

「皇兄，為何是臣妹？」趙瑾真的不明白。

輔佐小皇子，即便是不從皇室裡面挑人，也有比趙瑾更合適的。

「朕選妳，不是為了讓妳來反問朕的。」

聖上大概已經把話都說完了，他看著趙瑾，差不多想揮手讓她出去了，結果就在此時，趙瑾忽然說道：「皇兄，您身體久治不癒，不如讓臣妹為您把脈看一下？」

此話一出，趙臻頓了一下，隨後才道：「朕有御醫，妳去幹妳的正事。」

趙瑾沒有就這麼被打發，又道：「皇兄，御醫醫術再高，但興許與臣妹診出來的結論不同。您都躺了好些日子了，一直不上朝也不是辦法，就算是您對臣妹有所期望，也不能對朝堂不聞不問吧？」

聖上半晌沒回她這番話。

等趙瑾終於從養心殿出去時，臉上的神情有些空洞，就像失去了靈魂一般。

守在門外的邱尚書等人還以為她被聖上訓斥了，或者是聖上想開了，不打算讓趙瑾繼續擔任攝政公主。

誰知還沒等他們開口，就聽見趙瑾說：「邱尚書，明日祭祖大典，由本宮來主持，你可以去安排了。」

丞相蘇永銘與太傅聞世遠聽見此話，自然明白了聖上的意思，但他們的反應都很大。

蘇永銘直接跪在養心殿前，高聲喊道：「聖上，臣懇請聖上收回成命，自古祭祖皆由君王或儲君主持，公主殿下乃是女子，實在不適宜擔此重任！」

趙瑾腳步先是一頓，隨後便頭也不回地離開。

養心殿前，再無人能被召見，不說朝臣，那些想陪侍左右的妃嬪也沒能進去，沒多久，李公公就出來苦口婆心地趕人了。

趙瑾要主持祭祖大典的消息傳出來之後，朝堂上終於大亂。好些大臣聯名上書，求聖上撤回讓趙瑾主持祭祖大典的決定，禮部等人更是被眾多同僚質問。

在這種情況下，「比起讓公主主持，倒不如讓王爺主持」的說法再度出現了。

人在京城的王爺有誰呢？撇開閒散王爺瑞王不提，無非是宸王和煬王。比起之前半開玩笑的建議，這次大夥兒的語氣認真不少，朝堂的氛圍頓時變得微妙起來。

然而隔天便是祭祖大典，就算他們意見再多，聯名書沒遞到趙瑾手上，她就當不知道。

是夜，趙瑾臨時抱佛腳。

祭祖的流程她清楚，不過往年她大都充當可有可無的背景板，即便知道上面的人在說什麼、做什麼，也與她無關。現在主持大局的人成了她自己，意義便大不相同了。

屆時文武百官、宮中妃嬪以及宗室族親皆在場，趙瑾可不想在這麼重要的事情上掉鏈子。

紫韻在一旁為趙瑾整理祭祖大典要穿的衣物，臉上盡是喜氣。「殿下，您可是武朝歷代以來頭一位主持祭祖大典的公主呢！」

唐韞修抱著女兒，小郡主滿臉好奇地問道：「娘親，什麼大典？」

「明日妳就知道了。」趙瑾輕輕點了一下小姑娘的鼻尖，眼神裡多了抹笑意，只是未達眼底。

唐韞修將女兒放下來，她就歡快地跑出門去了。

紫韻收拾好東西之後也退了出去。

唐韞修輕聲問道：「殿下在憂慮什麼？」

別人或許看不出趙瑾的表情代表什麼，但在唐韞修這裡，就覺得她好似一隻被折翅的鳥兒，突然就不快樂了。

「聖上讓殿下監國一事，讓您有壓力了嗎？」唐韞修向來善解人意。

趙瑾搖了搖頭道：「我今日見到皇兄，想為他診脈，皇兄不讓，殿內依舊燃著迦和寺進獻的檀香。」

「殿下，」唐韞修抓著她的手道：「您擔心聖上的身體？」

趙瑾何止是擔心，她生怕事情的走勢變得一發不可收拾。

「聖上既然讓殿下擔此重任，便是信您有足夠的能力，」唐韞修專注地看著趙瑾。「我也信。殿下的本事，遠勝於我見過的大多數男子，包括我自己。」

唐韞修說這些話時一直凝視著趙瑾的眼睛。他見過許多人，唯獨對當年茶樓上的驚鴻一瞥難以忘懷。

「殿下想做什麼去做便是了。」唐韞修說道。

這世間如趙瑾這般的女子，萬裡挑一也找不到，他這情人眼裡出的，何止是西施。

祭祖大典當日陰雨綿綿，天空灰濛濛的，如同籠罩了層紗一般。

太廟在皇宮東南側，隔著一堵圍牆，便是宮外。

趙瑾一早就穿戴整齊。今年與往年的角色截然不同，她的服飾與飾品華麗了不少，身為公主，即便是祭祖，在穿著打扮上的限制也不大。她的長裙接近明黃色，用金、銀色絲線繡著五彩鳳尾，髮髻上插著玉簪，更難得戴上了步搖。

身邊的紫韻亦步亦趨地替她撐傘，周圍跟著小太監，再往外就是圍成了一圈的大臣們。站在高處往下看，人群在雨中變得密密麻麻起來。

「殿下，吉時將到，該開始了。」邱尚書在一旁提醒道。

趙瑾往後看了那些心思不一的官員一眼，還沒有動作，便聽見外面忽然傳來吵嚷聲。

太廟離宮外並不算遠，外頭的聲音要是大一些的話，圍牆內的人便聽得見。雨不大，那些呼喊聲透過濛濛的雨幕傳來——

「女子當政，我朝當亡！」

「懇求聖上罷黜華爍公主！」

「女子不可當政！」

趙瑾頓了一下，站在原地不動。

旁邊的禮部尚書默默擦了一下額頭上並不存在的冷汗。

很快就有人來報。「稟殿下，都是京中的讀書人，有些還是舉人。」

舉人啊……趙瑾倒沒有遮遮掩掩，她說道：「既是讀書人，說明日後還想參加科舉，出去和他們說，要是現在離開，本宮可以既往不咎，若是冥頑不靈，便一個個記下來，取消科舉資格。」

「殿下不可。」說話的人是吏部尚書。「那些都是我朝未來的棟梁之材，殿下如此作為，豈不寒了天下讀書人的心？」

趙瑾的眸光掃了過去，淡淡地道：「我朝地大物博，每回趕來京中赴考的讀書人幾人？考上的又有幾人？我朝的未來若只能靠那群喧譁吵鬧之士，諸位不如早日摘下自己頭頂上的烏紗帽，將位置讓給他們。」

本來上班就煩了，趙瑾的怨氣幾乎能將遊蕩在太廟外的孤魂野鬼全給嚇跑。

吏部尚書甚是不服氣，想再講句話的時候，便又聽見趙瑾緩緩補充道：「還是說，諸位希望本宮好好查查，為何會有人在今日到太廟外鬧事？」

趙瑾說這些話時，不少靠近她的官員都聽得清清楚楚。

華爍公主彷彿像是變了個人般。看得出來她心情不太好，但這開口便是一陣亂懟的姿態，還是將在場的人嚇了一跳。

沒多久，外面的吵鬧聲終於消失了，趙瑾踩著臺階一步一步向上走，來到祭壇前。

身邊的宮女恭恭敬敬地遞上香，趙瑾就著燭臺上的火將香點燃，隨後開始祭拜。

祭壇最上方供著武朝開國皇帝高祖的牌位，後世稱其為「帝神」，在武朝人眼中享有至高無上的地位。

接下來依次是武朝歷代君王，最靠近趙瑾的牌位，是她素未謀面的父皇。

聽說她這位親爹對付起自己的兄弟時毫不手軟，在位期間倒是沒幹幾件實事。他在世時任由幾位皇子互相爭鬥，搞得趙臻這個太子中毒，還種下晉王謀反的種子。

趙瑾當然不曾親眼目睹這一切，但光是這些訊息，就足以讓人明白皇位爭奪有多驚險、手足相殘有多不留情。

雖然下著綿綿細雨，香燃著未滅，反倒是趙瑾將香插進香爐時，不知哪來的風瞬間將燭火吹滅了。

祭祖大典上，燭火熄滅乃不祥徵兆，代表祖宗發怒。後面的幾道臺階上，禮部尚書額上真的冒出冷汗了。

趙瑾神色不變，一個眼神掃過身邊的宮女，對方連忙點燃蠟燭。

插好香，趙瑾不慌不忙地走回祭祀的位置，此時禮部尚書高聲道：「奏樂——」

〈平樂章〉緩緩響起，趙瑾依照皇室的標準行三跪九叩之禮，她這會兒的禮儀，讓人一點都挑不出毛病來。

曾覺得趙瑾這個公主舉止粗魯、毫無規矩可言的太傅等人心想，原來她不是不能做好。

朝臣隨著趙瑾跪拜，朦朧煙雨中，這個場面顯得格外壯觀——順著臺階往下，是皇室宗親、身穿各色官服的官員以及後宮佳麗，再來便是浩浩蕩蕩的軍隊與宮人。

如今，以趙瑾為尊。

在祭祖大典這樣的場合上，當今聖上並未出席，唯一的皇子也沒出現，皇后倒是在場。她站在前面，卻居於趙瑾之後。

皇后與自己的父親隔著人群對望了一眼，隨後毫無波瀾地移開目光。

第八十四章 各方博弈

這個環節上沒出什麼問題，接下來依序是點燃禮炮、禮部頌文、趙瑾焚祝文。

雨停了，風沒停，焚燒東西後帶來的灰燼輕輕隨風飄起，落到了趙瑾的髮髻上，點點火星在她身後飄盪。

趙瑾的表情與神色平靜，穩如泰山。近乎明黃的祭服與她明豔張揚的臉蛋搭配起來，比站在她後方的皇后更有威嚴。

祭祖大典沒再出亂子，一開始在太廟外頭鬧事的讀書人雖被驅散，但該被記下名字的都已被記下，名單在祭祖大典結束後第一時間便放到了趙瑾的桌上。

這一日對所有人來說都是勞累的，等趙瑾再坐上自己的椅子時，一瞬間就被打回原形。

唐韞修抱著累到睡著的閨女，將她找了個地方放下，再過來給趙瑾捏肩。「殿下今日辛苦了。」

等太傅被小李公公引進來的時候，看到的便是駙馬溫柔貼心的一幕，腳步不禁一頓。

這場面其實有些說不出的熟悉。為人臣子，這些年來，哪裡沒看過聖上與妃嬪在一起時的場面？如今的趙瑾與唐韞修，像極了君王與寵妃。

趙瑾這個公主看上去無其兄長的風範，反而與她素未謀面的父皇格外相似。

太傅聞世遠深吸了一口氣道：「臣參見公主殿下、駙馬爺。」

趙瑾原本正在閉目養神，這會兒聽見太傅的聲音，便睜開雙眸道：「太傅來了啊。」

唐韞修順勢鬆手。他站在一旁溫柔小意的模樣，讓太傅的錯覺更強烈了。

聞世遠可以忽略這股不適感，他看向趙瑾道：「殿下，今日祭祖大典上的事必然是有人指使，您打算派人徹查嗎？」

趙瑾搖頭道：「太傅，朝中不滿本宮的人多得很，就算找到了又能如何，殺雞儆猴嗎？」

聞世遠道：「殿下，殺雞儆猴總歸是個法子，若要坐穩這個位置，您就要建立起威信。」

所謂君王，若無威信，便無分量。

聞世遠繼續說道：「殿下不能凡事只聽臣或其他人的，帝王之道，殿下從小耳濡目染，應該懂得一些。」

然而趙瑾偏不這麼想。她該懂什麼？是打一個巴掌、再給一顆糖，還是雨露均霑？

趙瑾說道：「太傅，您說的本宮都明白，只是本宮確實不是這塊料，您應該也知道。」

太傅想起了過去為趙瑾講學的時光，陷入了沈默。

趙瑾不是一個讓人省心的學生，之前不是，現在也不是。她的心態跟一般人完全不一樣，首先是「羞恥感」，這玩意兒她從小就沒有。

在太傅觀察趙瑾祭祖大典的表現後覺得她還能救的情況下，她又一下子就讓他認清了現實。

太傅心道，武朝前途堪憂。

他在擔心自己這把老骨頭還能不能再多堅持幾年，好歹撐到小皇子能穩穩當當地坐上高位。這個公主，實在不可靠。

趙瑾壓下了那份鬧事的讀書人名單，也沒說要怎麼處置。

她正想跟太傅說句什麼，結果外邊就有公公進來，期期艾艾地道：「稟殿、殿下，安華公主求見。」

安華公主啊……趙瑾聽到時稍稍愣了一下。

她跟這個姪女前幾年最後一次見面時，差不多就落入老死不相往來的局面，那時趙瑾覺得自己挺無辜的，無端被捲入人家父女之間的爭執。

安華公主與聖上的重量不是同一個等級，她所有的嘶吼與掙扎在帝王眼裡都是徒勞。在趙瑾那個聖上哥哥眼裡，安華公主這個女兒徒有野心卻沒有腦子，讓他對她失望透頂，不爭不搶的安悅公主這些年來反而過得比她這個妹妹好很多。

兩年前，安悅公主生下了一個男孩，看樣子與她的駙馬算是琴瑟和鳴。至於安華公主與她的駙馬，許久前便已貌合神離了。

「殿下，這安華公主您是見還是不見？」

趙瑾看向熟睡的女兒，唐韞修很快便明白了她的意思，他上前將小郡主抱起來，走入簾帳後。

等趙瑾再見到安華公主時，殿中除了她們兩人，便是小李公公與兩個宮女。

趙家人的模樣向來生得不錯，安華公主身為聖上的女兒，自然有張漂亮的臉蛋，養尊處優這麼多年下來，更是貴不可言。

賢妃被貶為賢嬪後不過一年的時間，位分便升回來了，主要的原因是安華公主這個女兒終於學會向自己的父皇低頭認錯。

就算皇室裡多了個可以繼承大統的小皇子，但聖上子嗣不豐是事實，只要安華公主順著她父皇的臺階下了，她的地位便不會生變。

「安華見過小姑姑。」

這一聲「小姑姑」讓趙瑾有些意外。

安華公主比趙瑾大了十來歲，已經接近四十。這個年紀的人當趙瑾的長輩綽綽有餘，偏偏她們的輩分是相反的。自從鬧翻以來，兩人就沒見過面，安華公主倒是沈得住氣，能放下身段喊趙瑾。

「來找本宮有事嗎？」

「姪女想見父皇。」安華公主趙沁的個性依舊如從前那般，雖然沒了那股囂張跋扈的勁兒，但說話仍是開門見山。

趙瑾一頓，說道：「想見妳父皇卻來本宮這裡，是不是找錯人了？」

養心殿門外那塊地，天天都有臣子跟妃嬪在那裡蹲著，懇求聖上趕緊撤下趙瑾這個攝政公主的人向來不缺，都快將那片地跪得光滑發亮了。

趙瑾覺得實在是難為他們了，上朝時要與她逢場作戲，下朝後又馬不停蹄地去求見聖上，可直接跑到她面前來說這話的人，安華公主還真是第一個。

「聽聞昨日小姑姑進入養心殿見到了父皇，所以姪女才斗膽前來懇求小姑姑，讓姪女見見父皇。」

這番話裡面，每個字趙瑾都認識，但組合在一起就有些讓她聽不懂了。

「說清楚一些。」趙瑾蹙眉。「妳要見妳的父皇，與本宮何干？」

趙沁往地上跪了下去。「父皇下旨讓您代行監國之權，如今滿朝文武皆見不得父皇，唯獨小姑姑能見，父皇身體抱恙，身為子女理應陪侍左右，懇求小姑姑讓姪女伺候父皇。」

這裡的門是開著的，裡外都有伺候的宮人在，安華公主的音量，並不算小。

趙瑾笑了一聲，她好像明白這齣是什麼意思了。想陪侍她父皇左右是假，給她扣上帽子才是真。

安華公主這些年來聰明了些，可也沒聰明到哪裡去，這會兒不知道又是讓誰當槍使了。

趙瑾不想平白無故被扣上禁錮聖上的帽子，沈默地盯著跪在她面前的安華公主。

安華公主就算輩分比她小，但畢竟是聖上的親生女兒，更比趙瑾年紀大了許多，她這一跪，趙瑾都怕自己折壽。

退一步說，她趙瑾就算受得起這個禮，也承擔不起那個罪名。

趙瑾忽然輕輕笑了，問了一句。「賢妃娘娘近日還好嗎？」

正在表達孝心、一臉懇切的安華公主表情僵硬了些。

趙瑾當然不是無緣無故提起賢妃的。

安華公主那時犯的錯不小，賢妃被降成了賢嬪，還得親自吩咐人給親生女兒灌墮胎藥。被降位分之後，不僅在後宮的待遇變差，娘家那邊的兄弟跟妯娌也對她有怨言，一年之後，聖上才鬆口讓她升回妃位，這段經歷，對賢妃來說算是一場噩夢。

這些年以來，皇后在聖上這裡的地位無人能挑戰，如今更育有小皇子，賢妃能比較的對象自然是同樣生了一個公主的德妃，可安悅公主顯然比安華公主讓人省心得多。

就算恢復了妃位，聖上對德、賢兩妃的態度也有了不同。賢妃現在對自己的妃位有多看重，安華公主是知道的。

「小姑姑提母妃做什麼？」趙沁整理好自己的情緒，再次看向趙瑾。

「聽聞賢妃娘娘最近召了幾回太醫，妳不陪侍在她左右，反而只惦記著妳父皇，這孝心是否偏頗了些？」趙瑾緩緩道。

門開著，趙瑾說這話的時候，絲毫不顧及家醜外揚的問題。

安華公主確實不夠聰明，但凡她聰明一些，都不會被趙瑾反將一軍。

「母妃隨時都能見，可父皇卻不是姪女想見就能見的。」趙沁意有所指，一雙眼睛直直地瞪著趙瑾，隱隱透露出些許不甘。

「放肆！」趙瑾猛然一拍桌面，站起來厲聲喝斥道：「趙沁，妳父皇不過抱恙在床，妳這話是什麼意思，公然在本宮面前詛咒妳的父皇嗎？」

扣帽子是吧？誰不會扣啊！

趙瑾不想浪費時間繼續跟她扯下去，安華公主這腦子裡不知道裝的都是些什麼，只想著爭權奪勢，卻毫無權謀可言，什麼時候將自己賣了都不知道。

坐上這個位置之後，趙瑾才終於真正體會到，當年便宜大哥聽見女兒懷了反賊骨肉一事時究竟是什麼心情——白養。

「退下吧，若還是想不明白，本宮不介意提醒賢妃娘娘好好管教女兒。」

攝政公主終究還是有她的威嚴在，儘管安華公主不服氣，卻又不得不意識到趙瑾的身分不同於以往，只得懷著憤恨離去。

趙瑾並不好奇她去了哪裡，不過小李公公過了一會兒就回來說道：「殿下，安華公主剛才去了養心殿，聖上沒召見她，之後她又去了賢妃娘娘那裡。」

聞言，趙瑾冷冷一笑。倒是個上道的。

簾帳後，睡得迷迷糊糊的小郡主揉著眼睛走了出來，逕自抱住趙瑾的大腿，軟乎乎地叫了聲「娘親」，隨即又睡了過去。

趙瑾將女兒抱起來放在膝上，默默下定決心——養女兒，可不能養成安華那個樣子。

祭祖大典告一段落，趙瑾承諾的五十萬兩銀子也投入工部，工部拿錢辦事，很快就畫起了武江的修壩圖紙。

趙瑾抽空看了一下工部遞上來的圖紙，看了兩眼以後，面無表情地退了回去，讓他們重做。她畢竟是出錢的人，工部忍了。

大理寺與周玥共同督辦的「臨仙」一案，兜兜轉轉了一番，還是查到了迦和寺頭上。

奏摺呈到趙瑾面前時，她看著面前的周玥與崔紹允道：「什麼意思？」

崔紹允率先開口。「稟殿下，臣等追查『臨仙』的來源，最後由京城的大夫判定，此香的主要原料，乃是一種名為『紅蠶花』的西域奇花。」

趙瑾點頭道：「繼續說。」

「此花京城內唯有迦和寺種植，臣懷疑此事與寺中僧人脫不了干係。」崔紹允說著一頓，才又道：「然而迦和寺乃聖上下令修建之地，寺中僧人釋空大師還是聖上的座上賓，臣怕……」

若因貿然行動而驚擾了聖上，到時候是功還是過，便難說了。

趙瑾哪裡不懂崔紹允想表達的意思，她笑了聲，說道：「崔紹允，你這些年來倒變得圓滑了些，知道什麼人能得罪，什麼人不能了。」

從前的崔家公子，嫉惡如仇得很。

趙瑾翻著奏摺，那慵懶的模樣，令旁人無從判斷她到底是認真看了還是沒有。半晌後，一道清冷的女聲緩緩響起。「迦和寺，照查不誤。聖上那裡若是問責，便算本宮的責任。」

崔紹允聽見這話時愣了一下，大概是習慣他的頂頭上司大理寺卿辦事時向來模稜兩可，如今碰見趙瑾這麼個不打馬虎眼的，有些沒反應過來。

「是，臣遵命。」

趙瑾繼續翻看起奏摺，想了想，又說道：「你們手上有臨仙嗎？給本宮弄一點過來。」

崔紹允又是一愣，就在這短短的瞬間，他身旁的周玥已經給了肯定的回覆。「臣遵命。」

當趙瑾再被聖上傳召時，釋空大師已被大理寺關押了兩日之久。

趙瑾站在養心殿外，瞧李公公的神色，便知曉裡面的情況大概不妙。

果不其然，趙瑾剛踏進去，便聽見瓷杯摔碎在地的清脆聲響，伴隨著宮女的求饒聲。

趙瑾的腳步一頓，眸子微微垂下，等候裡面的動靜平息。

不過須臾，宮女便收拾好碎瓷片出來，見到趙瑾時還不忘向她行禮。

趙瑾走了進去，屋內依舊燃著檀香，聖上這次沒坐在床上，而是站在窗前。

「見過皇兄。」趙瑾老老實實地行禮。

聖上背對著她，身形看起來削瘦了不少，在這一刻，趙瑾再次感受到了便宜大哥的衰老。

即便如此，趙瑾依舊從這道背影裡面瞧見了她這個兄長的威嚴與怒氣。

「知道朕今日為什麼讓妳過來嗎？」趙臻問道。

趙瑾神色不變，但是她心裡應當清楚。

「不知。」她裝傻道。

「妳查了迦和寺。」趙臻用的不是疑問句，而是敘述句。

其實在前兩日，朝堂上就提過這個問題，不少人認為不該在沒有更多證據的情況下便將釋空大師帶走。

朝臣反對的首要原因是，釋空大師是聖上的座上賓，然而「臨仙」的原料確實種在迦和寺內，無論如何，那裡難逃干係。

站在風口浪尖上的，自然是負責執法的大理寺，以及給了他們權力的趙瑾。

在大理寺查案前，趙瑾已明令朝廷官員不可碰「臨仙」，過去犯下的既往不咎，但明令禁止後仍死不悔改的，她不會慣著。

「是，皇兄。」趙瑾先是承認，而後又道：「臣妹下令讓大理寺徹查京城西域奇香一案，既然迦和寺與此案有所牽扯，那大理寺請釋空大師過去協助案件調查也合理，若他是清白的，想必大理寺很快便會放人，皇兄不必擔心。」

「不必擔心？」沈默了半晌之後，趙臻轉過身來看她，目光還算平靜。「妳如今膽子倒是大了不少。」

趙瑾不太明白這算是什麼評價，只是見到聖上的嘴唇白得厲害，龍袍在他身上寬鬆異常時，便明瞭他的情況不對。

聖上還想說句什麼時，卻猛然咳了一聲，引來趙瑾的關注。

中醫透過望聞問切的方式看診，一個人有沒有病，甚至一眼就能看出來。

趙瑾當然知道她這個聖上哥哥身體有一堆大大小小的毛病，但眼下給她的感覺實在不太好。

聖上召她來，只問了迦和寺的事，卻沒說能不能繼續查下去。

「妳這兩日就不要上朝了，」趙臻忽然說道：「在府上禁足兩日。」

趙瑾心頭不禁一喜。假期來得如此突然？

她懶得問原因，正想謝主隆恩時，趙臻又道：「朕會讓高祺越送奏摺到妳府上，太傅跟丞相年紀不小了，別整日想著讓他們幹妳該幹的活兒。」

趙瑾還沒來得及揚起的嘴角就這麼僵住了。

一種放假但是有滿滿家庭作業的錯覺油然而生，讓她瞬間夢回學生時代。

趙臻看到她的表情時，冷哼一聲道：「都這麼大的人了，還想著用小時候的招數，丟不丟人？」

在混吃等死這方面，趙瑾還是有點執念的，不過她這招也只對身為老師的太傅有用。不管趙瑾能不能擔此重任，只因為她是公主，太傅便對她放寬了要求。

趙瑾利用的便是太傅這種心理，橫豎公主與那個位置無緣，他們這些做臣子的辛苦點便是了，然而這招對聖上來說免疫。

此刻趙瑾在內心惋惜了一下，還打算狡辯兩句，但是趙臻顯然不想聽她說話了，擺手道：「出去吧。」

這是不想溝通了。趙瑾認命離開，臉上又是一副失去夢想的模樣。

第八十五章　捕風捉影

養心殿前每日都不缺來求聖上罷黜趙瑾攝政一職的官員，趙瑾甚至已能心平氣和地和他們打聲招呼再走。

只是今日離開的時候，趙瑾在路上恰好碰上了徐太醫。

徐太醫與趙瑾的距離不算近，也不算是面對面，徐太醫完全能假裝沒看見趙瑾——事實上，他就是這麼打算的。

然而趙瑾是什麼人呢？她想社交的時候，還沒有誰逃得了。

趙瑾腳步一頓，喊道：「徐太醫。」

徐硯止住了步伐，轉過頭來時神色略微不自然。「臣見過公主殿下。」

趙瑾問道：「趕著去見皇兄？」

徐硯垂首道：「是。」

「皇兄近來身體狀況如何？」趙瑾問。

徐硯這會兒說起話來可謂滴水不漏。「看殿下的方向，是從養心殿出來的，聖上身體如何，殿下心裡應該有數才是。」

趙瑾挑眉道：「本宮問你話，你不回答，反倒問起本宮來了？」

徐硯油鹽不進道：「殿下恕罪。」

趙瑾明白從徐太醫這裡得不到答案了，為了避免被叫回去訓一頓的風險，她也不執著，冷哼一聲後就走了。

徐太醫默默無語，霎時感到一股冷風從後背吹來。

華爍公主被禁足的消息很快就傳了出去，雖然休朝兩日，可是往公主府裡面送的奏摺卻一點都沒少。

趙瑾得到這短短的「小假期」，外面的傳言可說是傳得五花八門、天花亂墜。其中最令人信服的便是趙瑾下令查迦和寺這個舉動惹怒了聖上，聖上才來了這麼個小懲大誡。

一時之間，原本就對趙瑾不滿的官員藉機又往聖上那兒遞上不少彈劾她的書狀，主要集中在她調查釋空大師這一點上，罪名是「不將君王放在眼裡」。

甚至京城外也有傳聞，趙瑾一成為攝政公主，便不尊敬聖上，有不臣之心。

女子當政本就容易引發爭議，一點點錯處都會被無限放大，趙瑾在家的這兩日，公主府外不知道多少人想進門跟她談談。

趙瑾一個都不見，最後周玥翻牆進來了，只是公主府如今的防衛不一般，她在毫無防備的情況下當場被御林軍給抓住了。

「周玥……」趙瑾扶著腦袋，多少有點不想承認跟這個外甥女的關係。

「小姨，我給您的管家遞過拜帖了。」

陳管家是個實誠人，趙瑾說了不見客，那就是不見，誰想得到有這麼個走不了正門就翻牆的。

趙瑾抬了抬手，架在周玥脖子上的劍便收了回去，御林軍紛紛重新回到自己的崗位上。

正常人被聖上禁足，不說受到打擊，起碼不會像趙瑾這般瀟灑。

趙瑾面無表情地看著自己的外甥女。「說吧，千辛萬苦地進來找我做什麼？」

「小姨，您為何不讓我們動釋空大師？」周玥不解地問道：「紅鬣花明明就種在迦和寺裡面，釋空大師也是西域那邊來的僧人，若說跟他沒關係，誰信？」

趙瑾垂首喝茶，頭也不抬地說：「多得是人願意信。」

為了讓她這個嫡長公主下臺，那些人就算不信也會信，釋空大師到底有沒有涉案，其實不重要。

周玥不甘心地說：「那也不能就這麼將他給放了吧？」

釋空確實已被放了出來，在趙瑾被聖上禁足的第二日，大理寺就下令放人，而這個命令也是從趙瑾這裡傳達下去的，才有了周玥現在翻牆進公主府這麼一齣。

「如今京城關於您的閒言閒語甚多，明日上朝，您該如何面對？」

「我倒是恨不得立刻跳下這個位置呢。」趙瑾嘆了一口氣。「不過短時間內應該是不行，那些臣子終究會習慣的，別管他們了。」

她吊兒郎當的模樣確實欠揍，以至於周玥此刻格外同情太傅。

趙瑾想了想，朝周玥招了招手道：「既然妳這麼閒，替我辦件事。」

周玥湊過頭去，便聽見趙瑾說：「去趟西域。」

嘉成侯不請自來一趟公主府，直接將自己送出了京城，翌日上朝時，周玥的位置空了下來。

趙瑾坐在上面，裝模作樣地板著臉。

工部尚書是第一個發難的。「稟殿下，整治武江的方案遭殿下退回，臣想請問殿下原因。」

陸尚書的怨氣重到讓周圍的同僚都忍不住往旁邊挪了一下。

趙瑾戰術性地往後仰了一下，乾咳一聲道：「工部侍郎何在？」

人群中，一名舉止優雅的男子緩緩走了出來，恭恭敬敬地朝趙瑾行禮道：「臣在。」

「本宮之前應當提過武江的施工方案標準，你給陸尚書說一下。」

江其羽，現任工部侍郎，他當著朝堂上所有人的面道：「殿下所說的標準是，此次修壩，必須將每年洪水泛濫時的水引到其他河道上，以疏代堵，起碼建造的工程不能每年都被洪水沖毀。」

「那江侍郎再說說，工部交上來的圖紙能達到本宮的要求嗎？」

「殿下，」不等江其羽開口，陸尚書便說話了。「先不提您這個要求幾乎無前例可循，若按照殿下的要求做，五十萬兩銀子是遠遠不夠的。」

「所以這就是你們將去年的圖紙拿來糊弄本宮的原因？」趙瑾不鹹不淡地說著話，懶懶散散的。

「本宮雖然不懂這些工程的原理，但眼睛還是有的，幾張圖紙而已，仔細瞧瞧還是能看懂一二。」趙瑾的語氣聽起來不算生氣。「本宮好歹將錢撥到工部了，你們就這麼糊弄本宮？」

她本人沒什麼監國的氣勢，可說話的內容卻都有理有據，此話一出，工部兩個人直接跪下了，齊聲道：「殿下恕罪。」

趙瑾挑眉道：「恕什麼罪？你們糊弄的是本宮而已，又不是聖上，不是什麼大罪，不用擔心。」

她越是說出一些安慰人的話，陸尚書就越心慌。

什麼聖上、殿下的啊，聖旨上明明白白寫著，聖上養病期間，公主殿下代行的就是聖上之職，糊弄她，等同於糊弄聖上。

「殿下，臣知罪。」

趙瑾眸光掃了過去，不偏不倚地對上了太傅的目光。

太傅自然沒想到會有這一齣，印象中趙瑾只是隨意掃了那圖紙兩眼便放在旁邊了，怎麼能分辨出那是去年的圖紙呢？

「起來吧。」趙瑾淡淡地道：「回去準備好新的圖紙再呈上來，經費的問題之後再說，國庫缺不缺錢本宮不管，民生社稷之事不能將就。」

趙瑾被禁足兩日以後再上朝，便是在工部戰戰兢兢的狀況下結束了。

下朝後，趙瑾就被太傅找上了，太傅聞世遠狐疑地看著她道：「殿下怎麼知道工部呈上來的圖紙是去年的？」

「太傅，本宮詐他的。」趙瑾緩緩道，語氣格外吊兒郎當。「那紙是舊的，好端端的，工部不至於窮到拿舊紙畫東西吧？」

太傅頓時無語。

工部圖紙一事就此揭過，聞世遠提起了迦和寺。「殿下，是您讓大理寺查的案子，怎麼將人給放了？」

太傅對釋空大師非常有意見，即便是在聖上面前，也不曾掩飾他的厭惡。武朝有自己供奉的神佛，若不是因為聖上，西域來的神佛哪有資格在京城設廟？

何況在這麼短的時間內建造一間規模這麼大的寺廟，說不勞民傷財是假的，加上聖上召見釋空大師的頻率實在太高，太傅看他不順眼很正常。

「太傅，」趙瑾輕聲道：「釋空大師在大理寺那邊確實將自己摘得乾淨，皇兄又要保他，本宮也沒辦法，您說是吧？」

趙瑾這話並不是在開玩笑。迦和寺那邊說每個月都有人來買紅蠶花，但之後那些花的去向為何、被拿去做了什麼，寺廟裡的僧人一概不知。

按釋空大師的話來說，紅蠶花能入藥，買花的人大多是為了這個用途，可對於「臨仙」此香，他毫不知情。

不管這話當中究竟有多少漏洞，如今人已被放了出來。

「殿下身為監國，應當具備魄力。」聞世遠說。

趙瑾道：「太傅，話可不能這麼講，本宮的皇兄還在呢，再怎麼著，那魄力也不能撒到聖上面前。」

這話就一個意思：給她施加壓力有什麼用，她是個打工仔，又不是君王。忤逆大哥她在行，忤逆國君是另外一回事。太傅再熬幾年就能致仕了，她這個公主還要當很久。

太傅氣鼓鼓地走了。

趙瑾慵懶地翻開自己面前那一大堆奏摺，奏摺批完之後，還會送到太傅那邊進行檢查。

釋空大師剛被大理寺放出來沒多久，今日便被聖上召見入宮。

趙瑾去上書房接孩子們下課，恰好與從養心殿出來、被宮人領著離開的釋空大師迎面撞了個正著。

此時趙瑾身邊有三個孩子，她一左一右地牽著小郡主與小皇子，唐煜則跟在一旁。

「釋空見過公主殿下，見過小皇子殿下、小郡主、世孫。」

趙瑾先是側眸看了孩子們一眼，又看向面前披著袈裟的僧人，皮笑肉不笑地問道：「釋空大師，這是要出宮？」

「是，殿下。」

「聖上的身體如何？」趙瑾忽然問了這麼一句。

釋空大師的目光顯然不在趙瑾身上，反而在小皇子的臉上停留了片刻。

「關於聖上的身體，殿下應該問太醫，貧僧不過是一介僧人，無權回答。」

「僧人？」趙瑾笑了一聲。「皇兄如此頻繁召見大師，難不成只是為了聽你誦經？」

她這話不算好聽，任誰都能聞出火藥味，很顯然，華爍公主並不待見這個釋空大師。

想來也是，因為這麼一個僧人，華爍公主喜提禁足兩日，這會兒對他不滿也是應該的，只是公主這話說起來透著一股陰陽怪氣的勁兒，倒不知讓人如何說她才好。

喜怒不形於色，才是上位者該有的姿態。在這一點上，華爍公主是不及格的。

釋空垂眸道：「殿下若是好奇，可問聖上。」

趙瑾確實不算待見這位「高僧」，也沒工夫和他閒聊，不過有件事她還是得問。「聽聞釋空大師出身於西域，過去一向在西域傳教，因何契機才來中原呢？」

「既是傳教，便無拘於何處、何時。」釋空垂眸，不卑不亢道。

他垂眸的那一瞬間，目光掃過了趙瑾，忽然間說道：「貧僧觀殿下面相，日後定是王侯之命。」

「王侯？」趙瑾笑了一聲。「本宮不信這個。」

「貧僧多嘴，還請殿下恕罪。」

趙瑾擺了擺手，不想再理會他，而是將注意力放在孩子們身上，宮人見狀，便將釋空大師往宮門的方向引去。

將小皇子送到坤寧宮門口後，趙瑾便打算讓宮女將他領進去，誰知這時候小皇子扯了趙瑾的手一下。

「姑姑。」

趙瑾低頭看著這些日子好不容易臉上養了點肉的幼崽。趙家的優良基因還是在，看趙詡與趙聆筠這兩個小傢伙的模樣，說他們都是趙瑾生的，肯定有人信。

「怎麼了？」

「姑姑，我能不能隨您回去？」

「為什麼？」趙瑾問。

「我想跟姊姊一起，」小小的崽子有大大的念頭。「您能不能帶我回去？」

趙瑾盯著那張可愛的小臉蛋。「詡兒，姊姊明日還會來，你今夜早點睡，明日一早便能見著。」

在忽悠幼崽方面，趙瑾是箇中好手，三言兩語就讓宮女將他給帶了進去。

回去公主府的途中，很明顯有一個小朋友悶悶不樂。

等小郡主被放到地上，歡天喜地去找她爹時，趙瑾就拎著唐煜去談話了。

「煜兒，今日怎麼回事，上書房有人欺負你嗎？」趙瑾問。

今日接到人以後就沒見他臉上有過笑容，孩子還這麼小，怎麼就有心事了？

「嬸嬸，上書房沒人欺負我。」小傢伙低頭說道，腦袋上還有根呆毛。

趙瑾伸手為他壓了下去。「那你跟我說說，有什麼事？」

她好歹當了幾年的代理家長，將那麼一個小團子養成如今的漂亮小少年，當然有立場關心孩子的心理健康。

在趙瑾專注的目光下，小少年乖乖開口道：「嬸嬸，妹妹會一直待在我們家嗎？」

趙瑾疑惑道：「妹妹不在我們家，還能去哪兒？」

「今日小皇子殿下說想要妹妹留在宮裡陪著他。」唐煜一頓，又抬眸看向趙瑾。「嬸嬸，如果他跟皇后娘娘說了，皇后娘娘會將妹妹留在宮中嗎？」

唐煜的話猶如驚雷一般炸響在趙瑾耳邊，她愣了一下，忽然意識到自己的女兒在京城裡確實算是個香餑餑，之前皇后說要為小皇子選側妃時，也是絕口不提正妃的事。

京城當中，除了丞相以外，還有誰會毫不猶豫地站在小皇子這邊呢？

聖上的心腹大臣的確會，然而說到底，嫡長公主府具備了地位、財力與軍隊三大有力條件，比起其他人突出了不只那麼一點。

最重要的是，目前嫡長公主正在監國，要是趙瑾想，絕對能與丞相一較高下。小皇子若有小郡主當作正妻，那麼唐家軍必然對其效忠。

在這個時代裡，表親、堂親之間的聯姻不算少，但趙瑾絕不會讓這種情況發生在自己女兒身上。

趙瑾拍了拍唐煜的肩膀。「不會的，別胡思亂想。」

唐韞修在這個時候牽著閨女走了過來。「娘親不是在這裡嗎？剛才明明還笑咪咪地要爹抱，不見妳娘親一會兒就哭上了，我這個爹就這麼不受妳待見？」

他閨女壓根兒聽不見親爹在說什麼，蹦躂著跑向趙瑾，在成功被抱起後腦袋一歪，與趙瑾玩起了貼貼。

唐韞修不知道該說什麼才好。

趙瑾抱著自己養得敦實的閨女，對唐煜說道：「去用晚膳吧。」

當晚，夫妻倆沐浴後躺在床上，趙瑾窩在唐韞修懷裡小聲說了這件事，唐韞修玩著她的頭髮，聞言後沈默了片刻，才緩緩開口道：「殿下，此事不必過於憂心，短時間內他們應當不會將主意打到我們圓圓身上來。」

起碼不會明目張膽。就算皇后有想法，她也知道如今不能與嫡長公主交惡，何況小孩子口中的喜歡，也就是對玩伴的喜愛，談不上什麼嫁娶。

在趙瑾看來，皇后畢竟是一國之母，她說話還是有些分量，可現在聖上不上朝，反而將她這個妹妹推了上來，既然朝中局勢不明朗，想必誰都不會選擇在這時候輕舉妄動。

想到這裡，趙瑾輕嘆了口氣。

「殿下，是每日上朝跟批奏摺厭煩了？」唐韞修問。

不管趙瑾上朝或批奏摺碰上什麼事，唐韞修都不會主動問起，明明早朝一日不落地上了，卻比後宮妃嬪還不理政事。

說實話，在聖旨剛下沒多久時，若說朝臣們對公主攝政這件事有什麼猜忌的話，多半是針對唐家這個駙馬會不會藉公主的名義把持朝政。

結果好些日子過去了，駙馬不僅在朝堂不多話，也不見他插手什麼，反倒是在朝堂上為難趙瑾的人都被她一個個有理有據地懟了回去，她一點虧都沒吃。

除了奏摺不好好批以外，華爍公主這個攝政無功無過，公主的駙馬也安分守己，兩人的表現並未辱沒皇室。

第八十六章 嚴懲不貸

華爍公主監國一個月後，周玥返京了，她風塵僕僕地從西域回來。「小姨。」

趙瑾看她一身勁裝，顯然是還沒來得及回府就到她這裡了。

「先喝口水。」趙瑾為周玥倒了杯水。

周玥仰頭一飲而盡，之後坐到趙瑾身旁。「小姨，您猜對了，在西域能查到釋空大師的來歷。」

「怎麼樣？」趙瑾問。

周玥將她這大半個月的調查結果一一道來。

那釋空大師確實來歷不正，趙瑾聽完之後沈默了許久，周玥不禁問道：「您想怎麼做？」

趙瑾說道：「拿我的令牌去大理寺，讓崔紹允抓人。」

周玥問：「這樣動靜會不會太大？」

「動靜大才好。」趙瑾緩緩道：「其他小動作我能當作沒看見，但『臨仙』不行。」

今日若放任「臨仙」流竄市面，他日京城乃至武朝上下的官員，腦子說不定都被這東西侵蝕得差不多了，到了那個時候再禁，遲矣。

在所有人都當趙瑾是個花拳繡腿的公主時，她讓大理寺抓了一批人，這裡面不乏迦和寺的僧人，包括釋空大師；除此之外，大理寺還查封了一批青樓與酒館。

真正讓朝野大感震驚的是，大理寺抓的人當中有幾個官員，以及勛貴人家的公子哥兒，朝堂差點給炸了。

還沒到上朝的時間，幾個資深的大臣就到了養心殿外，跪在地上求見聖上。

趙瑾非但不著急，甚至還慢悠悠地出門，朝臣們的動向眾人皆知，在公主府守著的御林軍也曉得，高祺越還多派了些人跟在她身邊。

養心殿前的臣子們總算獲得允許進去面聖，在一個月後終於能再見聖顏，幾個臣子可說是老淚縱橫。

「聖上，您快管管公主殿下吧！」

當趙瑾坐上自己位置的那一刻，就感受到了來自四面八方的各種視線。她乾咳了一聲，旁邊的小李公公則緊張地嚥了一下口水。

「行了，不用這麼看著本宮，有話就直說吧。」趙瑾悠悠道，一副對現在的局面一無所知的模樣。

首先開口的是一位武將。「臣敢問公主殿下，昨夜大理寺少卿拿著殿下的令牌進入臣的府邸，二話不說抓走了犬子，不知犬子究竟犯了什麼罪，請殿下明示。」

接下來是某個趙瑾不太記得的侯爺。「臣也請問殿下，犬子究竟犯了什麼罪過，竟讓殿下下令半夜抓人？」

不僅如此，接下來還有為同僚說話的。「殿下，吏部的左侍郎昨夜也被大理寺的人帶走，請殿下明示。」

在滿殿的議論聲與請示聲中，最沈默的當屬大理寺卿楚槐安，抓人的是他的部下，但他身為上司，卻一無所知。

「諸位不明白家眷與同僚為何被帶走，本宮是該給諸位一個說法。」趙瑾緩緩開口。「將他們帶進來吧。」

她話音剛落，外邊便有侍衛押著幾個人進來。

定睛一看，正是方才那些朝臣的家眷以及同僚，甚至有幾個是被關在籠子裡抬進來的，他們的狀態都是肉眼可見的不好。

兩旁的人讓開了一條路，被押進來的人臉色鐵青，不停吸著鼻子，隱隱發抖；籠子裡的人臉色蒼白似紙、神色癲狂，頭不停地撞擊籠子邊緣，在欄杆上留下不少血跡。

「本宮明令禁止臨仙在武朝流通，既然有人不把這當一回事，那便請諸位大人看看，這癮一旦發作且無香續上時，他們會是什麼反應吧。」

聽趙瑾這麼一說，其他人此刻才意識到，這些看起來不太正常的人，都是吸食臨仙的成癮者。

臨仙那香，上癮的人恨不得抱著香爐湊近使勁聞，一旦斷了香，簡直生不如死。

籠子外的人被控制住了行動，表情很不對勁，嘴巴微微張著，一副神遊太虛的模樣；籠子裡的則人不像人、鬼不像鬼，頭髮披散、衣衫不整、臉色鐵青、眼神呆滯。

那些孩子被帶走的朝臣連忙上前察看，某個被抓住的世家子弟則朝自己的親爹哭喊道：「父親救我啊！」

有人看過了孩子之後轉頭朝趙瑾喊道：「殿下，犬子到底犯了什麼錯，要讓殿下如此興師問罪?!」

趙瑾往旁邊看了一眼，小李公公立刻低聲在她耳邊道：「殿下，那位是宣平侯。」

宣平侯啊……趙瑾聽說過，是她某個表哥，最擅長仗著自己的身分向她的便宜大哥要好處。

「宣平侯，令公子是沒犯什麼大罪，就是吸食臨仙上癮了，本宮這是在幫他戒癮呢。」

「殿下，臨仙不過是尋常玩意兒，就如同酒一般，有錢人家用得起便用，用不起的便不用，臣有錢，犬子就算鋪張浪費些，臣也養得起，殿下何必如此小題大作？」

宣平侯慕宵是個挺難纏的人，趙瑾動了他的寶貝兒子，怕是不容易善了。

趙瑾下令抓的並不是侯府的世子，而是一個妾生子，聽聞那妾室頗為受寵，這位公子在家中的地位不算低。

「承淮世子何在？」趙瑾問。

朝堂上，一位面如冠玉的年輕男子站了出來，朝趙瑾拱手道：「臣在。」

承淮世子慕暘，正是宣平侯嫡子。

趙瑾在眾目睽睽下走下臺階，她穿的這身長裙與金鑾殿互相映襯，宛如武朝一朵最嬌豔的牡丹花。

能進入後宮的任何一名妃嬪都有屬於自己的美麗與風韻，可華爍公主在朝堂上落落大方的姿態，都讓其他女子望塵莫及。只要她願意，便能成為象徵武朝繁華的代表。

趙瑾走近那位被押著的宣平侯府公子慕昇，從袖間拿出一個紅色小盒子，輕聲道：「可認得這是什麼？」

慕昇抬眸一看，眼睛頓時發直。「給我！」

不僅是他，但凡香癮發作了的人，一時之間都緊緊盯著趙瑾手上的盒子。

市面上販售的「臨仙」大多用紅色盒子裝著，精緻小巧，就這麼一點東西，卻得用黃金來買。

趙瑾下令禁止「臨仙」後，官府就從市面上沒收了一批，然而沒收歸沒收，只要有市場，就會有人私下買賣。

「想要？」趙瑾緩緩問道。

「要。」慕昇緊緊盯著那盒子不放，若不是還有人押著，這會兒估計他已經動手搶了。

宣平侯與眾多官員還不明白趙瑾這葫蘆裡賣的到底是什麼藥，就瞧見她從袖間掏出一把匕首。

「殿下，您這是要做什麼?!」宣平侯慕宵喊道。

趙瑾將匕首遞到慕昇面前，用另一隻手指向一個人，低聲說道：「你將他給殺了，本宮便將臨仙給你，如何？」

她指的那個人正是承淮世子，眼前這癮君子的嫡兄。

「殿下，您這是做什麼？」這會兒連太傅聞世遠也開口了。

承淮世子有些愣神，似乎還沒反應過來。

若說慕昇方才還曉得這是什麼地方，此刻面對這麼大的誘惑，他瞬間連自己是誰都忘了。

趙瑾不顧他人的眼光，也不打算解釋，她輕輕一抬眸，押著慕昇的侍衛便鬆了手，任由她將匕首放到他手上。

宣平侯此時慌了，別說他這兒子會不會對自己的大哥動手，但凡傷了其他人，尤其是傷了代行聖上之職的趙瑾，整個宣平侯府都會吃不完、兜著走，誰管刀是誰遞到他手上的?!

偏偏趙瑾還慫恿道：「怕什麼，本宮讓你殺的，難道你不想要他死？他若是死了，宣平侯府中誰最有可能成為世子？」

趙瑾這就叫做教唆犯罪，不過周圍全是朝臣，有腦子的人可不會幹這種事。

然而下一刻，被鬆開了束縛、香癮沒得到解決而渾身戰慄的慕昇卻抓緊了手中的匕首，嘶吼了一聲，往承淮世子的方向捅去。

趙瑾沒讓人動手抓住慕昇，任由這一切發生。

千鈞一髮之際，一隻手擋在了承淮世子面前，抓住那持著匕首的手往下一折，匕首瞬間落地，發出清脆的聲響。

唐韞修又快速地踹了慕昇一腳，這個高門大戶出身的癮君子立刻雙膝跪地。

朝堂上的人紛紛驚呼出聲，可趙瑾在這整個過程當中都保持安靜，連一口大氣都沒喘。

差點遭庶弟刺殺的承淮世子安穩地站在原地，就算匕首刺到眼前時也神色未變，這樣的風範，與他那個庶弟形成了鮮明對比。

先不說養不養得起妾室，許多男人的共通點就是「喜新厭舊」或「妻不如妾」，這點在宣平侯這裡也是一樣的。

宣平侯的正妻與那位受寵的妾室，娘家背景差不了太多，可正妻如今臥病在床，要是沒撐過去，妾室很可能就會被扶正，庶子也會變成嫡子。

要說慕昇一點想法都沒有，那是不可能的，為了建立良好的形象，他平日將自己包裝得人模人樣，頗受京城姑娘們的仰慕，不料卻是金玉其外、敗絮其中。

僅僅是剛剛發生在金鑾殿上的一幕，就足以說明承淮世子與這個庶弟之間的差距有多大。

趙瑾靜靜地看著眼前的局面，拍了拍手，讓人將慕昇壓制住，接著目光便落在宣平侯身上。

「宣平侯口中的『尋常玩意兒』，竟能讓一個庶子想動手除掉嫡兄。」趙瑾說著，語氣冷了下來。「你說他到底是被這所謂的尋常玩意兒蠱惑，還是早有預謀？」

宣平侯不禁愣住了。到了這一刻，他才意識到趙瑾給他挖了一個殺雞儆猴的陷阱。要麼，他就承認「臨仙」確實能侵蝕人的腦子，迷亂心志；要麼，他就承認他寵愛的庶子早就對世子之位虎視眈眈。

兩相對比之下，前面是受害者，後面則成了加害者。

總歸是父子一場，宣平侯慕宵終於在趙瑾面前跪了下來，語氣放軟。「殿下英明，此物害人不淺，犬子愚鈍，此事必得徹查。」

趙瑾瞄了瞄周圍官員的神色，轉過身，不忘再扎一次宣平侯的心。「一旦對此物上癮，便能不顧手足之情，那麼下次若是有人讓他殺了你這個當父親的呢？」

有些事，不說出口時沒人想得到，但一說出來，就會讓人忍不住深思。

過了今天，就算宣平侯再怎麼寵這個兒子，心裡都不可能毫無疙瘩。

趙瑾緩緩回到自己的位置上，再次將視線看向了下方。

她不曉得聖上剛登基時是什麼樣子，可在太傅眼中，她眼下的姿態，與她兄長那時有說不出的相似。

「若我武朝人人為那香所惑，官民皆喪失心志，還不如現在就將這江山拱手讓人呢。」

此話一出，底下的臣子跪倒了一大片。

「殿下慎言。」

「要本宮慎言？」趙瑾懟道：「還不如告誡你們自己謹言慎行。」

趙瑾在處理政事方面堪稱消極，但在禁香上，態度卻是強硬得不得了。

「聽聞殿下昨夜又讓人抓了迦和寺的釋空大師以及方丈等人，臣斗膽問一句，殿下這次找到證據了嗎？」這是丞相說的話。

在這種情況下，不是誰都敢開口的，方才率先發難的武將此時也歇火了。

瞧見宣平侯庶子那個狀況之後，誰不知道此香的危害？這件事背後，說不定還有其他陰謀。

趙瑾揮了揮手。「將人帶下去。」

此時慕昇似乎清醒了過來，他衝過去抱住宣平侯的大腿，涕淚俱下道：「父親救我啊！兒子知錯了！」

見他哭得實在厲害，宣平侯不得不向趙瑾低頭道：「稟殿下，犬子無知，但畢竟年紀輕，受人矇騙，不知臣何時能將他接回家？從今往後，臣一定會嚴加管教。」

趙瑾嘆了口氣，語氣軟了下來。「宣平侯，本宮自然知道你管教令公子的決心，只是這不比賭癮或酒癮，將人牢牢管束住便可。恰好本宮近日請了幾位太醫研究此物，宮中的太醫總比外邊的大夫要來得可靠，等令公子將這香癮戒除了，本宮再將他完整地還給你。」

待那些對臨仙上癮的人全被帶了出去，趙瑾這才看向丞相道：「丞相倒是關心迦和寺，不過此案大理寺會查個水落石出，屆時定會給諸位一個交代。」

「那殿下打算如何給聖上交代？」蘇永銘追問道。

眾所周知，如今聖上每兩日便會召見釋空大師一次，趙瑾再次將人給抓住，聖上會有什麼反應，不得而知。

「如何給聖上交代，是本宮的事，丞相不必關心。」趙瑾絲毫不給丞相面子。

趙瑾這次在朝堂上搞了這麼大一齣戲，看上去是大獲全勝，然而大部分的人仍抱持觀望的態度。上次釋空大師沒關幾天就被放出來了，公主還喜提兩日禁足，這次也不知道聖上會怎麼罰？

然而接下來一連幾日，聖上都未再召見釋空大師，趙瑾依舊上朝，釋空大師也沒被放出來。

「殿下，」崔紹允這日在下朝後求見。「釋空說想見殿下一面。」

趙瑾垂眸說道：「見本宮做什麼？看他有什麼罪，趕緊判了，本宮給你兜著。」

崔紹允心道，有這種上司就是格外讓人安心。

「殿下希望多快？」

「越快越好。」

趙瑾看了工部提交上來的圖紙，這次是不敷衍了，但支出方面是個問題，她恨不得現在就敲了迦和寺那佛像的金身換錢。

正如太傅所說，就算趙瑾再怎麼有錢，也不可能凡事都從自己的錢包裡掏。

趙瑾是半個商人腦，想從她這兒掏錢，不是那麼容易的事。

崔紹允得到趙瑾的應允，這會兒是連大理寺卿的話都不放在眼裡了，倒不是對錯的問題，而是大理寺卿這個位置本就不容易坐。大理寺要面對的不僅是犯人，還有各種皇親國戚，要是得罪了人，不管是大理寺卿還是大理寺少卿，輕易就會被拉下馬。

就算崔紹允這回有趙瑾在前面頂著，但她畢竟只是代理朝政的公主，若聖上興師問罪起來，趙瑾倒下，崔紹允這個聽令行事的，能討著什麼好？

趙瑾還是去大理寺的牢獄中見了釋空大師。

釋空大師沒被用刑，這還是趙瑾特地囑咐的。她不太喜歡嚴刑逼供那一套，也不太想看到一個傷痕累累的罪犯。

趙瑾這樣的金枝玉葉，鮮少有機會踏入這種滿是鮮血與惡煞的地方，她身邊跟著崔紹允與唐韞修，一步步走向深處的牢獄。

唐韞修本來是不適合出現在這裡的，只不過他想陪在趙瑾身邊保護她，崔紹允又架不住他這攝政公主駙馬的身分，只得答應。

太傅其實不樂意趙瑾在公事上過於親近唐韞修，這大概跟臣子們不喜後宮妃嬪干預朝政是同一個道理。

然而唐韞修本就是朝廷中人，讓他完全不碰朝政，根本不現實。

雖說用人唯親不可取，但唐韞修比起跟趙瑾成親當年不知成熟穩重了多少，身為枕邊人，唐韞修陪伴在趙瑾左右，合情合理。

趙瑾在昏暗無光的牢獄裡見到了被關在裡面的釋空，雖然略顯狼狽，但他只受到審問而未受刑，還保持著那股僧人的氣質。

「釋空，」崔紹允開口。「還不拜見公主殿下？」

正在閉目打坐的釋空睜眼看見趙瑾等人，眸光一頓，站起身來道：「貧僧見過公主殿下，見過駙馬爺、崔大人。」

第八十七章　震驚朝野

趙瑾與釋空隔著牢獄的欄杆對視。

「釋空，本宮聽說你不承認自己的罪行。」趙瑾緩緩說道：「不是鬧著要見本宮嗎，現在本宮來了，有什麼話就直說吧。」

釋空的目光落在趙瑾身旁那兩人身上，忽然道：「貧僧想單獨與殿下說話。」

趙瑾想都沒想就拒絕了。「崔大人負責這樁案子，駙馬是本宮的人，有什麼是他們不能聽的？」

崔紹允說：「殿下，此人嘴裡沒有半句實話，您切不可與其單獨談話。」

「殿下難道不想知道聖上如今的情況嗎？」釋空道。

崔紹允一頓。這話還真不是他能聽的。

趙瑾抬眸看著釋空，輕聲道：「本宮之前問你，你不說，現在倒是將這個當成與本宮談判的資本，本宮憑什麼聽你的？」

「貧僧也是後來才知道，殿下原來懂醫術。」釋空看了趙瑾一眼，似乎在瞧什麼稀有動物。

「本宮會什麼與你何干？你不如擔心一下自己，看看這次還能不能從牢裡出去。」

很明顯，趙瑾對釋空沒有好臉色。

大概是上輩子受過的教育實在太過深刻，她痛恨毒品。紅蠶花雖然不是罌粟花，但卻是同樣能使人喪失心志的東西。當國民的腦子都被它所侵蝕，那麼這個國家也該滅亡了。

趙瑾並非擁有雄心壯志的人，但她以這個身分生活了二十幾年，不說別的，好歹君臣之間還有一句「食君俸祿，為君分憂」，她不能放任自己成為亡國公主。

「本宮派人去西域查過你。」趙瑾緩緩道來。「你確實是西域人，也曾入廟當僧人，然而屢犯酒色之戒，最後因犯下殺戒被逐出寺廟。改名換姓之後，進入我武朝，招搖撞騙起來。」

一剛開始，趙瑾的話讓釋空愣了片刻，不過他很快就冷靜下來。他笑了聲道：「殿下查了什麼，貧僧不知，但這個牢獄關不了貧僧太久。」

這個釋空實在囂張，趙瑾沒說話，崔紹元便喝斥道：「放肆，難道武朝的律法會為你網開一面不成?!」

釋空不看崔紹允，反而緊緊盯著趙瑾說道：「殿下應該再清楚不過，若我死了，聖上會如何？」

他連「貧僧」兩字的自稱也扔了。

趙瑾畢竟是女子，無論是在朝堂上還是像現在這種場合，都容易被人看輕。

「謀害聖上，你這罪不需要本宮判，死罪是逃不了了，還要廢話什麼。」

趙瑾不走入釋空設下的話語圈套，她甚至一副不關心自己兄長身體的模樣，這種態度若傳出去，會出事的。

「殿下當真不顧聖上的死活？」釋空道。

他一副有恃無恐的模樣，大概是對自己掌握的東西相當有自信。

釋空又道：「您說陛下用的熏香，天底下除了我以外，還有誰能調出來？」

就算是高高在上的君王，只要對一樣東西上癮，也會致命。

釋空這番話的內容可不是隨便一個人都能聽的，哪怕崔紹允一開始便將釋空單獨關在一處，這會兒也不得不擔心隔牆有耳。

「這樣吧，」趙瑾忽然說道：「本宮給你另外一條路，興許能保住你一命，如何？」

「殿下莫不是在說胡話吧，聖上那裡的熏香還能撐多久？」

在釋空看來，只要聖上尚且健在，他就能保住自己現在的地位，於是也不裝什麼善良了。

趙瑾嘆了一口氣道：「看來你是不見棺材不掉淚了，本宮倒也沒想做什麼，只要你將朝中與你勾結的官員告訴本宮，本宮便放你一條生路。」

朝中與他勾結的官員……

「本宮說的不是與你勾結去賣熏香那幾個，是想方設法地將你引薦給聖上的那些。」趙瑾最近確實有點勤奮，她難得對朝政之事這麼用心。「要麼你老實交代，要麼等別人查出來，你們就一起死吧。」

國有國法。趙瑾覺得自己勉強算是好人，但偶爾當一下壞人也無妨，這種毒品實在很礙她的眼，她不介意將那些人連根拔起。

朝廷裡也不是誰都喜歡吃乾飯，只要想往上爬的人，都會想方設法地來替她分憂。釋空不將那些人招出來便罷，她就看誰想藉此大展身手，又擁有多少能耐。

趙瑾說：「其實現在這個攝政公主，本宮當著也還可以，若是皇兄真因為你而有個什麼三長兩短，幼帝登基，本宮身為他的親姑姑，想來待遇也不會太差。」

說著，趙瑾再次牢牢地盯著釋空看，緩緩道：「你圖謀再多，到最後不過是給別人當墊腳石罷了。」

身為聖上的胞妹，趙瑾這一番話可說是大逆不道，若傳回聖上耳中，可以直接治她個「大不敬」的罪名，不管是小懲還是大誡，她都不會好過。

崔紹允已經開始懷疑自己是不是誤上了什麼賊船了。

華爍公主的話還是有幾分震懾力，釋空的表情明顯有了變化。

趙瑾不再逗留，她轉身走了一段距離後，對崔紹允吩咐道：「看好人，任何人要求見他，都不准。另外，不管方才聽到了什麼，都管好你的嘴，不然有什麼後果，本宮可不敢保證。」

大概是有那麼一段同窗的經歷在，崔紹允其實一直知道趙瑾這個公主不是別人眼中的草包，說到底，趙瑾生於皇家，她怎麼可能什麼都不懂？

釋空盯著趙瑾看了許久，最後竟然笑了一聲說：「可惜了，殿下只是一名女子。」

趙瑾背對著釋空繼續往前走，面無表情地回了一句。「不論本宮是男是女，要你的命只是一句話的事。」

從大理寺出來以後，趙瑾去宮裡求見聖上。

養心殿外面今日沒什麼人，李公公看見趙瑾時，神情有些說不出的複雜，然而他還是將趙瑾引了進去。

屋內依舊燃著檀香，只是不再是混雜著藥味的那種，趙瑾一聞便知道熏香換了。

「參見皇兄。」趙瑾跪地，抬眸朝自家兄長望了過去。

此時聖上正躺在床榻上，模樣比趙瑾上次見到時還要虛弱了些，那種明顯的衰老氣息迎面撲來，令她難得生出了幾分傷感。

「聽說妳這幾日幹了一番大事，丞相他們的狀都告到朕這裡來了，說妳禍亂朝綱、目中無人。」趙臻在李公公的攙扶下靠在床頭，輕聲數著朝臣為趙瑾列下的罪過。

趙瑾認下了。「皇兄，幾位大人說得倒也沒錯。」

「妳這是跟朕認錯？」趙臻像是瞧見了什麼新鮮事。「在外邊不是挺威風的嗎？」

趙瑾懂進退，她說道：「臣妹畢竟是您欽點的攝政公主，可不能辱沒了皇室的風範，您說是吧？」

聞言，趙臻緩緩地說道：「來找朕做什麼？」

趙瑾深呼吸了一下，隨後看著聖上的臉，一口氣說道：「稟皇兄，釋空謀害您與武朝百姓一事證據確鑿，另外與外敵勾結的證據還在蒐集，臣妹想跟您說一聲，他逃不了死罪；還有迦和寺，臣妹打算將裡面值錢的東西都充公。」

說完後，她低下頭等候發落。

趙臻沈默了半晌才開口道：「妳這是在跟朕商量，還是通知朕？」

見趙瑾悶不吭聲，聖上懂了。

趙瑾就這麼跪在聖上面前不答腔，過了許久，她才說道：「皇兄，讓臣妹給您診一次脈吧。」

「妳如今是什麼都敢管了，」趙臻幽幽地看著自己這個妹妹，語氣辨別不出喜怒。「連朕妳也敢管。」

「臣妹不敢。」趙瑾垂首道。

她當然知道自己僭越了，只是這件事在別人身上興許是殺頭的大罪，可在她身上卻無關緊要——多虧那值了點錢的血緣關係。

「朕看妳現在沒什麼不敢的。」趙臻冷哼了一聲。

這對兄妹之間再度陷入了沈默，在這片靜默中，趙瑾依舊不抬頭，但人倒是跪著往聖上的方向挪了挪。她知道，聖上好歹是看著她這個妹妹長大的，再生氣也不會威脅她這條小命。

半晌後，趙瑾小聲說道：「皇兄，若是您身體恢復得差不多了，不如就開始上朝？」

聖上沒理會她。

就在此時，外面傳來李公公的聲音。「小皇子殿下，您怎麼來了？」

趙瑾還跪著，小皇子就匆匆地跑進來了，他看著跪在地上的姑姑，遲疑了一會兒，也在床邊跪下。

「父皇，姑姑做錯事了嗎？您別罰她，罰兒臣吧。」

在這一瞬間，趙瑾的想法是——這小子沒白疼。

看著自己這個胳膊兒往外撇的兒子，聖上冷笑了一聲，只不過這聲冷笑估計是針對趙瑾的。

「瑾兒，妳倒是厲害，連朕的兒子都來替妳求情。」

這話聽著，怎麼有一大股醋味？

趙瑾若無其事地說道：「怎麼會呢，詡兒心裡當然是將皇兄放在第一位。」

聖上看向小皇子，幼崽對姑姑的話點了點頭，給予肯定。

小皇子身體本就虛弱，地板又涼，聖上不讓他久跪，這個小機靈鬼在自己站起身後，又跑去將趙瑾扶了起來。

聖上一陣無語。兒子是自己的，但他的心肯定是偏的。

這也不能怪趙瑾，聖上好些時候不見人影，趙瑾每日去接孩子們回家時，都會順便將趙詡送回坤寧宮。

小皇子這麼個寶貝疙瘩，自然是不缺人護送，只是被宮人接回去與被親人接回去的感覺不一樣。小皇子喜歡這種體驗，和他的母后提了，於是接小皇子放學的重責大任就落到趙瑾身上。

忽略所有外在因素，趙瑾還是很喜歡她這個寶貝姪子的。軟乎乎的幼崽，正是最單純的年紀，可抱可親……當然，是趁沒人的時候親的。

趙瑾對幼崽的貼貼慾，她的閨女以及從兩歲便被送到她身邊的唐煜深有體會。

「算了，瞧見妳就煩，滾出去吧。」趙臻想來個眼不見為淨。

趙瑾記得方才她稟報的內容，聖上還沒給回覆，沒給回覆的意思就是……隨便她？

雖然趙瑾本來就不打算放過任何毒瘤，但聖上將權力下放得如此徹底，總讓她有股「這個國家要完了」的錯覺。

趙瑾從養心殿出來時，李公公就在外面守著。

「殿下……」李公公斟酌了許久才說道：「聖上最近夜不能寐，身子大不如前了。」

他只能說到這裡。

趙瑾點點頭，從袖間掏出一個白色的盒子，對李公公道：「若聖上實在難受，就將這個香點上吧，聊勝於無。」

李公公接過盒子，想說句什麼，最終卻什麼都沒說。

趙瑾離開之後沒多久，小皇子也返回坤寧宮。

李公公回到養心殿裡面，見聖上咳得特別厲害，李公公便走過去替他拍了拍背道：「聖上，公主殿下還是很關心您的，要不然就讓殿下來看看吧，她的醫術與其他人不同，說不定能……」

他的話還沒說完，便被趙臻打斷了。「朕的身體自己清楚，她來也沒什麼用。」

李公公低下頭，不敢再言語。

聖上的身體如何，連太醫都不敢隨意開口，從某種程度上來說，他的狀況比小皇子的更不能談論。

除了趙瑾，當然有人不斷打探聖上的身體情況，只是其他人並不像趙瑾這樣光明正大，他們甚至還偷偷摸摸地想察看太醫院那邊留下的藥渣。

不過聖上早有準備，徐太醫也不是蠢貨，自然沒讓人得逞。

既然趙瑾搞定了聖上，那麼接下來的事情顯然容易許多，趙瑾下令查封迦和寺，在短時間內公布「臨仙」一案的案情與涉案人員，尤其強調釋空等人的罪行與臨仙的危害，從今往後，武朝境內嚴禁紅蠶花及其製品流通。

迦和寺前幾日還滿是去參拜的香客，今日就被貼上封條，趙瑾連表面工夫都懶得做，直接差人朝佛像下手了。

禮部尚書原本還想攔一下的，結果趙瑾看向戶部尚書與工部尚書，說道：「龔尚書、陸尚書，邱尚書什麼時候點頭，你們就什麼時候拿到錢。」

原本禮部尚書將矛頭對準趙瑾，誰知她隨口兩句話，就換成禮部被人拿槍指著頭了。

禮部尚書被工部與戶部兩邊盯著，一時之間壓力山大，但他還是梗著脖子說了一句。

「殿下，此事還是請示聖上為佳。」

趙瑾點頭道：「行，那你去請示吧。」

邱尚書一陣無語。現在聖上哪是他想見就能見的？誰都知道，自從聖上養病以來，面聖就成了可遇不可求的事。

趙瑾確實是在為難邱尚書，但在這些話背後，趙瑾只想強調一個重點：在聖上重新上朝之前，她才是老大。

佛像最後還是按照趙瑾的意思充公了，本來就是從國庫出的錢，倒說不上是占什麼便宜。

除了那尊佛像以外，迦和寺內其他物品看起來都一般，然而懂行的就能發現裡面其實還有不少好東西。

趙瑾下令查抄迦和寺，為的自然不僅僅是一尊金身佛像，而是釋空這段時間吞下的巨款。

既然人都已經關進牢裡去了，趙瑾還跟他客氣什麼？

雖然不過兩、三年，但是最後錢被搜刮出來時，依舊震驚朝野。區區一個僧人，即便小有名氣，也曾得聖寵，可這斂財能力估計連某些貪官都自嘆弗如。

趙瑾實在是不敢想像，若是他們再遲一些才干預此事，到時投入臨仙這個市場的人會有多少？受到茶毒的人又會有多少？

不過，趙瑾一點都不天真。既然臨仙讓人有利可圖，那麼這類東西就永遠不會消失，她能讓人處理掉臨仙，卻難保不會有新的替代品出現，這是無可否認的事實。

在趙瑾針對紅蠶花頒布禁令之後，這就成為一場沒有硝煙的戰爭的開端。

從迦和寺搜出來的錢財幾乎全入了國庫，比抄一個貪官的家還有用。

釋空一直被冷處理，這樁案子絕不是他一人做得出來的，大理寺在意識到聖上徹底將這件事交給華爍公主後，幹起活來可謂勤快不少。

才過了數日，大理寺便查出好幾個官員與釋空勾結，然而他們都只是與「臨仙」一案有關，而趙瑾要找的，不僅僅是這種人。

因為這個案子，趙瑾在朝廷上算是樹立了些威信。這點威信本質上是對她這個攝政公主的肯定，太傅等人甚至有種說不出的欣慰。

這日趙瑾回到公主府時，恰好撞見剛返家的煬王，煬王看見她時，臉色立刻沈了下來，顯然不待見她。

不過趙瑾這個人有那麼點犯賤，別人笑臉相迎，她可能還不太想搭理；可要是臭臉對她，那就有意思多了。

「九皇兄，」趙瑾喊住了他。「這麼巧？」

煬王趙鵬腳步一頓，非常不情願地朝趙瑾打了招呼。「皇妹這是剛從宮裡回來？」

他身邊的兒子與女婿也齊齊對趙瑾行禮道：「見過公主殿下。」

趙瑾抬了抬手，示意他們平身，笑得人畜無害。「是啊，剛從宮裡回來，近日九皇兄在朝中不算活躍，不知在忙些什麼呢？」

「皇妹說笑，本王一介閒散王爺能忙什麼正經事，倒是皇妹近來算是出盡了風頭。」

哪怕趙瑾眼下身為攝政公主，煬王在她面前的自稱也沒有改變。

第八十八章 香癮發作

煬王顯然對趙瑾有很大的意見，但是趙瑾並不在意，她和藹一笑道：「九皇兄謬讚，這都是臣妹的職責所在。」

「皇妹還有什麼事嗎？沒有的話本王就不奉陪了。」趙鵬的臉黑了。

趙瑾損完人，心滿意足地轉身回府。

跟在旁邊的紫韻心道，朝堂上的事處理得多了，公主殿下終於要瘋了嗎？

「臨仙」一案至此算是暫時落下帷幕，唯獨還在牢獄中的釋空無人聞問——倒不是真的無人聞問，只是趙瑾將所有問起釋空的人都擋了回去。

之前不同意趙瑾查迦和寺的臣子，如今倒是有不少催著趙瑾將釋空的判決公諸於世，這樣的罪人，好歹也該遊街示眾一番。

這一天，崔紹允終於告知釋空鬆口的消息。「殿下，釋空說要見到您才說。」

趙瑾挑眉道：「他是這麼說的？」

「是，殿下。」

趙瑾站了起來。「那本宮去見他。」

「殿下，現在就去嗎？」崔紹允沒想到趙瑾這樣說走就走。

「他這麼說的時候有誰在場？」

「只有臣與看守他的獄卒。」

趙瑾出門時迎面撞上唐韞修回府，他見趙瑾跟著崔紹允出門，疑惑道：「殿下？」

回得早不如回得巧，於是趙瑾將自己的駙馬也拉上了。

她同時吩咐陳管家道：「去找太傅與刑部尚書。」

這下唐韞修也看不懂了，趙瑾解釋道：「找幾個證人。」

從崔紹允將釋空的口敲鬆到他稟告趙瑾，前後大概是半個時辰的時間，再從公主府到大理寺，怎麼磨蹭也不超過一個時辰。

當趙瑾等人進入牢獄時，釋空還在牢房裡，只是七竅流血，貌似毒發身亡——他死了！

釋空在只有他一個人的牢房裡死於非命，不說趙瑾，就是崔紹允也意識到事情不對勁。案發到現在，釋空被關了這麼久，進來前早已搜過身，根本不可能讓他藏毒藥。這毒要麼是有人給他送的，要麼是有人殺人滅口。

依照釋空當時跟趙瑾談條件的態度來看，他一點都不想死，既然問題不是出在釋空這裡，那就得從死因入手。

唐韞修說道：「殿下，別看了。」

釋空的死狀，乍一看很嚇人。

趙瑾嘆了口氣，說道：「先讓仵作過來吧。」

太傅與刑部尚書才剛剛趕到，就面臨了這樣的局面。

「殿下，這是怎麼回事？」太傅聞世遠問道。

趙瑾看著太傅與刑部尚書，輕聲道：「本宮今日有事想問釋空，過來這裡的時候，他就已經死了。」

「怎會如此?!」刑部尚書上前一步盯著牢裡的屍體，待看清之後，語氣裡多了幾分怒意。「究竟是誰如此膽大妄為，竟然在我武朝的牢獄裡行凶！」

聞世遠蹙起了眉頭，但他顯然更關心趙瑾的安危。「殿下，此處不安全，不如先移駕再商議？」

趙瑾當然明白太傅的顧慮，如今敵暗我明，身邊的人不一定值得信賴。

查案的事不是趙瑾這個公主該做的，她沒有留下，但離開前往後看了崔紹允一眼。

崔紹允正在忙，他才離開沒多久，犯人就在自己的地盤死於非命，這種情況，他需要給趙瑾一個交代。

趙瑾跟太傅說的話不多，但三言兩語就將方才的事給說清楚了，太傅比趙瑾年長許多，趙瑾能想通的道理，他當然也能。

風雨欲來。

趙瑾回到公主府後，唐韞修還是寸步不離地跟著她，趙瑾一回頭，他便移開了視線。

「跟著我做什麼？」趙瑾終於開口問道。

唐韞修說道：「我是殿下的人，自然應該跟著殿下。」

這話算是趙瑾自己說的，她之前在釋空面前說過一模一樣的話，這會兒讓唐韞修給用上了。

唐韞修走近兩步，輕聲道：「殿下生著氣呢，我怎麼能走開？」

趙瑾說道：「我生氣了？」

唐韞修輕笑一聲，捏了一下趙瑾的手。「殿下，您我成婚將近六年了，您生不生氣，我自然看得出來。」

趙瑾一時之間沈默了。

她靜靜地看著唐韞修，唐韞修則握著她的手，輕聲道：「殿下想做什麼，大可放手去做，我是您的人，無論何時何地都站在您這邊。」

唐韞修那雙眼睛像是會說話般，看著趙瑾的目光，如同看著瑰寶。

趙瑾確實生氣，但不是對特定某個人，而是對她所處的現狀。

釋空被殺了，死無對證，意味著這樁案子必須了結。

趙瑾清楚得很，無論釋空是自殺還是遭到他殺，除非出現新的案件，不然她不可能找到在背後操控這一切的人。

唐韞修顯然明白趙瑾的心情，將她擁入懷中道：「殿下，靜觀其變，總會有人按捺不住的。」

趙瑾原本還想說句什麼，結果抬頭就是誘人的男色。

「算了，」趙瑾道：「我乏了。」

初夏晚風拂過，夜色與遠處的喧囂融合，化成散不開的綺色。

「臨仙」一案之後，趙瑾的重心回到朝堂各種大小事上。武朝地大物博，乍一看確實是繁華，可認真說起來，就是天子腳下的京城，也會在冬日出現不少凍死骨，說到底就是不夠有錢。

趙瑾想了一下，按照國庫如今的狀況，雖然不至於只出不進，但絕對不充盈。

這兩年，武朝的經濟發展不怎麼樣，別看京城與江南地區商業活動相當活躍，然而好些邊緣地區每年都會遭遇或大或小的天災人禍，尤其邊疆那裡總有些小衝突，以至於與外邦的交易也做不成。

然而缺錢的事正等著她處理，就是武江的整治作業。

工部侍郎江其羽跟趙瑾推薦的人選一同求見。趙瑾之前說要往工部塞兩個人，他們便來了。

這是趙瑾過去在臨岳時認識的人，洪災過後的重建工作招募了一批能工巧匠，趙瑾在那裡住的時候可閒了，沒多久就盯上了這兩個人。

趙瑾身為公主，閒來無事就會跑去聊兩句，離開時說有機會就給他們謀個一官半職，幾年過去，這次讓她將他們從臨岳召到了京城。

路途上耽誤了一些時間，兩人最近才抵達。

「你們要開鑿運河？」饒是趙瑾，聽到他們的打算時也愣了片刻。

她原本只想著將溢出來的水引到其他河道上便罷，誰知他們的理想比她還遠大。

開鑿運河不是小工程，花費的銀子更不在話下，何況她現在只是一個暫代的打工人，到時候人家是罵她還是罵她的便宜大哥啊？

趙瑾覺得棘手。

「殿下，這確實是個大工程，但若是成功，可造福千秋萬代，殿下也可流芳百世。」

江其羽拱手對趙瑾報告，語氣懇切，字字都戳中一個君王的弱點——幸好趙瑾不是什麼君王。

「本宮要流芳百世做什麼？還能復活享受百姓膜拜不成？」趙瑾毫不在乎。

江其羽想不出怎麼回這話。

說起這個工部侍郎，生了一張比小倌還有風情的臉，卻喜歡跑工地。那次周玥在擂臺上跟人比試，這個一看就手無縛雞之力的文人還跑上去自討苦吃。

趙瑾懷疑他想入贅嘉成侯府，畢竟她數次瞧見他主動搭訕周玥，就是她這個外甥女看起來似乎不太喜歡男子的樣子。

江其羽做起事來甚為大膽，比守舊的工部尚書更有執行能力，難怪聖上會破格將他放到這個位置上。

趙瑾看了他們畫的圖紙，將目光落在一位年逾五十的男子身上。「王伯，你說說這運河能不能成，要多久？」

「殿下就不要折煞草民了。」王勳跪地說道：「以草民淺薄之見，運河確實可鑿，但少不了要費五、六年時間，財力與人力方面也得重新估算。」

這兩人是進了工部，但工部尚書還沒給他們安排職位，總歸就是一句「錢不夠」。

趙瑾知道此事不該由她來拿主意，於是道：「先擱一段時間，按之前提的方案做。」

她明確地知道國庫現在拿不出這筆錢來。

這三個人退下後，趙瑾捏了一下眉心，往後朝椅背靠去。

「殿下，丞相求見。」

趙瑾道：「宣。」

「臣參見公主殿下。」

趙瑾沒心思與丞相寒暄，也不囉嗦了，直接問道：「不知丞相今日有何要事？」

「殿下，下個月會有他國使臣來我朝拜見聖上，此乃大事，臣懇請殿下求聖上早日回來處理朝政。」

丞相不提醒，趙瑾差點忘了這件事。之前太傅提過一嘴，只是趙瑾沒想那麼遠，現在丞相提起來，趙瑾才意識到，這個場面真不是她能控制的。

原本丞相準備了一大堆說詞，例如趙瑾的身分不適合招待外邦使臣之類的，誰知她聽見後竟是雙眸發亮。

「丞相說得對，此事本宮確實作不得主，應當讓皇兄來才對。」趙瑾說著，語氣越發堅定。「丞相放心，等一下本宮就去求見皇兄。」

大概是趙瑾答應得過於爽快，丞相半晌沒反應過來，等他回過神來時，趙瑾已經等著他走人了。

「殿下，有件事雖然應當由聖上作主，但殿下還是需要先了解一下情況。」

趙瑾點頭道：「丞相但說無妨。」

「殿下應當知道，我朝與他國已經好些年沒有通婚，此番禹朝與越朝希望將他們的公主送來和親。」

趙瑾一愣，和親啊……

「丞相的意思是？」

「如今皇室適齡且尚未婚配的男子不多，大多是世子或郡王，越朝那邊的意思是，他們的公主已經看上我朝的一名男子，望能獲得聖上賜婚。」

聽到這裡的時候，趙瑾還覺得事情可以繼續談，和親雖然大多不是什麼好事，但這次人家是將公主送過來，不是他們將公主送過去，那就好商量了。

「不知那位越朝公主看上的是？」

丞相蘇永銘看著趙瑾，半晌後才緩緩開口。「正是殿下駙馬的兄長，唐韞錦。」

一片沈寂過後，趙瑾一臉莫名其妙地看著丞相道：「你說她要嫁誰？」

「唐韞錦。」

趙瑾搖頭道：「唐世子已有正妻，且已是兩個孩子的爹，如何能配越朝的公主？」

人家的大兒子還在她公主府養著呢！

蘇永銘似乎不覺得此事是什麼大問題。「越朝的來信上表明，他們公主知曉唐世子已經娶妻生子，但男子三妻四妾乃是常事，也不求世子休妻，只要世子將世子妃貶為平妻，再以正妻之禮迎娶他們的公主即可。」

趙瑾沈默了許久才道：「這麼說，丞相覺得此事可行？」

「殿下，邊疆這兩年並不太平，禹、越兩朝願意派出公主和親，說明我朝地位依舊，臣以為成大事者不拘小節，況且這對朝廷與唐世子而言都是好事。」

趙瑾笑了聲道：「那丞相覺得本宮現在該做什麼？」

「臣以為殿下該召唐世子回京成婚。」

趙瑾拍了案桌站起身來，語氣不再溫和。「丞相，不是本宮說你，唐世子是主帥，你讓他拋下士兵回京迎娶一個外邦公主，是你糊塗了還是本宮糊塗了？」

「殿下，我朝的武將大有能人，又不是只有他唐韞錦一人能率兵打仗，如今越朝公主指名要嫁他，只要事成，唐世子還能成為越朝駙馬，何樂而不為？」

趙瑾的眼神冷了下來。「既是好事，丞相不如親自去找皇兄稟報吧。」

好事還是壞事，落到自己身上才知曉。

武朝的武將的確不少，但唐韞錦只有一個而已；更何況，唐家忠心是公認的事實，若唐韞錦娶了外邦公主，那麼他的身分就會發生翻天覆地的變化。

即便他依舊是武朝的將領，可有了一個外邦妻子，有沒有人願意相信他往後仍一心向國，就是另外一回事了。

趙瑾就這麼將丞相打發走了，轉頭再去求見聖上時，發現情況似乎不太妙，御前侍衛守在門外，趙瑾上前一步，便被侍衛攔下。

「殿下，聖上吩咐今日不見任何人，請回吧。」

不僅不見任何人，連養心殿門外那塊空地都不讓人跪。

趙瑾看著守在外面的侍衛，道：「本宮有要事向皇兄請示。」

「聖上今日不見任何人。」杵在趙瑾前面的侍衛彷彿是木頭人一般，沒有其他話可說了。

別的不提，可事關唐韞錦，她今天還真是非見便宜大哥不可。

因為趙瑾的身分，侍衛沒對她動武，這皇宮裡面，除了聖上與後宮不是趙瑾該管的，其他人看見她，基本上都得讓開。

趙瑾問道：「那皇兄在裡面嗎？」

「聖上說了，不見任何人。」侍衛依舊不為所動。

趙瑾的目光在養心殿緊閉的門上看了好幾眼，仔細觀察著內部的動靜——裡面確實有人，而且還不只聖上一個。

她戰略性地往後退了兩步，嘴上道：「既然皇兄不見，那本宮也不強求，你們等會兒轉告李公公……」

就在此時，養心殿的門忽然被打開了，李公公剛探出半個身子，下一刻就被一道紅色的身影撞開，侍衛的制止聲還卡在喉嚨裡，趙瑾就衝進去了。

「殿下！」李公公喊道。

趙瑾衝進去時，對上的便是徐太醫的目光。

床榻上，只穿著寢衣的聖上，他的情況比趙瑾想像中還要差一些——渾身顫抖、臉色鐵青，唇齒緊緊咬著，彷彿正在極力克制自己。

趙瑾知道，聖上的香癮犯了。

聖上之前用的檀香與市面上的「臨仙」有所不同，雖然有紅鸞花作為原料，但用量上少了許多，加上有「對症下藥」，才能作為御用熏香。頭疾一發作，聖上甚至會將熏香放在床邊，不曾停止使用。

平時聖上並不喜歡有人在身邊寸步不離地候著，尤其是頭疾發作起來時，在他身邊伺候的人都會遭殃，除了李公公，沒見過誰能長久地待在他身旁。

聖上用了這檀香將近三年，也就是從今年開始，太醫才慢慢察覺到了不對勁，然而聖上已經上癮了。

眼下，趙瑾恰好撞見了她這皇兄香癮發作。

她先是看著正在為聖上把脈的徐太醫，接著上前一步察看聖上的症狀，當機立斷道：「將針拿給本宮。」

正準備將趙瑾帶出去的侍衛一時之間愣住了，沒有進一步動作。

李公公瞪了他們一眼道：「還愣著做什麼？公主殿下忙著呢，趕緊出去！」

趙臻並未失去理智，對著闖進來的趙瑾就是一頓訓斥。「趙瑾，妳是將朕的話當成耳邊風了嗎？滾出去！」

這會兒趙瑾沒心思搭理聖上說了什麼，就算是聽了，她也不會理他。

接過徐太醫遞來的針，趙瑾二話不說就扎進了聖上額上的穴位，說道：「皇兄，您還是先睡一覺，醒來再治臣妹的罪吧。」

沒多久，原本還撐著想將趙瑾罵一頓的聖上昏睡了過去。

徐太醫並非沒想到這個做法，只是終究治標不治本，何況他和趙瑾的身分不同，趙瑾能這般果斷，未免沒有依仗天子胞妹這個身分的緣故。

第八十九章　不容置疑

施針結束後，趙瑾探起了聖上的脈搏，甚至察看了聖上的眼睛與口腔等處，在這個過程中，養心殿的門始終緊閉著，李公公跟徐太醫皆沈默地看著趙瑾。

「怎麼會這樣？」趙瑾回頭看向李公公。

李公公跪下，語氣焦急。「殿下有所不知，聖上的頭疾三年前原本還能靠著殿下給的藥方與徐太醫的針灸得以緩解，後來釋空來到京城，自稱是西域高僧，聲稱能給聖上治病，於是聖上便召見他……

「再後來，聖上頭疾發作得越發頻繁，香用得越來越凶，便成如今這模樣了。聖上不讓奴才向殿下說這些，他後來終究明白釋空此人有問題，因此殿下再次抓人時，他便未加阻攔。」

聽完以後，趙瑾垂下了眸子。殿內確實還燃著熏香，但這是趙瑾調製的，不是什麼能讓聖上戒癮的東西，只是在他發作時能稍微緩解一下症狀。現在看來，作用是杯水車薪。

可聖上絕對不能再用之前的熏香。那香確實能緩解頭疼，但說到底不過是麻痺了神經。初用時興許還能保持頭腦清醒，時間一久，依賴性強了，精神狀態便大不如前。

趙瑾一把脈便知道，聖上的身體已經虧空了。

上一次為便宜大哥看診時，趙瑾可以確定，只要好好休養，他再活個十年八年不成問題，如今不過三年，要是再繼續用那香，半年也不一定撐得了。這麼大一個爛攤子，趙瑾怎麼想都覺得自己收拾不來，不說其他的，聖上這命，她勢必要吊住。

等聖上悠悠轉醒時，已經是兩個時辰之後的事。斜陽偏西，趙瑾在養心殿的美人榻上睡著了，只是睡得極不安穩，伸手虛虛撐著，腦袋晃啊晃的。

聖上沒出聲，盯著趙瑾看了半晌，她眼下透著些烏青，顯然最近沒好好休息。

李公公進門了，開口道：「聖上……」

聖上示意他噤口，但已經太遲，趙瑾醒了。

她迷迷糊糊地看著清醒過來的聖上，立刻下榻站好，火速跪下請罪。「皇兄恕罪！剛才是情況緊急，臣妹不是故意抗旨的！」

算上前一代，這麼多年來，後宮所出的公主可不算少，為何偏偏是華爍公主擁有如此殊榮？

除了身為聖上一母同胞的親妹以外，很大程度是因為趙瑾會看眼色，知道底線在哪裡，不僅如此，對比其他人，她還活得更有「人味」些。

方才的舉動分明是為了救聖上，如今卻賣起了乖。

「說說，何錯之有？」趙臻坐了起來，淡淡地看著跪在地上的趙瑾問了這麼一句。

在睡了一覺之後，他對香的依賴緩解了些，但離戒癮還遠得很。

趙瑾顯然已經打好腹稿，流暢地說道：「其一，不該無視皇兄的命令闖入養心殿；其二，未經皇兄同意對您用針；其三，目中無人。」

聽了她的說詞，趙臻冷哼道：「看來妳也知道自己目中無人啊。」

趙瑾不答腔。她這個「目中無人」的毛病，確實不定時就會發作一下。

「今日闖進來是為了什麼事？」趙臻問。

趙瑾說道：「皇兄，臣妹是想問問下個月外邦使臣來京一事，您應該是打算出來主持大局的吧？」

她問得小心翼翼，格外害怕聽見意料之外的答案。

趙臻挑眉道：「朕要是說不呢？」

聞言，趙瑾沈默了。

趙臻就這麼低頭看著她，說道：「妳都闖進來了，也明白了朕的身體狀況，妳說，朕如今還適合處理朝政嗎？」

此刻的趙瑾意識到自己跳進了聖上的陷阱裡。

若是有已能獨當一面的太子或皇子，這件事就輪不到她趙瑾在這裡頭疼，只不過，眼下沒有，但這也不是將她這個公主推出去的原因吧？

趙瑾回道：「皇兄，臣妹這個人您也了解，不曉得在什麼場合該說什麼話，毫無分寸可言。想想在您養心殿外邊跪著的那些大人便知道，這種大場合，臣妹難當大任。」

誰行誰上，總之她不行。

不知道為什麼，在說完這番話之後，趙瑾敏銳地察覺到聖上看她的目光森冷了許多，她的後背不禁一涼。

「除了這件事，還有別的嗎？」趙臻轉移了話題。

趙瑾道：「還有兩朝公主和親一事，越朝那邊說是看上了唐世子……」

這話帶著幾分試探。

「此事朕知曉。」趙臻的語氣平靜，只是話裡的意思就未必了。「唐韞錦生得是不錯，也有將帥之才，但身為我朝大將，斷無迎娶外邦公主的道理，若是非要嫁唐家人，妳看看要不要讓唐韞修收了？」

趙瑾不禁一臉問號。這是哪門子的鍋？

「橫豎妳是公主，論起地位，沒有讓我朝公主當妾的道理，駙馬納妾，妾也是要伺候妳，妳處置便好。」趙臻說著一頓，又道：「聽聞越朝公主今年才十五歲，若實在不行，問她願不願意等上幾年，到時唐韞錦的兒子也能娶妻了，朕可以給她賜婚。」

趙瑾無語。不是啊大哥，您要不要聽聽自己在說什麼？哪有嫁不成老子嫁兒子的？

趙瑾現在嚴重懷疑釋空之前給聖上用的藥還有其他副作用，這麼多年了，她還是頭一次發現這聖上哥哥挺幽默的呢。

只是說了這麼多，趙瑾大概能明白她皇兄的意思。就算他身體不好，武朝也不是能任由外人拿捏的附屬國。在唐韞錦迎娶越朝公主這件事情上，沒有商量的餘地。

「那皇兄，下個月招待外邦使臣，您是……」

她話還沒說完呢，趙臻就接過了話頭道：「妳帶詡兒一起。」

趙瑾張了張口，原本還想說句什麼，但聖上這是下命令，不是跟她討論。

她沒能忍住，扯了一下嘴角，小聲嘀咕道：「還不如讓我當聖上……」

「想當聖上？」趙臻聽見她這話了。

耳朵還真靈啊……趙瑾無辜地眨了眨眼說道：「皇兄，臣妹不想。」

這種每天睡不到自然醒的冤活兒，誰愛幹誰去幹。

趙臻不知道有沒有聽懂她對目前生活的怨念，又道：「就是妳想也沒戲，妳這麼個吊兒郎當的模樣，朕若是把皇位給妳，下去是要被列祖列宗唾罵的。」

這個時候的趙瑾沒意識到便宜大哥這番話背後的意思，但她很清楚戒毒並不容易。雖說下個月外邦使臣才會來京，可這點時間對戒毒來說完全不夠，若是一朝天子當著眾人的面犯了香癮，後果不堪設想。

想著想著，趙瑾嘆了口氣，很想知道自己到底造了什麼孽。她這廢柴公主二十幾年來當得好好的，現在卻要早起上朝、處理朝政。
她當然知道有人對自己這個位置虎視眈眈，在這種時代背景下，幾乎沒幾個人不喜歡高高在上的權力。
聖上沒給趙瑾選擇權，這就是皇權的一種展現。她必須承擔，而聖上在這段時間內將會隱身。
趙瑾隱約能察覺到有一張網隨著時間的推移在就定位，可她還不能分辨出自己擔任的到底是什麼角色。
「還有什麼事嗎？」趙臻問。
這是下逐客令了。
「皇兄，臣妹是覺得自己難擔此大任，要不您讓其他皇兄來？」趙瑾再次試探聖上的底線。
「其他皇兄？」趙臻冷笑了一聲。「妳是說宸王還是煬王？」
這……趙瑾可不敢胡說。
怪就怪她出生得太遲，沒趕上皇子奪嫡的盛況，不過她對於這些皇家兄弟之間的愛恨情仇也沒興趣。晉王謀逆一事已經說明了很多細節，無非就是手足相殘加上成王敗寇罷了。
聖上應該沒生氣，但也沒有討價還價的餘地。
趙瑾就像是在這個時空格格不入的一朵花，珍稀且嬌貴，卻不能在自己的一方天地裡安然存活，而是被她這個腦子裡不知道在想什麼的同胞兄長給推出去，讓周圍那些輕視女子的人品頭論足。

他大概是對趙瑾懷有期望吧，但期望是最不值錢的東西，這個沒了還可以有下一個。

剛從養心殿出來，仁壽宮的劉嬤嬤就找上了趙瑾，道是太后想見她。

自從趙瑾當上攝政公主之後，她探望太后的頻率就低了許多，就算趙瑾再怎麼渾水摸魚，該她做決定的大小事還是不少。

太后這邊，不是這個姪子過去，就是那個外甥上門，他們覺得趙瑾比聖上好說話，便想趁趙瑾監督朝政時對太后多賣點慘，太后自然會將壓力轉移到趙瑾身上。

雖然朝中真正將趙瑾放在眼裡的官員沒多少，但更動幾個官職、往哪個空位塞人，這點事趙瑾還是有權力的。

可聖上不吃這一套，並不代表趙瑾吃。

趙瑾來到仁壽宮見太后。太后的身體不太好，懶得見人，如今就連宮中妃嬪也鮮少過來請安。

今日太后並未臥床，她罕見地打扮了自己，身上穿的是正式的暗紅色長袍，手腕上戴著綴有綠松石的金鐲，拿著一串佛珠把玩，頭髮雖然花白，但整體看起來頗有威嚴。

趙瑾行禮道：「兒臣見過母后。」

太后身邊坐著一個趙瑾不認識的婦人，看裝扮像是某位官員夫人，很大的機率是太后娘家那邊的人。

對方站了起來，向趙瑾行禮道：「臣婦見過華爍公主。」

太后顧玉蓮說道：「瑾兒，這是妳六表哥的夫人。」

說起來，太師的孩子並不少，但真正能讓太后記住的，大多是嫡出的姪子與姪女。之前太后倒是作主幫她兩個姪女各定了一門好親事，不過太師去世後，太后母族的勢力已大不如前。

聖上雖不曾苛刻對待太師一脈，可他早已不是那個剛登基時還需要心腹大臣扶持的年輕帝王，太后的面子，不足以讓聖上繼續重用她的母族。

靠著先祖庇佑，顧家這個勛貴人家的身分仍維持著，然而後世無有才之人，終究不能長久。

趙瑾那所謂的六表哥正在朝中任職，不是什麼重要的大官，長久以來更沒什麼實績，晉升不易。

「原來是顧六夫人。」趙瑾臉上帶著營業用的笑容。「此番特地入宮探望母后，有心了。」

她實在想不起自己那個表哥究竟擔任什麼官職，可寒暄兩句還是沒問題的。

趙瑾說完這話後，顧夫人的笑臉僵了一下，然而趙瑾就像是沒瞧見似的，自己找位置在太后身邊坐下了。

「母后近日睡得可還好？若是身體有何處不適，兒臣替您把把脈。」

顧玉蓮臉上浮現出了一抹笑容，說道：「妳這孩子，妳皇兄如今將重任放在妳身上，便別再操心這些了，好好跟著幾位大臣學學，日後也能多教導詡兒。」

趙瑾點頭道：「母后教訓得是，兒臣知曉了，只是您這身子還是得好好保重，詡兒昨日還說您最近都不見他了，跟兒臣訴苦呢。」

說起孫子，顧玉蓮的笑意加深了。「哀家這不是怕過了病氣給孩子嘛。」

小皇子身體嬌弱，太后自然頗為溺愛他。

顧六夫人聞言笑著道：「姑母好福氣，公主殿下與小皇子殿下都這般孝順，真是羨煞旁人。」

她這一出聲，顧玉蓮倒是想起些什麼了，她看著趙瑾道：「瑾兒，妳六表哥的嫡長子已屆弱冠，過兩年就該參加科舉，只是眼下無功名卻有了心儀女子，妳看看朝中有沒有合適的官職，給他安排一個。」

太后這口氣不像是商量。

趙瑾依舊面帶笑容，說道：「原來要參加科舉啊，如今可是秀才之身？」

「回殿下，犬子確實是秀才。」

趙瑾看向太后道：「母后，既然是秀才，為何不等參加科舉之後再說呢？到時候不管是三甲哪一等都能光宗耀祖，屆時娶妻還能讓您老人家下懿旨賜婚，豈不是更好？」

誰知趙瑾說完這番話後，太后與顧夫人都沈默了。

趙瑾似乎意識到這其中有點狀況，便問道：「不知令公子看上的是哪家的姑娘？」

半晌後，顧玉蓮代替顧六夫人開口道：「是周玥。周玥二十七歲了，平常總是混跡校場，她封侯後就搬進自己的府邸，哀家已經不指望她嫁人，但她府上總該有個貼心人。」

趙瑾不答腔，顧玉蓮繼續道：「妳表哥這個嫡子年紀比周玥小了不少，卻很仰慕她，若是能成，不失為一樁好事。按照她的年紀跟舉止，京城裡有頭有臉的人家不願意娶這樣的姑娘，妳與她關係好，可以勸勸她。」

不是，年紀比周玥小七歲，又無功名在身，就能配得上武朝第一位女侯爺了？到底是誰讓他們生出這樣的錯覺來？

若是換一下性別，二十七歲不曾婚娶、府上無通房跟侍妾的男侯爺，那得是什麼香餑餑？

趙瑾面上不顯，看向顧六夫人道：「不知令公子與嘉成侯私下可相識？」

顧六夫人以為這件事有得談，於是道：「聽他說，是之前在京城大街上與侯爺有過一面之緣，從此便惦記上了，也不在乎她歲數大些。」

趙瑾一聽便明白了，就是不認識。

說起來，周玥可不是沒人喜歡，她這種有權有勢的女子，京城不知多少姿色不錯的男人薦枕席——是路過南風館，裡面的頭牌都願意直接跟她走的那種程度。

周玥自己就是權貴，何須再攀附？

趙瑾笑了笑，道：「母后，此事確實是有些為難兒臣，您知道的，嘉成侯的婚事，連皇兄也不管。」

太后聽到這裡，眉心微微蹙起，正欲說點什麼，趙瑾便接著道：「實話跟您說，朝中有些年輕的官員也傾慕嘉成侯，兒臣之前就見過了，人家官階不算低，嘉成侯若是想成婚，怕是早就跟人喜結連理了。」

開什麼玩笑，周玥封侯時，反對的人不少，可當她坐穩了侯位之後，又是另一個局面了。

她甚得聖寵，就算與同僚之間關係一般，但她就是炙手可熱，毋庸置疑。

「何況啊，若是入贅嘉成侯府，此後別說是妾室，就連通房丫鬟都不能有，顧六夫人要這樣將自己的兒子送給嘉成侯嗎？」

這些話成功讓顧六夫人破防，她語氣一下子激動了起來。「公主殿下，臣婦是想談嘉成侯與犬子的婚事，怎麼能說是入贅呢？成婚後我兒依舊是我兒，又怎麼能說是送呢？」

趙瑾的口氣不輕不重。「他們成婚以後，不是住在嘉成侯府？生了孩子，難道不是姓周？莫非顧六夫人日後還想給兒子納妾，在嘉成侯面前端婆婆的架子？」

一串話懟得顧六夫人啞口無言。

「這不是入贅是什麼?」趙瑾真誠發問。

顧六夫人顯然被氣壞了，一時之間忘了分寸，竟直接將火引到趙瑾身上。「難不成殿下與駙馬成婚之後，駙馬就不孝敬父母了?!」

話一說完，顧六夫人便意識到自己說錯話，她見太后的表情不算好，立刻跪了下去。

「臣婦失言，還請太后娘娘和公主殿下恕罪。」

第九十章 出言不遜

趙瑾輕笑了一聲，站起身道：「顧六夫人說得沒錯，妳可以去打聽一下，本宮與駙馬成婚以來，他回過幾次永平侯府？跟本宮生的孩子，不也姓趙嗎？」

顧六夫人一時無言，然而她還是不死心地說道：「殿下，男子……三妻四妾總是常態。」

「本宮是公主，一個男人不聽話，就換一個聽話的。」趙瑾緩緩道：「這個道理放在嘉成侯身上也一樣。」

趙瑾這裡顯然沒有商量的餘地，顧六夫人他們在打什麼算盤，她也清楚，無非是太師去世之後，太后母族那邊沒幾個能支撐起來的後輩；倒不是說沒落了，畢竟太后還活著，聖上也在位，只是比起太師還在時差得多了。

她這個六表哥的兒子雖然是嫡子，卻非長子，上頭還有兩個嫡兄，撇除才能不說，家族內有什麼好事，肯定是嫡長子優先。若想在另立門戶的情況下爬上去，就得另闢蹊徑，周玥便是個很好的跳板。

按照這個時代的觀念，女子成婚之後便要以夫為天，那周玥生的孩子繼承她如今的爵位、庇蔭顧六夫人一家，不就是板上釘釘的事？想得倒是挺美的。

「本宮就說清楚吧，嘉成侯的婚事，連皇兄都許諾過讓她隨自己的心意，所以本宮不會賜婚。」趙瑾悠悠道：「除非她自己看上哪家公子，來找本宮或皇兄下旨。」

這句話就是一個意思：只有周玥挑人的分，沒有別人挑周玥的可能。只要她流著皇室的血，那在這個以皇權為尊的朝代，她便尊貴無比。

顧六夫人的臉色有點難看。她原本認定周玥一把年紀，自己的兒子願意娶，便是周玥的福氣，誰知在趙瑾這裡踢了塊大鐵板。

她那點算計在趙瑾這裡實在不算什麼，對她而言親疏有別，不同對象就應該有不同的標準，她華爍公主就是雙標，不怕別人知道。

顧玉蓮覺得女兒說得有些過了，只是方才顧六夫人那一番話確實冒犯了天家的威嚴，於是緩緩開口道：「退下吧，哀家有話和公主說。」

不罰，便是恩賜了。顧六夫人連忙叩頭告退。

她走了以後，殿內便只剩下母女倆。太后看著自己風華正茂的女兒，忽然嘆了口氣。

「母后因何嘆氣？」趙瑾問。

「妳皇兄如今不理朝政，妳一個公主，豈不容易被下面的人蒙蔽？」

趙瑾倒是恨不得下面的人在瞞天過海這方面的技術能夠爐火純青一點，在她看來，有些人就算要做文章，也做得差了那麼點意思，她甚至很難裝出自己被蒙在鼓裡的樣子。

「母后想說什麼呢？」趙瑾又問。

顧玉蓮緩緩道：「要母后找些人來幫妳嗎？」

太后這話說出來其實不太像是問句，若是她再年輕些，說不定會向聖上自請垂簾聽政。無論何時何地，有野心的人都會忍不住盯著更高的權力看，也不會輕易放棄現有的權力。吃著碗內、看著碗外，對他們而言理所當然。

趙瑾雖然煩惱要處理的政務，卻不得不承認，權力真是個好東西。

「兒臣讓母后憂心了。」趙瑾斟酌著自己接下來要說的話，道：「不過眼下還真有件事需要向母后借人。下個月外邦使臣來京，皇兄打算讓兒臣帶著詡兒露面，按道理來說，皇嫂那邊會負責宮宴，但兒臣畢竟沒有經驗，想向母后借幾個有經驗的宮女或嬤嬤。」

「就這點事啊。」顧玉蓮笑了聲，注意力被引開了。「妳皇兄讓妳帶詡兒露面極好，哀家撥出一點人算什麼，晚一些就讓劉嬤嬤將人給妳送過去。」

離開仁壽宮之後，趙瑾遇上了幾個剛從養心殿出來的臣子，乍一看都是聖上的心腹。他們迎面與趙瑾對上，不知道想到了什麼，齊齊嘆了一口氣。

趙瑾無語。不是，好歹表面上的工夫得做一下吧？

「參見公主殿下。」

「平身。」

趙瑾臉上帶著笑，寒暄了起來。「幾位大人可是剛見了聖上？」

太傅聞世遠道：「回殿下，正是。」

其實聖上在此時召見他們無非是為了兩件事，一是讓他們好好輔佐趙瑾，二是說明下個月招待外邦使臣時小皇子會出席。

小皇子露面，聖上不參加。朝臣哀號。

聖上一副精力充沛的模樣指點江山，讓人一時之間分不清他到底是不是真的病入膏肓。

按道理說，若聖上身體安好卻不上朝，臣子肯定有意見，然而先前聖上當眾吐血給人留下的印象太過深刻，沒人敢逼他，也不該逼他。

如今聖上這個年紀，如果有長大成人的皇子為其分憂，那他當撒手掌櫃也未嘗不可，只是小皇子年幼，聖上卻沒選擇王爺攝政，而是將公主推了出來。

別說這些冤大頭臣子了，趙瑾自己都想撬開聖上的腦袋，看看裡面到底裝了什麼。

「殿下，小皇子殿下之前一直養在後宮，鮮少與朝臣接觸，既然聖上打算讓他出席宮宴，不如殿下每日抽空帶帶小皇子殿下，讓他提前適應一下？」有人提議道。

倒楣的趙翊年紀輕輕就注定得肩負起治國的責任，趙瑾這個當姑姑的對他的憐愛當然多了些。生在皇家，又是這樣難得的獨苗，總是要承擔起多些的，現在可不是被拉出來當吉祥物了嘛。

趙瑾覺得臣子說得也有道理，於是趙翊平時的功課少了一半，剩下的時間都在趙瑾的辦公書房內待著。

他只要乖乖坐著，同時按照他姑姑的介紹記住官員們的臉、名字還有對應的官職即可。

趙詡的記憶力算是遺傳了他父皇，基本上看過的東西都不會忘記，等趙瑾想起來要考他的時候，一個也沒錯。

日子就這麼不緊不慢地過去，轉眼間，京城裡的商販又興高采烈地擺上了各種商品等著外邦使臣入京。每到這個時候，他們的生意都會好上不少。

只是商人想著賺錢，臣子卻要打一場硬戰。這次來的外邦使臣不只禹、越兩朝之人，他們皆是醉翁之意不在酒——來訪為假，刺探武朝虛實為真。

尤其是現在聖上不理朝政，甚至連外邦使臣來訪也不露面，難免會讓人懷疑武朝聖上的身體狀況，以及國政是否不穩。小皇子終究還是個孩童，若讓外邦認定有可趁之機，武朝的境況便會相對危險。

臨近這種時候，入關的人會增加不少，在魚龍混雜的情況下，盤查與過濾可疑人物的難度提高許多。

外邦使臣陸續入關那幾天，趙瑾整個人都麻痺了，被太傅與丞相拉著聽幾個來訪國家的基本國情。

趙瑾表示自己已經事先了解過情況，然而有鑑於當年唸書時的刻板印象，根本沒人相信她。她就像是考試不及格，被押著高強度複習再去補考的冤大頭一樣。

那幾日，唐轀修看見趙瑾時都露出了同情的神色，晚上就寢前還不停地為她捏捏肩骨，溫聲鼓勵。

不提公主這個身分，趙瑾是個醫師，妙手回春興許可以，但隔行如隔山，當了一段時間的監國，趙瑾只能說聖上確實不是什麼人都能當的。

底下的臣子生怕她這個公主什麼都不懂，尤其是太傅他們，貼心到趙瑾都想喊一聲「爹」了。

然而，考慮到這麼喊終究大不敬，他們也受不起，趙瑾便將自己的感動收回來，繼續扮演她的半桶水。

在眾多臣子眼裡，華爍公主這麼個嬌生慣養長大的姑娘，現在卻已能看懂並且處理一些朝政之事了，可見「教育」的偉大之處；只要他們堅持不懈，華爍公主遲早能跟在朝堂打滾的皇室男子比肩。

趙瑾實在是不想打擊老人家對工作的積極與熱情。

隨便吧，她好好教育自己的小姪子就行。問題不大，退休有望。

轉眼間便是接見外邦使臣的日子，往常這種場合，趙瑾都是來得最晚的那個，沒人在乎她一個公主什麼時候來，這會兒卻是所有人的目光都集中到她身上。

對於今年的宴席不能跟娘親坐在一起這件事，小郡主非常鬱悶，看著在舅母與娘親中間坐著的表弟，她整個人都蔫了。

「爹爹，我想和娘親坐。」

唐韞修眼明手快地捂住了閨女童言無忌的小嘴，低聲哄道：「娘親在跟妳表弟幹大事呢，妳看看娘親是不是特別漂亮？」

小姑娘對漂亮的東西完全沒抵抗力，這會兒盯著自家娘親看，她身上的紅裙大方搶眼，腦袋上戴著髮冠，步搖上綴著紅色晶瑩的寶石，眉眼明媚、紅唇動人。

看著看著，趙圓圓不禁說道：「娘親，好看。」

唐韞修給小姑娘拿了顆糖，也跟著抬眸盯著看了一會兒，點頭道：「嗯，妳娘親最好看了。」

小孩子有了糖，內心的憂傷瞬間被沖淡許多，小嘴也不噘著了。

由下往上看的人不少，焦點大都集中在小皇子身上，所有人都清楚，小皇子登基時一定不會太大，那可是最好拿捏的年紀。

預定的時辰已到，宮宴卻尚未開始，是因為還有人沒來。

趙瑾蹙眉，下面的大臣也蹙眉，至於其他已經到場的外邦使臣則是等著看好戲。

越朝的使臣還沒來。這麼久以來鮮少遇到這種情況，不管出於什麼原因，此舉未免太過輕視武朝。

遲到這種事趙瑾很熟悉，就算她的身分尊貴，也沒人會為了等她而推遲宴席，該怎麼做就怎麼做。

趙瑾連半炷香的時間都沒等，就在滿朝文武的怒容中緩緩開口。「開席。」

誰無視誰，還不曉得呢。

當越朝的使臣姍姍來遲時，發現大殿內已經載歌載舞，滿座的武朝官員與其他外邦使臣舉杯同歡、談笑風生。

越朝一行人走進殿裡時，歌舞恰巧到了尾聲，並未為了他們刻意停下，他們就這麼被晾在一旁。過沒多久，舞姬與樂師便退場了。

坐在最上面的趙瑾好像這個時候才看到他們似的，臉上帶著笑說道：「本宮說是誰這麼大膽敢擅闖宮宴呢，原來是越朝使臣啊，莫非是我朝的皇宮太大，迷路了？」

平時教導趙瑾好好說話的太傅心道：算了，讓她自由發揮吧。

讀書人難免咬文嚼字，但做過頭就會形成一種不太好的情況——陰陽怪氣。

趙瑾小時候功課不怎樣，卻動不動就被聖上抓去看朝臣之間針鋒相對，好的沒學，陰陽怪氣那股勁兒倒是學了個七、八成，後來便宜大哥還因此下令整治朝堂紀律。

「這便是你們武朝的待客之道？」為首的越朝使臣挑眉環顧四周，直接表達他的不滿。

他身旁站著一位戴著面紗的妙齡少女，她的面容若隱若現，雙眸深邃，如汪洋一般的藍，不用再過幾年，現在看著就是傾國傾城之色，想必這就是越朝派來和親的公主。

現場不少男人都忍不住盯著她看，只是大多數人都明白一個顯而易見的事實——他們無福消受。

趙瑾認真端詳了這位越朝公主一番，小姑娘哪裡都好，就是想不開，怎麼會想當她大嫂呢？

雖然喜歡的是唐韞修的親兄長，但好歹人家的長子讓他們夫妻養了幾年，總不能任由不三不四的人亂來。

趙瑾是有那麼點不學無術，卻不是真的窩囊廢。

「你是……」她問。

連個自我介紹都沒有，還跟主人家談什麼待客之道。

當趙瑾這輕飄飄的兩個字說出口後，在場的年輕官員以及某些沒官職在身卻曾與趙瑾當過同窗的人都默默低頭。

你說你惹她做什麼呢？

越朝的使臣被氣得不輕，他的氣勢全被趙瑾的「你是」兩個字給毀了大半。

半晌後，這位使臣才咬牙切齒地憋出了一句話。「越朝安季參見公主殿下，參見皇后娘娘、小皇子殿下。」

「安季？」趙瑾的目光落在那年輕人身上。「之前來過我朝的安將軍是你何人？」

「是在下的叔叔。」

趙瑾還記得她剛成婚時那個過來說媒的安將軍，這會兒叔叔不幹，換成姪子來了。

趙瑾不鹹不淡地說了句。「原來是一家人啊，怪不得。」

安季忍了忍，繼續道：「此乃我越朝大王的三女，阿緹公主。」

他身邊的異域美人聞言上前一步，用越朝的禮儀行禮道：「阿緹參見華爍公主，參見皇后娘娘、小皇子殿下。」

說起來，這位阿緹公主差點與趙瑾成了母女。當初趙瑾新婚時，越朝要談和親的那位阿穆王子就是如今的越朝大王。

聽說越朝的新王后跟趙瑾年紀差不多，值得推敲的是，那位新王后是禹朝的公主。

趙瑾倒是沒針對這點多說什麼，她點點頭道：「幾位使臣遠道而來辛苦了，請入座吧。」

話音落下，便有宮人領著越朝一行人入座，只是那安季卻一直盯著首座上的趙瑾。

她那個位置應當是武朝聖上坐的，現在換了個女子，外邦使臣心中難免會有些輕視。

至於小皇子，乖巧得很，白白嫩嫩的一個，看起來雖然孱弱了些，但瞧不出有什麼大毛病。

離趙瑾近些的除了宮中妃嬪，就是幾位王爺及其家眷。不管武朝內部有什麼齟齬，那都是自家人，在外人面前，炮口還是得一致對外。

這場宮宴的和平沒能維持很久，在皇后舉起酒杯說了幾句場面話之後，一個魁梧的禹朝男子就站了起來，直言不諱道：「不知武朝聖上何在？怎麼光讓女子出來待客？」

此人說話的語氣跟神態讓人極為不適，不說趙瑾，若煬王的眼神可以殺人，他早就死了。煬王率領的軍隊曾與禹朝的人交過手，這會兒殿內就他脾氣最大。

趙瑾沒開口，丞相蘇永銘就先站起來拱手道：「我朝聖上身體抱恙，還在休養，華爍公主乃我朝嫡長公主，如今正擔監國之責，代行聖上之權，不知呼延大人有何高見？」

禹朝這次派來的使臣是個文官，但他們那兒的文官也沒給人文質彬彬的感覺，反正比武朝那些個弱不禁風的看起來要壯碩不少。

趙瑾摸了摸下巴，覺得全民健身的活動差不多該安排上了。

「武朝這麼大的國家，如今都淪落到女子作主了。」說著，呼延笑了起來，笑聲挺討人嫌的。

趙瑾本來好好的，精神狀態也算穩定，結果非有人上趕著刺激她。

她跟著笑了聲，說道：「怎麼，呼延大人，莫非你們禹朝沒有女子？」

「在下曾聽聞武朝女子大門不出、二門不邁，琴棋書畫樣樣精通，身形更是婀娜，不知公主殿下是否也如此？」呼延是第一次來武朝，但言行舉止格外輕浮，他直勾勾地盯著坐在上面的趙瑾。「你們武朝的聖上既然缺席，為表誠意，公主殿下是否應該為我等遠道而來的賓客舞一曲？」

趙瑾蹙眉。

還沒等其他人有反應，一根黑色的筷子似化為一道凌厲的風，擦著呼延的臉頰而過，最後扎入了不遠處的一根柱子上，入柱三分——工部要哭了。

呼延看著扎在宮殿柱子上的那根筷子，瞳孔一震。

只見賓客的座位上站著一道頎長的身影，那人的語氣平淡。「抱歉，手滑了。」有點歉意，但不多。

第九十一章　試探底線

「你們武朝就是這般待客的？」呼延看著那個男人，冷聲道：「你是誰？」

「在下不才，乃是華爍公主的駙馬。」唐韞修盯著呼延，又補充道：「在下手滑的毛病多年來一直治不好，呼延大人還是多注意一些，小心被傷到了。」

他說這些話時的神態不像關心，反而像是在叮囑對方留意自己的小命。

呼延無語。這人是瘋子吧！

他陰沈著一張臉看向了趙瑾，語氣森冷。「公主殿下連自己的人都不管管？」

趙瑾最會胡說八道了，她有些不好意思地說：「呼延大人海涵，本宮這駙馬平時確實毛毛躁躁的，聽聞禹朝的人皆是心胸寬廣之輩，想來不會計較這點小事。」

這點小事？夫妻倆一個比一個還會懟人。

見狀，武朝的官員也跟著打馬虎眼。

「確實，駙馬爺身體不好，手滑乃是常事，在下都被他手滑打過呢，還請呼延大人海涵……」

「在下代替駙馬爺向呼延大人賠個不是，他近日上朝頗為用心，字寫得多了，手難免有點滑。」

論起睜眼說瞎話的功力，這群文官是一個也不差。

吃了啞巴虧的呼延只得憤恨地坐了回去。

趙瑾拍拍手道：「別停啊，樂師跟舞姬呢？給本宮接著奏樂、接著舞。」

下面的文武百官心道：算了。

在這種場合上，皇后顯得謹慎許多，凡是小皇子要入口的菜餚，都有專門的宮人試過。

趙瑾則直接得很，她吃過以後確定沒問題的，就隨手換了雙筷子挾給姪子。

這樣歌舞昇平、大啖美食的景象，彷彿說明武朝的繁榮依舊，然而這樣的境況，並無法消弭他國的野心。

沒多久，越朝使臣安季開口了。「稟公主殿下，我朝大王這次特地派我等護送阿緹公主前來，是想與貴朝結秦晉之好。」

趙瑾看向下方低著頭的安季，以及他身旁豔麗動人的阿緹公主。

「可以啊。」趙瑾緩緩道：「我武朝適婚男兒眾多，只要阿緹公主看上且未曾婚配的，本宮皆能作主賜婚，不知阿緹公主可否看上哪家公子？」

嬌滴滴的阿緹公主站了起來，笑著對趙瑾道：「謝殿下成全，阿緹喜歡你們武朝的唐韞錦將軍。」

短短一句話，讓原本喧囂的殿內頓時安靜下來。

正在給閨女剝橘子的唐韞修也停住了手，更別提唐煜了。

好端端的，來了個小娘？

事先知道阿緹公主想嫁誰的人並不多，大部分的人都相當詫異。

丞相蘇永銘站了起來，拱手對趙瑾說道：「稟殿下，臣以為阿緹公主與唐世子是郎才女貌、天造地設的一對，阿緹公主願意和親，乃我朝之幸。」

趙瑾心道，雖然拐了這麼漂亮的一個姑娘過來，誰都會偷笑，但做人還是要有點道德底線。她那素未謀面的大嫂娘家呢？

華爍公主正觀望著，唐煜的表情卻是明顯不滿，他想站起來，被唐韞修給按住了。

「放肆！」果不其然，一道中氣十足的聲音響起。「姓蘇的，你將我女兒置於何地?!」

趙瑾安心了。就是說嘛，能夠與唐世子青梅竹馬的世子妃，她的家世會差到哪裡去？

世子妃藍亦璇同樣出身武將之家，兄長都在邊疆戍守，父親早些年致仕後，被封為英國公，平時不理政事，甚至不在京城定居。

今夜，趙瑾可是特地差人將他請來的。

蘇永銘哪裡想得到英國公在這裡，他先是一愣，但很快便冷靜下來。「英國公，此乃兩國之大事，世子妃識大體，應該要知進退。」

英國公目前手上並無兵權，但是他身體硬朗得很，嗓門也大。「我女兒如何，哪裡輪得到你品頭論足?!」

若不是周圍人死命拉著，英國公早就動手了。

趙瑾乾咳一聲道：「都幹什麼呢！英國公、丞相，都坐好。」

華爍公主的命令還是有點用的，等人都坐好了，她才將目光轉向阿緹公主——十五歲的美人，脆生生的一朵花。

「阿緹公主非唐韞錦不嫁？」

阿緹公主到底是被人驕縱著長大的，她直勾勾地看著趙瑾，毫不猶豫地點頭道：「正是。」

趙瑾垂眸笑道：「這樣吧，阿緹公主是第一次來我武朝，此處好男兒眾多，妳不妨多挑挑，若是這幾日改變了主意，隨時來向本宮說，如何？」

「若是阿緹不改變主意呢？」

「那本宮就給妳賜婚。」

趙瑾此話一出，英國公那邊又不淡定了，只是很快就被旁邊的人給按住。

此事告一段落後，宴席繼續，趙瑾在處理事情上還算游刃有餘，不過還是有人不滿她與阿緹公主的協議。

宴席才剛結束，趙瑾第一時間就下令將宸王府上那位大齡未婚世子給綁了。

趙景舟被綁到公主府時，整個人都還在發愣。好不容易從宮裡返家，正想休息，結果人還沒躺下，就被綁架了。

原本他以為是什麼膽大包天的不法之徒，這一看，竟是他如今大權在握的小姑姑。

趙瑾盯著他那張臉看了半晌，最後還算滿意地點了一下頭。

「小姑姑，這是做什麼？」

她說道：「本宮給你幾天時間拿下阿緹公主，讓她喜歡上你……要非你不嫁的那種程度。」

靖允世子從來沒想過，男人大齡未婚也會被拉去和親。

他這會兒小心翼翼地看著趙瑾道：「小姑姑，皇室應當不至於如此缺人，您要不要再看看？我那幾個弟弟還不錯，實在不行的話，九皇叔府上也有未婚配的弟……」

趙瑾打斷他的話。「你那幾個弟弟跟堂弟，就算還沒娶正妻，府上也有通房丫鬟，就你沒有。」

靖允世子心道，潔身自好不行嗎？招誰惹誰了？

「更何況，阿緹公主看上的是唐韞錦，這表示她應該會喜歡成熟一點的男子，你小唐韞錦幾歲，比阿緹公主大上差不多一輪，說不定她會中意你，她這般年輕貌美，你有什麼好想不開的？」

「……太小了。」半晌後，趙景舟從牙縫裡擠出這麼三個字。

趙瑾一頓。在這個女子及笄便可出嫁的時代，趙景舟的顧慮實在太過多餘。

「既然嫌她年紀小，就娶回家養個幾年。」趙瑾一本正經道：「不說阿緹公主的身分，她算是傾國傾城的美人了，本宮要是男的，自己都想娶；若不是因為你是你幾個兄弟當中長得最俊的，本宮也不至於將希望寄託到你身上。」

趙瑾本就生了一張會忽悠人的嘴，代理朝政這段時間下來，功力又增長了不少，現在拐人是一騙一個準，這大概就叫帝王話術吧。

她這幾句話唬得趙景舟一愣一愣的，但他到底沒有虛長年紀，問道：「小姑姑，越朝日後若是與我朝起了衝突，我該如何自處？」

在這方面，靖允世子看得比他父親清楚許多，他明白自家沒那個登頂的命，也了解此番越、禹兩朝的挑釁裡藏有不少試探，若是娶了越朝公主，日後兩邊撕破臉，他們該如何面對這一切？

趙瑾淡淡地看了他一眼道：「該怎麼做，全都看你。好歹是讀聖賢書長大的，還需要本宮教？」

越朝跟禹朝送來的兩位公主，勢必要留下，但她們未來究竟會擔任什麼樣的角色，誰也不曉得。

總而言之，趙瑾將這個任務交代下去了，該怎麼完成，是靖允世子的事。

「本宮告訴你，你只有幾日的時間，若是完成不了，你就做好被發配出京的準備吧。」

趙瑾緩緩道。

過了半晌，趙景舟只得憋屈道：「臣遵旨。」

得到了答案，趙瑾轉過頭吩咐道：「將靖允世子送回去吧，這大晚上的，省得宸王妃擔心。」

趙景舟的心中浮現不祥的預感，下一刻他就被人迷暈扛在肩上，毫無聲息地送回了宸王府。一覺醒來的時候，還覺得前一夜的事情全是夢。

將人打發走了以後，趙瑾一轉身就撞上從屏風後方走出來的唐韞修，唐韞修伸手摟住她的腰，輕聲問：「殿下剛剛說自己若是男子也想娶，是什麼意思？」

趙瑾笑了一聲，抬眸看著他道：「怎麼，你不覺得阿緹公主漂亮嗎？」

漂亮到讓女人都驚嘆的程度。

「我眼裡只看得見殿下。」唐韞修慵懶道，他在表達忠心這方面向來讓趙瑾省心。「殿下，夜深了，要就寢了嗎？」

趙瑾很想直接躺下，只是臉上的妝還未卸下，近來天氣又熱，不洗澡她不想上床睡覺。她讓唐韞修先去休息，誰知駙馬卻說道：「殿下，要不一起洗？」

最後趙瑾先讓紫韻為她拿下腦袋上的髮飾，臉上的妝也卸得乾乾淨淨，才踏入浴間。唐韞修穿著單薄的中衣，已經站在那裡等她。

屏風內側，水氣緩緩升起，駙馬眼睫微微一動，抬眸看向趙瑾，嘴角輕輕勾起。「殿下來了。」

趙瑾的腳步頓了一下。最近確實忙了些，每天倒頭就睡，迷迷糊糊間總感覺身後有人緊緊貼著，噴到她脖子上的呼吸透著濕潤的暖意。

看著唐韞修，趙瑾一時之間還真覺得他有幾分像等著侍寢的宮妃——說實話，這種想法實在大逆不道。

趙瑾走到浴池邊上，她那勾人的駙馬已經下水，水位只到他腰腹左右的位置，中衣很薄，沾了水之後便變得半透明。

老實說，趙瑾不是什麼「正人君子」，何況這男狐狸精還是她家的。

她彎下腰，捧著男狐狸精的臉細細端詳，沾了水的手指順著他的臉龐輕輕勾勒了一下輪廓，輕笑一聲，俯身親了上去。

親完了之後，她抬腳踩在唐韞修的肩膀上，將他推遠了些，語氣正經極了。「駙馬，池子很大，各洗各的。」

唐韞修看著那從紅裙下探出來的腳將自己給推遠了。

半晌後，他輕笑一聲，在趙瑾沒反應過來還坐在池邊踢水玩時，伸手拽住她一隻纖細的腳踝，一個用力，伴隨著水花濺起，趙瑾被扯了下去，她還沒來得及發出聲音，唇就被堵住了。

「殿下，我替您洗。」他在她耳邊輕聲道。

一夜荒唐之後，趙瑾一早就被枕邊人鬧醒了。她察覺到身邊的人輕輕吻著她的後頸，但昨晚睡得不夠飽，導致這位主兒有點起床氣。
唐韞修說道：「殿下，起床了，外面有人在找您。」
趙瑾這會兒聽見外面的敲門聲了，不過那道聲音極輕。
她坐起身，隨手攏了一下衣領，將那片白皙肌膚上的紅痕遮住了。
門外，小李公公低聲道：「奴才見過殿下。」
趙瑾問道：「何事？」
小李公公回道：「殿下，外邦使臣們如今正在宮裡求見您呢。」
趙瑾沈默。她忘了，她如今要以國家領導人的身分去與他國使臣商討新一年互市的內容與條件。
當趙瑾梳妝打扮整齊後，走回到屏風後方，唐韞修還躺在床上。
「我入宮去了，你再休息一會兒。」趙瑾彎腰在駙馬臉上留下一吻。
駙馬本人確實有些疲累，緩緩點頭道：「那殿下早點回來。」
在門外等著的小李公公心道，駙馬爺真懂得把握分寸。
他同時也在心裡認清了這個駙馬爺的地位。按照他在宮裡察言觀色這些年，駙馬爺這段位，少說是個寵妃。
趙瑾跟著小李公公出門後不久，醒來以後要找娘親的小郡主就敲開了兩人的房間。
看見床上只有她爹時，趙圓圓本來想哭，結果下一刻就看著唐韞修脖子上的痕跡問道：

「爹爹，那是什麼？」
唐韞修面不改色道：「蚊子咬的。」
然後他的孝順女兒就蹦著自己的小短腿坐到床邊說：「爹爹，我替您趕蚊子。」
親爹感動，決定保持沈默。
趙圓圓小朋友的機靈不光展現在這裡，她嘀咕著道：「爹爹，紫韻說，您這麼勤奮，為什麼我還沒有弟弟、妹妹啊？」
唐韞修一臉震驚。他就知道那丫頭懷恨在心！
華爍公主這個駙馬搶了太多本該屬於紫韻這個貼身侍女的活兒，以至於兩人的磁場不太合。
唐韞修是主子，紫韻是奴才，表面上她不會說什麼，但是暗地裡，紫韻也是有公主撐腰的人。
「跟爹爹講，紫韻還說了什麼？」
「紫韻沒說什麼，她跟陳管家商量要不要給爹爹請個太醫看看身子。」
在這一刻，唐韞修意識到自己對手下的人還是太好了些。按趙瑾的話來說，就是工作量不夠大，所以才有閒工夫管主子的私事。
「圓圓想要弟弟、妹妹？」
「我有弟弟啊，詡兒弟弟。」小姑娘道。

「那圓圓想要多一個嗎？」

趙圓圓好奇地問道：「弟弟、妹妹是想要就能有的嗎？」

「當然不是，要個弟弟、妹妹還是挺辛苦的，妳娘親會很累。」

「那不要了。」小姑娘立刻道。

緊接著她下了地，說道：「爹爹好好休息，我去問問唐煜哥哥，他弟弟什麼時候能過來？」

原本說要替爹爹趕蚊子的小閨女就這樣跑了。

另一邊，已經趕到宮中的趙瑾接見了禹、越兩朝以及其他小國的使臣，當然，不僅僅是她，太傅、丞相以及六部尚書都在場。

趙瑾接過他們遞上來的文書，看著看著便蹙起了眉。她先保持沈默，由小李公公將文書呈給丞相他們過目。

過了一會兒，看完文書的丞相蘇永銘率先開口道：「安大人、呼延大人，你們越、禹兩朝究竟是什麼意思？」

禹朝的使臣呼延似乎是想將昨晚的面子找回來似的，說道：「白紙黑字上寫得清清楚楚，難不成蘇大人看不懂嗎？」

太傅聞世遠看完以後，臉都黑了。「以往互市，關稅多年來皆是微幅調漲，如今你們要求我武朝大幅降稅而你們大幅漲稅，是什麼意思？」

「幾位少安勿躁，你們武朝的攝政公主還沒說話呢，行不行得通，不是看公主殿下的一句話嗎？她現在畢竟是你們武朝最尊貴的人。」

看著在場臉色各異的人，聞世遠說道：「殿下，這協議簡直欺人太甚！」

這幾年的關稅如何，趙瑾不是全然沒有了解。這不是第一次漲稅了，從前她只當這是慣例，如今輪到自己做決策，她才意識到，其他國家的試探原來從幾年前就開始了。

過去她的皇兄出於某種考量同意了，前幾年的關稅也漲得不離譜，然而今年這份文書上寫的，就沒那麼客氣了。

終究是有人邁出了第一步。

趙瑾不知道禹、越兩朝背地裡達成了什麼協議，上趕著來找晦氣，而她……可不瞎。

「諸位今日前來，都是為了關稅的問題？」趙瑾緩緩開口問道。

「自然。」

趙瑾其實能夠理解，當一個國家逐漸走向繁榮富強，難免會想樹立自己的地位，但樹立地位與搶東西，有本質上的區別。

「關稅一事事關重大，幾位若是不著急，我們就坐下來好好談。」趙瑾皮笑肉不笑地說道，轉頭讓人將宸王與煬王都喊了過來。

第九十二章　目中無人

煬王的暴脾氣在一大早見到外邦使臣時來到了巔峰，他就像是一尊煞神，冷眼看著對面衣著打扮與他們武朝不同的一行人，即便不開口說話，也讓人察覺到冷意。

趙瑾將文書交予兩位王爺過目，看完後，他們當場炸了。

「你們將關稅調整至去年的兩倍之高，卻要求我武朝降半?!」

若不是礙於場合，煬王就拔刀了。

「煬王爺少安勿躁，武朝多年來的關稅向來是比我等高些，如今我等就算往上漲一些，也算不得什麼。」

在胡說八道方面，趙瑾很久沒看見這樣的對手了。

關稅向來是國之重事，若這份協議就這麼定下，那麼百姓與商人定然苦不堪言，社會安定也成了空談。

「區區小國，也敢跟我武朝要這樣重的稅，是不是來年還要我武朝給你們上貢不成？」趙鵬怒道。

「煬王爺慎言。」禹朝的使臣笑咪咪地道：「關稅本來就有升有降，只是如今我朝大王覺得關稅應該漲一漲，公主殿下若是覺得不合適，我等不勉強，只是彼此之間的關係，總還是要維持的。」

趙瑾掀了一下眼皮子，緩緩道：「本宮倒是看不出來你們有多少維持友好的意思。」

她看著殿內的人，大家各有各的心思，哪怕是武朝這邊的臣子，也有他們自己的算計。

趙瑾望著自己那義憤填膺的九皇兄，略有所思。

「本宮若不同意這個關稅呢？你們打算如何？」趙瑾在他們劍拔弩張時忽然說了這麼一句。

越朝使臣這會兒開口了。「公主殿下，關稅事關國家以及民生大計，您若拒絕，可承受得起後果？」

這就是要挾了，像是認定趙瑾這個攝政公主肚子裡沒點墨水，在上調或下調關稅這方面掌控不好似的，然而，趙瑾她畢竟是個生意人。

華爍公主從商這件事不算高調，可京城這些年來流行的那些新鮮玩意兒，不少都有她的影子，要麼她是老闆，要麼她參了股，這當中有不少東西都遠銷全國乃至國外，關稅方面她算是半個專家。

趙瑾忽然笑了一聲，隨手將桌上的文書扔了下去，站起身來，面上的不屑顯而易見，不僅僅是幾個外使，就連煬王他們也愣了一下。

她這個人吧，按照太保的話來說，雖然沒幾分皇室的風範，但硬裝起來還是能唬人的。

「公主殿下這是什麼意思？」

趙瑾說：「本宮的意思還不夠明白嗎？這份文書本宮不會簽署，武朝也不會承認，諸位使臣遠道而來，不如先回驛館好好想清楚，過兩日我們再談這個問題。」

她說這番話的時候，有種有恃無恐的淡然，彷彿身後的王朝有龐大的實力支撐她的高傲。

越、禹兩朝的使臣一時之間沒反應過來，更別提旁邊的小國使臣，大國之間的矛盾，不要牽連他們就好，更別提插嘴了。

趙瑾說完之後，也不給對方反駁的機會。「來人，將幾位使臣送出宮去。」

人一走、門一關，就有人開始對趙瑾講道理了。

丞相蘇永銘道：「殿下，您方才的言行實在不妥，若是我朝與越、禹兩朝起衝突，最後引發戰亂，便是得不償失了。」

「那依丞相所言，本宮是不是應該留他們在宮裡吃頓便飯，然後低聲下氣地簽了那份文書？」趙瑾心平氣和且笑盈盈地看著丞相。

原本一肚子火的煬王看著他這個皇妹懟完使臣、懟大臣，忽然平靜了下來，他笑了一聲道：「就是，難不成我武朝還怕他們兩個莽夫之國？」

蘇永銘臉色微變道：「煬王爺，一國固然不可怕，但如果越、禹兩朝聯合起來呢？我朝如今君王抱恙，誰來主持這個大局？」

「聖上抱恙，本宮就該在他們面前低人一等？」趙瑾冷笑。「本宮倒是想以禮待人，但你們看他們此番前來的目的究竟是什麼，又是和親、又是大調關稅，本宮倒是要看看，他們在京城這幾日到底能不能老實待著。」

這種戲碼她不是不懂，幾年前就上演過了，過去趙瑾雖然不怎麼參與政事，但總歸聽說過。那些國家蠢蠢欲動的野心，簡直不加掩飾。

太傅聞世遠出來打圓場了。「殿下，我朝如今確實經不起戰事，聖上登基以來，已經二十餘年沒與其他國家打過仗，若掀起戰事，恐民不聊生啊！」

趙瑾說道：「本宮不懂打仗的事，可如今看來，就算是退讓，也不過是給對方剝削以及養精蓄銳的機會罷了。」

和親與關稅，都是試探。

「若是皇兄知道本宮在這件事上讓步了，說不定來個急火攻心呢。」趙瑾悠悠道：「若他真氣出個好歹來，本宮監國的時間又變長了些，對諸位又有什麼好處？」

她真的很難讓人看懂是否留戀手上的權力。

趙瑾成功將丞相、太傅以及幾個尚書一起氣走了，一抬頭，發現宸王跟煬王沒離開，於是換上了一副笑臉道：「兩位皇兄還在啊。」

因為沈迷看戲而忘記走的兩位王爺保持沈默。

「既然還在，就留在宮中用午膳吧。」趙瑾發出了邀請。

自從當了攝政公主之後，御膳房那邊也關心起了趙瑾的口味，她從前便在皇宮生活，只是幾年過去，她的口味已經變了些。

皇子成年後便會出宮開府，除了宮宴，宸王與煬王其他時間並未留在宮裡用膳，聖上與他兄弟們的關係實在一般。

趙瑾這麼隨口一邀約，便造就宸王與煬王兩個人坐在桌前相對無言的局面。

「不知兩位皇兄有什麼忌口的，御膳房就按照皇妹的口味做了，兩位皇兄若是吃不慣，就讓人再做些菜來。」

兩個比趙瑾大了超過二十歲的王爺此刻意識到，他們這個皇妹似乎真成了宮裡的半個主人。

宸王趙恆在吃食方面算是講究，看著御膳房端上來的菜餚，不禁愣了一下。「看來宮裡的菜式增加了不少。」

都是皇子，自然在宮裡面住過，只是他們出宮那會兒，菜式就是那樣，就算有新的，也不多。

只是後來有個從不在吃食上委屈自己的華爍公主，御膳房被督促著努力向上，手藝不知道提高了多少。

眼下兩個見多識廣的王爺在吃過一口菜後，再度陷入沈默。

趙瑾笑道：「御膳房如今也知道琢磨些新菜了，菜式多了不少。」

能不多嗎？有個出菜譜比他們還快的公主，原本想著公主出宮了可以清閒一下，結果現在人家監國，又回來了，御廚簡直欲哭無淚。

趙瑾輕而易舉地用一頓飯稍稍聯繫了一下他們之間不值錢的兄妹情。

煬王趙鵬雖然對趙瑾身為公主卻監國一事始終帶著成見，但這會兒還是指點了兩句。

「那個關稅，不能簽。」

趙瑾瞧這位九皇兄紆尊降貴卻還是高高在上的態度，臉上堆滿了笑，拿起桌上的筷子為他挾菜。「九皇兄，吃菜。」

再廢話，她可能要忍不住懟人了。

接待外邦使臣這幾日，趙瑾確實很忙，光是為了關稅一事就接見了不少臣子，有人說可以繼續談，有人說別談了，可是他們誰都知道，按照那種條件，不可能簽。

就算是逃避，趙瑾也明白這種事一般來說就是各退一步，然而今日退，便會給別人試探底線的機會。

談判艱難不外乎一個原因：武朝確實不在巔峰時期。

這個發展再正常不過，興許與天災人禍有關，又或是這些年來武朝稍稍重文輕武了些，雖說軍隊的操練沒落下，但給人的印象就是「好欺負」，等他們意識到的時候，已經遲了。

趙瑾回到公主府時已是深夜，她從手下人口中聽到了趙景舟那邊的進展——今日他算是在阿緹公主那邊留下印象了。
唐韞修似乎也剛從城外回來不久，練武的服裝還沒換下，趙瑾走過去想抱他一下，被他躲開了。
「殿下，我身上髒。」
趙瑾再往前走，唐韞修便閃身進去沐浴了。
沒多久，駙馬一身清爽地從浴間出來，他在書房找到趙瑾抱上了。
「你方才跑什麼？」趙瑾抬眸緊緊地盯著他。「背著我去哪個銷金窟了？」
唐韞修一頓。他忽然意識到剛才的澡白洗了，他剛從練武場回來，不想讓汗味熏著她，結果現在好了，死無對證。
「殿下，我怎麼敢？」
「不敢和不想還是有區別的。」
駙馬閉嘴了。他察覺到趙瑾心情不好，再說下去可能連他也挨罵。
於是唐韞修當機立斷將椅子上的人抱起，自己坐下，讓趙瑾坐在他腿上，再將她緊緊抱住。「殿下，充電吧。」
唐韞修其實不知道「充電」為何意，只是趙瑾偶爾整個人掛在他身上時，會說自己在充電。
休息是暫時的，冤家是永久的。

趙瑾還在想，很多時候國事確實不該讓她拿主意，畢竟觀念不同會導致許多結果出現偏差，而現實卻是殘酷的。

正如趙瑾所說的，那些來京的外邦使臣沒有要安穩度過這幾日的意思，才第二天，便有隨使臣前來的越朝世子欺壓百姓的奏摺遞到趙瑾這裡來。

當時是正巧被巡邏的侍衛給撞上了，不然那攤販估計不死也會半殘。

趙瑾看著這道奏摺陷入了沈默。沒想到事情這麼多呢。

當一個國家的實力被人看不起時，這裡的一切都能讓人任意踐踏，若是在武朝鼎盛時期，他們哪敢這樣放肆？

聖上不出面，讓一個公主作主，唯一的皇子更是五歲不到，說不定外邦使臣傳回去的版本會是「武朝的江山就要易主了」，到時武朝內憂外患，舉國上下只怕亂成一團。

這就是為什麼那群愛國且擁戴皇權的官員總是著急上火的原因，是她她也得急，飯碗都快捧不住了，能不急嗎？

趙瑾身為攝政公主，這兩日接見的臣子多到快讓她覺得自己已經登基了。

太傅正站在趙瑾桌前嘆氣，都快將她的魂嘆得離家出走了。可趙瑾只能沈默，她不過是個公主而已，正所謂槍打出頭鳥，不該她出面的就別站出來。

大部分臣子勸她忍一忍，說是現在這個節骨眼上，實在不適合與其他國家起衝突。

趙瑾心想也是，那種關稅條件她不可能簽，要麼就沿用去年的，要麼就不簽了。

國與國之間互市，又不是只有武朝賺錢，只是雙方需要的東西不太一樣。

往常武朝會從越、禹兩朝進一些閹割過的汗血寶馬，而武朝的糧食、首飾以及衣物等則風靡幾個外邦國家——當然，互市的商品不只於此。

只是如今越、禹兩朝的做法，看起來更像是不想做生意了，這仗總有一日要打起來。

之前聖上撥款撥糧到邊疆自然是未雨綢繆，但眼下，只要聖上不出現，外邦使臣那邊就不會善罷甘休。

轉眼間，到了外邦使臣來朝第三日。趙瑾留使臣們在宮中等著商議正事，結果她還沒到議事地點呢，就有太監匆匆忙忙地跑來朝她跪下。

「殿下，您快去後宮那邊看看，禹朝的世子闖入後宮了！」

趙瑾聞言，眼皮子狠狠一跳。

御林軍趕到時，只聽見殿內傳來女子的抽泣與掙扎聲，禹朝的護衛在門旁拿刀守著。旁邊還有禹朝的使臣呼延，他有恃無恐地道：「這可是我們禹朝的儲君，爾等豈敢亂來？」

趙瑾身後跟著不少宮人與臣子，急忙趕抵現場，一看這宮殿的匾額，她眉頭不禁一皺。

聖上已經七、八年沒選秀了，就是上一次選秀時留下來的人也不多，這些年來聖上沒給位分也不打算寵幸的，由皇后專門騰了個宮殿給她們，叫「朱鈺宮」。

這些女子平常擔的是宮女的活兒，只是地位高一些，穿著打扮也不像一般宮女那樣素淨，運氣好的話會被要到某個娘娘那邊伺候，等年紀到了再申請出宮。

趙瑾見兩邊的人對峙，二話不說就拔了身邊人的劍，直指前面的禹朝人道：「給本宮滾開！」

沒等對方發話，她便轉身瞪著御林軍道：「你們是廢物嗎？不知道闖進去?!」

御林軍被她當頭一聲喝，愣在原地，等他們反應過來的時候，趙瑾已經提著劍走進殿內，身後跟著幾個臣子。

見狀，御林軍緊隨其後。

禹朝的使臣自然也嚷嚷著要進門，被一部分御林軍攔住了。

趙瑾朝著發出聲音的房間走了過去，外面站了不少宮女，忐忑地看著那扇緊閉的門，不敢亂闖，只能乾站著。

接下來她們就看見一身紅衣的華爍公主持劍一腳踹開門闖入，幾個人互相看了看彼此，沒人敢不要命地湊上去。

進去以後，趙瑾第一眼就瞧見角落裡縮著一個年輕姑娘，她衣衫凌亂，床榻上，一個人高馬大的男人正壓著一個女子。

趙瑾走過去就是一踹，力氣之大，直接將對方從床上給踹下去，重重摔落在地上。

那男人怒氣沖沖地站起身來，怒道：「妳知道本世子是誰嗎?!」

就算他抬起頭來以後，發現對自己動手的人是趙瑾，也毫不在意。

「原來是華爍公主。怎麼，本世子不過是看上兩個宮女，到時納了她們就是了，何必這樣大動肝火？」

床上的女子正緊緊抓著身上被撕爛的衣物，裸露在外的肌膚上有兩道明顯的抓痕，趙瑾面無表情地將自己身上的紅色外袍脫下，伸手一拋，將床上的女子自頭部蓋住。

此時，外面的臣子與御林軍正打算進房間來。

「站住！」趙瑾回頭喝了一聲。

一群人瞬間停在原地。

趙瑾用手中的劍緩緩點了御林軍裡的兩個人道：「你們兩個進來，其他人退出去，門關上。」

她這時候的氣場實在恐怖，其他人意識到事情的嚴重性，不敢說話。

朱鈺宮的女子說是宮女，其實是聖上的女人，何況皇宮裡面的宮女本質上都歸聖上所有，一個外邦使臣這麼光明正大地闖進來，這讓他們的臉往哪裡擱？

這麼一想，大夥兒默默地往後退開了一點。

兩個御林軍剛進門，就見趙瑾指著其中一個人道：「你，衣服脫了。」

被指到的人動作迅速地脫下了外袍。

趙瑾走過去接住衣物，將那件長袍蓋在另一個姑娘的臉上。

隨後她緩緩看向還一臉無所謂的禹朝世子，他渾身上下都是酒味，臉色有些酡紅，看起來像是酒後亂智。

他看著脫了一件外袍後依舊穿戴整齊的趙瑾，表情有些遺憾。

「蹚勇世子，你是不是該給本宮一個解釋？」趙瑾冷聲問。

「什麼解釋？」蹚勇世子笑了一聲道：「本世子喝多了，不小心闖入後宮，碰了兩個宮女而已，何須大驚小怪？就是本世子開口向你們聖上要這兩個人，他也會給吧？」

第九十三章　何錯之有

「是嗎？」趙瑾看著他，眼神越發冰冷。「你是篤定本宮不能拿你怎樣了？」

「公主殿下，您敢拿本世子怎麼樣？」

六年前的事畢竟遙遠了些，這位看起來血氣方剛的韃勇世子想來是沒聽過趙瑾當年的戰蹟——讓禹朝的聿坤世子被揍成豬頭。雖然他死於返回禹朝途中一事和趙瑾無關，但趙瑾令他顏面盡失、心靈扭曲是真的。

聿坤世子亡故之後，禹朝另立他一位弟弟為世子，這位韃勇世子隸屬於禹朝王室旁支。

趙瑾不跟他廢話，命令兩個御林軍道：「將他給本宮拿下。」

韃勇世子生得魁梧，即便醉了些，仍下意識就要反抗。

不過趙瑾喊進來的可是御林軍，並非等閒之輩。

等發覺自己被人押著動彈不得時，韃勇世子叫囂道：「本世子可是來武朝做客的，若出了什麼事，你們擔得起這個責任嗎?!」

趙瑾的劍指向韃勇世子，劍尖鋒利處點了一下他的咽喉，雖然只是輕輕一下，但他已察覺到脖子傳來微微的刺痛感，頓時一驚。

趙瑾的劍尖緩緩往下，忽然笑了一聲。「你信不信本宮現在就讓你當太監？」

「妳敢?!」

趙瑾的表現不太符合韃勇世子對武朝女子的認知。據他所知，武朝女子一個個嬌滴滴的，碰上一點小事就哭得梨花帶雨，正如同房間內另外兩個女子一樣。

今日過後，她們要麼賜給他，要麼只能自盡。

「本宮連你這條賤命都敢下手了，何況是閹割你？」

趙瑾的神色實在恐怖，手上的劍也緊緊抵著韃勇世子的脖子。

韃勇世子想掙扎，卻被趙瑾點了穴，不能動、不能言，他一雙眼睛流露出了驚恐。

趙瑾低聲道：「怎麼，覺得外面的人能救你？放心……你畢竟是禹朝的使臣，死在皇宮裡確實晦氣，本宮不會要你的命。」

聞言，韃勇世子鬆了口氣，結果下一刻，眼前的女人一腳踹向他的胯間。

一種椎心的痛楚瞬間從兩腿之間蔓延至全身，身材高大的男人發出一聲痛苦至極的哀嗚，頓時跪摔在地。

兩個御林軍見狀，也覺得下身一緊。

趙瑾這幾年沒幹什麼正經事，但自從生完孩子之後，她覺得自己的自衛能力有必要提升一下，於是跟著唐韞修練武。這一腳下去，她就不信他不廢。

當門再度打開時，趙瑾一聲令下，御林軍便將不能動彈的韃勇世子扔了出去。

一群人同時驚呼道：「韃勇世子！」

為首的呼延立刻將矛頭對準趙瑾。「華爍公主，您對我們世子做了什麼？」

趙瑾看著匆匆趕來的皇后，揚聲道：「本宮做了什麼？倒不如問你們世子做了什麼好事，竟敢私闖後宮、玷污妃嬪，本宮饒他一命都算輕了！」

「妃嬪？這分明只是宮女，何須這樣大動干戈？」

皇后蘇想容此時開口道：「誰說這是宮女？朱鈺宮乃聖上的妃嬪寢殿，凡住在此處之人，皆是宮妃。」

這番話證實了韃勇世子的膽大妄為。皇后是後宮之主，說的話自然有分量。

太傅聞世遠抓緊時機說道：「呼延大人，禹朝是否該給我等一個交代？」

接下來便是武朝臣子們發揮的時間，趙瑾在皇后耳邊低語兩句，皇后便下令將朱鈺宮的宮女分成幾批，安置在不同的地方。

趙瑾交代好事情，才回到那個房間內。

她對著被長袍蓋住的兩人道：「本宮不知道妳們到底發生了什麼事，如果有，就當作被狗咬了一口，本宮會跟皇嫂商量將朱鈺宮的人都送出宮，沒人會知道今日在這裡的人是誰。」

趙瑾說完之後，被籠罩在長袍下的兩個女子依舊沒說話，只有微弱的抽泣聲從長袍下傳來。

半晌後，縮在角落裡的女子緩緩站起身來，聲音哽咽。「謝殿下為奴婢著想，只是好事不出門，壞事傳千里，與其等消息傳出去髒了家族名聲，倒不如現在一了百了，望殿下成全。」

趙瑾無語。太久沒碰上糟心事，差點忘了這時代女子視貞潔如命的觀念。

「本宮說了，不會讓外面的人知曉妳們的身分，皇嫂這幾日會安排朱鈺宮的宮女出宮，無論是嫁人還是回歸本家，都隨妳們的意思。」

從躂勇世子闖進後宮到趙瑾抵達，前後應該不到半炷香的時間，若稍有反抗，應該不至於造成悲劇。然而，無論有還是沒有，一來，人已經被她廢了；二來，這個時代對女子苛刻至極，不會有人在乎躂勇世子是否對她們造成實質性的傷害，一旦出宮，確實免不了風言風語。

趙瑾繼續說道：「先換身衣裳，稍後本宮會讓人送妳們出宮，不想讓人知道，咬死自己不是當事人就好。」

說著，趙瑾一頓，補充道：「本宮大費周章地鬧這麼一齣，不是為了看妳們倆為了什麼狗屁清白自盡的，出宮後若不想嫁人也不想返家，可以考慮來本宮身邊伺候。」

路已經鋪好了，就看她們怎麼選。

趙瑾等她們換好衣裳，再道：「將妳們的眼淚給本宮擦乾淨，等一下碰見妳們的小姊妹時該怎麼說，應該不需要本宮教。」

手中握著權力，做什麼都方便許多。

等兩個宮女成功混入人群後，趙瑾便將矛頭指向宮內的守衛。「堂堂皇宮，居然放任外人進入後宮，當值的御林軍一律去領罰！」

趙瑾算得上是個仁慈的當權者，在她負責監國期間，還沒像今日這樣大發雷霆過，凡是今日御林軍當值者，無一例外都得領罰。可即便如此，她也沒要任何人的命。

煬王聽到的時候，忍不住冷哼一句「婦人之仁」。

只是……說她婦人之仁吧，可在禹朝使臣從皇宮離開後的半天時間內，韃勇世子被華爍公主一腳踹到不能人道的消息就滿京城飛，大概花不了多久時間便會傳回禹朝，這怎麼能叫婦人之仁，簡直是最毒婦人心。

趙瑾還沒在椅子上坐穩，要教訓她的人就一個個地接著來了。

「殿下今日做事實在欠缺考慮！」丞相蘇永銘率先開口道：「本來可以處理得更好看些的。」

太傅聞世遠不知道在想什麼，他說道：「殿下，禹朝今日所作所為確實過分，但您這樣撕破臉，容易被他們抓著不放。」

趙瑾還沒說話，在場的煬王趙鵬就乾咳一聲道：「確實，不僅不體面，還窩囊，若是本王，就不會讓那個狗東西活著。」

煬王這話不知究竟是在罵誰。橫豎他是王爺，而且如今坐在上面的人不是聖上，而是趙瑾。

「煬王爺此言差矣……」

趙瑾聽著他們各種爭論，覺得頭疼，過了一會兒便喊停。

「本宮今日做事有何不妥？」趙瑾看著那些個文臣道：「連後宮都敢闖，本宮只揍他一頓，難道不夠手下留情？」

「殿下也不看揍的是哪裡。」有人說道。

趙瑾反問道：「本宮揍他哪裡了?就算是失手傷了他禹朝世子又如何，起衝突難免會有意外，他們既然說是世子酒醉誤闖後宮，那本宮當然也可以失手傷人啊！」

一眾臣子陷入沈默。敢情這位主兒在動手之前什麼說詞都替自己想好了?

「殿下這般，未免有些胡攪蠻纏。」蘇永銘幽幽地道。

趙瑾道：「丞相覺得他們這些人哪個是講道理的?」

除了醫術，華爍公主最讓人印象深刻的，大概就是伶牙俐齒。

在一片沈寂中，趙鵬忽然笑了一聲，隨即拍掌叫好道：「正是!幾位大人不曾領略過戰場的殘酷，想必不知道那些野蠻之人如何卑鄙無恥。皇妹的做法，在本王看來並無不妥，若真有人來找晦氣，那就讓他們好看。」

這兩個兄妹說起話來一副不顧全大局的模樣，簡直令文臣們欲哭無淚，個個無比懷念聖上在的時候。

誰都曉得，聖上這麼多年來雖然對唐家青睞有加，但心是往文臣那邊偏的。這下好了，聖上不在，公主的駙馬出身武將之家，煬王也是行軍之人……

沒救了。

趙瑾在後宮踹了韃勇世子，第二日就有人來算帳了。

她坐在高位上，怡然自得地看著下方義憤填膺的禹朝使臣與看熱鬧的他國使臣，睥色平淡。

「呼延大人，禹朝世子闖入我朝後宮，玷污妃嬪一事，可是想好怎麼賠禮道歉了？」

先聲奪人。趙瑾懂得怎麼掌握話語權。

「賠禮道歉？」呼延像是聽見了什麼天大的笑話似的，他看著上面那豔麗的女子，眼裡是毫不掩飾的輕視。「韃勇世子不過是酒後誤闖後宮，那兩名女子也並非妃嬪，見世子身分不凡便起了勾引之心，公主殿下不分青紅皂白就對世子下了毒手，難道不應該是你們武朝給我等一個交代嗎？」

倒打一耙？也是。趙瑾冷笑著說道：「呼延大人想要什麼交代？」

「既然是那兩個宮女起了不軌的心思，依據你們武朝的律令，難道不該以私通罪賜死嗎？」

「根據我朝律令，私通罪是男女一起處死。」趙瑾道。

趙瑾不在乎自己是不是在胡說八道，一群文臣聽了，想開口糾正又不敢。

私通罪確實男女並罰，但是要看情況。這世間對男女的寬容程度本就不同，像韃勇世子這種身分顯赫的人，總是比較占優勢。

「呼延大人還有什麼要說的？」

「公主殿下身為武朝如今的監國，竟然對我朝世子動粗，甚至……」呼延說到這裡的時候一頓，半晌接不下去。

趙瑾問道：「甚至什麼？」

「甚至傷其根本。」呼延瞪著趙瑾，一字一頓道：「武朝應該賠禮道歉！」

傷其根本，這幾個字倒是含蓄。

趙瑾還沒說話，煬王趙鵬就忍不住開口了。「呼延大人，什麼叫做『傷其根本』？本王可是聽說我朝太醫今早去給世子把脈了，別說根本，就是皮外傷也沒瞧見。我們公主手無縛雞之力，能傷他哪裡？」

男人最懂男人的痛處，若韃勇世子在場，這會兒怕是要氣到吐血。

「你——」呼延指著煬王，半天說不出話來。

趙瑾笑了一聲道：「呼延大人，有話不妨直說，鋪墊了這麼多，你不累本宮都嫌累。」

她算是把話挑明了講，這件事總得有個開頭，也總要商量解決辦法。

「公主殿下，既然您都這般說了，那在下也不拐彎抹角。韃勇世子是我們大王的親姪子，他的安危自然不算小事，我朝只要求殿下簽署關稅文書、賠償黃金三千兩便作罷。」

待呼延說完，在一旁看戲的越朝使臣便直勾勾地盯著趙瑾，等待她的反應。

趙瑾毫不思索便脫口而出道：「他也值？」

一時之間，呼延愣住了，直到他反應過來，不禁怒氣沖天道：「怎麼，公主殿下是打算與我禹朝為敵?!」

這就上升到國與國之間的高度了。按照武朝如今的實力，絕對不是開戰最好的時機。武朝官員在聽見這句話之後終於也有了反應，他們不知道趙瑾這個公主到底明不明白兩國交戰究竟意味著什麼。

「武朝竟然讓這樣一個女子當政，想必你們聖上是昏了頭！」呼延將矛頭對準趙瑾。他就是要讓所有人覺得，兩國之間若起了衝突，是趙瑾這個公主幹的好事。

「本宮的皇兄如何，想來不需要你一個外人關心。」趙瑾的態度依舊不鹹不淡。「如果想藉機掀起戰爭，那本宮希望你能帶給你們大王一句話，『凡事想清楚了再做，武朝容不得一個外人指手畫腳』。」

她的態度在禹朝眾人看來實在囂張，就連越朝使者也覺得那話是衝著自己來的。

這一場談判，以禹朝使者臉色鐵青離開落幕。

養心殿外，打算彈劾趙瑾的丞相等人與她面面相覷。

趙瑾先打了招呼。「幾位大人又來彈劾本宮了？」

她覺得自己友好極了。

以丞相為首的幾位官員一頓，先是給她行了禮，接著便往旁邊的空地挪，儘量遠離她。

沒多久，以太傅為首的帝師一派也來了。

三行人面面相覷，最後趙瑾一個人跪在殿外的空地中央，兩旁的人避她如蛇蠍。

趙瑾心道：行。

丞相一行人先被聖上召見，等他們出來時，臉色一個比一個難看。

再接著，太傅他們也進去了，沒多久也退了出來，表情同樣一言難盡。

直到李公公宣趙瑾進去時，趙瑾因為跪得太久了，起身時一個腳麻，對著李公公撲了過去。

李公公驚呼道：「哎喲殿下，奴才可受不起您的禮！」

趙瑾心道：算了，毀滅吧。

華爍公主進門的時候，聖上正坐在床上，他的臉色蒼白，雙眸略顯渾濁，但還是有為君者的沈穩與睿智。

「參見皇兄。」

聖上還沒開口，趙瑾便跪下道：「皇兄，臣妹來領罰。」

女子當政本就飽受詬病。趙瑾剛開始是被她的聖上哥哥架上去的，若說是為了日後輔佐小皇子進行準備，倒也能理解，可她直接挑動國與國之間的矛盾，此事便得有個交代。

方才進來的兩批人大概都是為了同一件事，只是看他們的神情就知道，結果不如人願。

趙瑾倒真希望他們說她壞話時可以再沒底線點，事實證明，讀書人就算是說人壞話，也會斟酌幾分。

說華爍公主為非作歹吧，確實是，但說她罪不可赦，又不至於。她既不驕奢淫逸，也未仗勢欺人。

唯一的問題，就是她這個公主實在是與大夥兒認知中的公主太不相同，但……她也不是今天才這樣的。

華爍公主成長的過程中，幾乎每一步都在恰到好處的位置上試探聖上對她的容忍度，這令眾人在她犯錯時很自然地形成了一種看法：華爍公主啊，正常。

「何錯之有？」趙臻緩緩問道。

趙瑾忽然害怕極了。便宜大哥，要不您還是直接罰吧。

「妳都不知自己錯在何處，讓朕怎麼罰？」

趙瑾試探性地看了看聖上的臉色，又瞧了瞧李公公的表情，繼續在底線附近踩踏。「那皇兄，臣妹先出去？」

華爍公主很懂怎麼恃寵而驕。

聖上沒再說話，一雙眼睛直勾勾地盯著趙瑾。

趙瑾覺得後背發涼，於是道：「皇兄，臣妹先告退。」

最後，趙瑾飛也似的逃了出去，然而此事發酵起來的後果遠不只如此。

第四日的時候，禹朝使臣就帶著他們不良於行的世子返回禹朝，連一直心心念念的關稅文書也沒逼趙瑾簽。

有種風雨欲來的感覺。趙瑾聆聽太傅分析情況，一時之間沈默了。

她又不瞎，不僅是禹朝使臣，就連其他國的使臣之間都散發出了一種微妙的氛圍。

禹朝使臣雖然走了，但他們的公主卻留了下來，到底要不要和親、要找哪個人和親，沒人知道。

第九十四章 開戰前夕

眼下是雨季，之前趙瑾撥款讓工部整修的防洪措施已正式完成，這會兒正好派上用場。年輕的工部侍郎很遺憾趙瑾沒採取他們那個一勞永逸的方案。

不是趙瑾不想，只是現在的國庫哪裡禁得起這番折騰，到時候勞民傷財，她就成了千古罪人。

第六日，越朝也沒能讓趙瑾簽下那份關稅文書，但他們此行的目的不只如此，還得讓他們的阿緹公主與心目中的佳婿成婚。

「公主殿下，已經過了好幾日，不知唐將軍可準備回京迎娶我們阿緹公主了？」

這是上趕著逼婚來了。

趙瑾先是一頓，隨後緩緩道：「安大人，本宮之前和阿緹公主的約定是，如果到今天為止，她還是想嫁給唐將軍為妻的話，本宮便召他回來；如果公主改變主意的話，那就另外再說了。」

安季一副不以為然的樣子，輕輕哼笑了一聲。這才幾日而已，他們公主怎麼可能改變心意？

「安大人不介意的話，本宮便召阿緹公主前來，當面詢問她的意願。」

「公主殿下請便。」

等阿緹公主被人領進來時，趙瑾不由自主地多看了小姑娘的臉蛋幾眼。

今日阿緹公主並未戴著面紗，那張臉全露了出來，就像是一朵嬌嫩欲滴的鮮豔玫瑰花。說真的，便宜趙景舟那臭小子了。

「阿緹參見公主殿下。」

趙瑾對小姑娘的態度好得不是一點點，她笑咪咪地問道：「阿緹公主，本宮之前說，如果妳改變主意了，可以隨時告訴本宮。現在本宮問妳，還是要嫁唐將軍嗎？妳與他，應當素未謀面吧？」

「公主殿下說的是什麼話，我們阿緹公主之前曾在戰場上見識過唐將軍的英姿，可謂情根深種，怎麼可能說變就變？」

只遠遠見過一面，連話都沒說上，這就情根深種了？這男人還挺會瞎扯的。

趙瑾說道：「阿緹公主，妳該給本宮答覆了。」

阿緹公主似乎遲疑了。那雙漂亮的眸子彷彿天生含情，波光瀲豔，趙瑾看著都想上前去摸她的臉一把。

十五歲的小姑娘哪懂什麼「非卿莫嫁」，這個時候的感情懵懵懂懂的，又與那男人不過只有一面之緣，也許現在連他是何模樣都記不起來了，哪來的情深不移？

「阿緹公主，快回華爍公主的話啊。」其他越朝使臣忍不住催促了一下。

然而阿緹公主遲遲不開口，就像是在關鍵時刻掉鏈子的隊友。

經過了漫長的沈默，趙瑾終於聽見那個漂亮的小姑娘說：「公主殿下，阿緹不嫁唐將軍了。」

殿內再度陷入一片死寂，半晌後，安季炸了。「阿緹公主，您這是什麼意思?!」

小姑娘不答腔，可眼裡絲毫不見對安季的畏懼。好歹是被寵著長大的公主，這會兒又怎麼可能會害怕幾個臣子？就算是使臣的臉色再難看，她也有恃無恐。

趙瑾笑了，緩緩問道：「阿緹公主可是看上了我朝哪位好男兒？」

美麗動人的阿緹公主對上趙瑾的視線，落落大方道：「阿緹想嫁給武朝的靖允世子。」

趙瑾心道：嘿嘿，趙景舟那小子真有兩把刷子。

若喜歡成熟穩重的男子，趙景舟再合適不過，他那張臉有宸王妃的基因在，生得不錯，又不沾染女色，一副翩翩君子的模樣。

這麼多年以來，靖允世子連通房丫鬟也沒一個，宸王妃都快愁壞了，更加拚命地往兒子房裡塞些模樣俊俏的嬌嫩小姑娘，反而更將兒子往孤寡的方向趕。

阿緹公主段位再高，也不過是個十五歲的小姑娘，就算沒能對靖允世子死心塌地，但在一個有妻有兒的男人與一個潔身自好的男人之間選擇，後者的優勢顯然很大。

不是所有女人都習慣男人三妻四妾，聽說越朝公主的駙馬也沒幾個敢明目張膽納妾的。

趙瑾的目的達成，正想說句什麼，誰知安季卻搶先說道：「公主殿下，阿緹公主年紀尚小，哪懂自己喜歡什麼，唐將軍才是我們大王欽點的女婿。」

「怎麼，之前不是說你們阿緹公主對唐韞錦情根深種，如今倒成了你們大王欽點這個女婿了？越朝說話可不能人前一套、背後一套。」趙瑾淡淡地道。

趁越朝幾位使臣發著愣，趙瑾接著說：「既然阿緹公主心儀我朝的世子，本宮自然要成全，何況靖允世子乃我朝王爺嫡子，身分尊貴，如此才堪與阿緹公主相配，不是嗎？」

「就是，我就是要嫁趙景舟，你們有什麼問題就回去和我父王說吧！」

嬌生慣養長大的美人此時倒是露出了些刁蠻的性子，趙瑾笑了聲，說道：「好，本宮這就為公主賜婚，公主就等著當靖允世子的世子妃吧。」

趙瑾下的賜婚旨意傳到宸王府時，宸王差點沒闖進宮跟他這個妹妹打架，在這個節骨眼上娶外邦女，若真到了雙方兵戎相見那一日，他們宸王府將陷於何種境地？

從頭到尾一直對阿緹公主使美男計的趙景舟道：「父親，少安勿躁，兒子願意娶。」

「你願意個什麼勁！她趙瑾都將算盤打到你頭上了，你還記著她是你小姑姑?!」

宸王妃起初傻住了，可恍惚間卻意識到一件事——她的兒子要娶媳婦了？

相較於世子妃的身分背景，宸王妃更關心她兒子到底能不能順利成婚，何況阿緹公主出身尊貴又生得美麗，她自然歡喜得很。

不管怎麼說，賜婚一事是既定事實，禮部那邊算起了良辰吉日，最後定在下月初九完婚。

不光是阿緹公主，禹朝留下的那位公主也被賜婚給一位宗室為妻。男女都有可能成為時代的犧牲品，但這種時候，往往是女子先被放棄。

越朝使臣氣憤至極，趙瑾本想留他們下來參加完阿緹公主的婚禮再走，可他們在婚期定下後次日便告辭了，顯然對公主臨時變卦一事非常不滿，也不曉得武朝到底給他們公主灌了什麼迷湯。

其實只要稍微留意一下，便會發現那幾日阿緹公主出行的侍衛當中，就跟著一個武朝人。

雖然不甚完美，但此事總算告一段落。

趙瑾終於可以稍稍鬆懈一下，回家勾搭她年輕力壯的駙馬，廝混到沒日沒夜，再下床時，腿都是軟的。

華爍公主之前的預感沒錯，確實是風雨欲來。

靖允世子與阿緹公主的婚禮結束後沒多久，趙瑾正在上朝時，殿外忽然傳來一聲。「急報——」

趙瑾與滿朝文武全都愣住了。有急報，表示出事了。

沒多久，一名氣喘吁吁的騎兵踏入殿內，跪下道：「稟殿下，禹朝三日前發兵攻打我朝邊境，唐將軍率兵抵禦，但禹朝來勢洶洶，望殿下盡快派兵增援。」

戰爭。這個景象頭一次如此鮮活地出現在趙瑾眼前。

她張了張口，正想說句什麼，就在此時，外面又是一聲急報。

這次進來的騎兵顯然更加狼狽，他身上還插著羽箭，搖搖晃晃地跪下道：「稟殿下，唐將軍率兵應敵遭遇伏擊，唐將軍墜崖，生死不明，望殿下盡快派兵增援！」

禹朝開戰，武朝將領墜崖。無論是哪個消息，都讓人震驚。這個消息既然傳回了宮中，也很快就會傳到百姓耳裡。

第二位進來的騎兵在稟報情況後沒多久，便倒地暈了過去。

趙瑾蹙起眉頭，卻沒慌了陣腳，她冷靜地說道：「將人抬下去，傳太醫。」

越、禹及其他國家的使臣前來拜訪時的確不安好心眼，左右不過是為了探查武朝的虛實。

那些日子當中，不是沒人求見聖上，只是得償所願的次數實在太少，於是「武朝聖上命不久矣」這個情報自然而然地傳了回去。

光是聖上的身體不佳，還不至於讓他們這般放肆，然而瞧見未來儲君不滿五歲，且朝政正由一個女人處理時，代表的意義就完全不同了。

他們大致上能認定，武朝距離沒落不過是差幾場內亂以及外患而已。

這是太傅他們最不想看到的局面。

如果武朝真的夠強盛，當禹朝的踺勇世子大膽闖入後宮，且對聖上的女人下手時，趙瑾就該直接處死那個畜生。只要實力無人能敵，又何須顧慮那麼多？

趙瑾坐在高位上，文武官員齊齊抬頭看著她。

雖有聖上授意監國，可華爍公主終究是個弱女子，在打仗方面，說不定連紙上談兵都不行。大軍壓境、主帥下落不明，在這種情況下，底下的人又能支撐多久？

趙瑾將朝臣們的目光盡收眼底。她當然知道自己需要什麼，她需要一個驍勇善戰且能真正統領軍隊的主帥，也需要將唐韞錦找回來。

她的視線落在唐韞修身上。

成親多年，她知道這對兄弟的感情有多深厚。唐韞修待唐煜跟自己的兒子沒什麼差別，這會兒兄長生死未卜，對他而言，可說是晴天霹靂。

「稟殿下，臣斗膽舉薦俞成永將軍前往邊疆擔任統帥。」太傅聞世遠上前一步道。

俞成永，曾經跟隨英國公上戰場的武將，過去在朝中雖然不算受重視，但英國公對他有恩，如今唐韞錦有難，等同於英國公的女兒有難，為了報國、報恩，俞成永必會竭盡全力。

趙瑾打量起了人群中那位魁梧的武將。

她對武將不算熟悉，就算在御書房待過一段時間，接觸的對象也大多是文官——還是太傅那些對她比較友善的人，其他文官對趙瑾這個公主多半看不慣。

趙瑾當年就嫌過他們多事，只是她是偷偷地在心裡罵，沒說出口。後來有一次，御書房裡沒別人了，她就聽見便宜大哥也罵了一句「那些文官多事」——可不就是多事嘛。

武將是不像文官那麼多彎彎繞繞，可若是一根腸子通到底，也不見得比較好溝通就是了。

「臣有奏。」丞相蘇永銘道：「臣舉薦蕭郢將軍，他祖父曾率軍與禹朝軍隊交過手，他本人則在軍營裡以一挑十，又熟讀兵法，想必能統領軍隊，救回唐將軍。」

趙瑾原本還在想丞相能推薦什麼人，誰知差點笑掉她的大牙。

是，這位蕭將軍的祖上打過仗，可他不過是在軍營裡待著，就算熟讀兵法，也沒上過戰場。

就連功夫白癡趙瑾都明白，所謂身手好，跟真正在戰場上廝殺過的人是不一樣的。

不只是趙瑾，武將當中確實也有人冷哼了一聲。

趙瑾其實聽說過這蕭將軍，他在兵法上確有造詣，甚至不輸其祖父；可惜趙瑾上輩子是熟讀各種經典長大的倒楣孩子，哪裡不知道紙上談兵是什麼後果？

蕭郢送去當個副將可以，想坐上更高的位置，起碼得再歷練個幾年。

趙瑾好奇的是，丞相真的不懂這個道理嗎？

不等趙瑾多說兩句，人群中就走出一道身影，那人說道：「稟殿下，此事萬萬不可，犬子不過是花拳繡腿，難當重任，還請殿下另擇能人。」

此人正是蕭郢的生父，蕭柯。

「父親？」蕭郢一臉錯愕地看著自己的親爹。

他萬萬沒想到在這種時候，第一個開口反對的竟然是他的父親。

蕭郢早就想去邊疆見識一下了，他自詡與那些粗魯的武將有本質上的區別，他會動腦子，就連曾與唐家祖輩一起征戰沙場的祖父也不如他。

只見蕭柯低頭道：「稟殿下，臣父臨終前曾囑咐過，蕭郢資歷不足，可上戰場，但萬萬不可當主帥。臣祖輩忠於武朝，如今面臨大戰，責無旁貸，只是臣父曾交代，犬子若上戰場，必須從底層做起。」

底層，也就是小卒。

蕭郢完全不知道他父親為何突然說出這番話，也不知道祖父為何要這麼交代，他可是他們的親兒子跟親孫子啊！

好不容易看到有人給了臺階，趙瑾自然立刻跟著走下去。「蕭大人言重了，蕭將軍到底是年輕有為，若是有心為國，本宮自然求之不得。」

在這個位置坐久了，場面話那說得是一個漂亮。

趙瑾話音剛落，便聽一道女聲道：「殿下，臣自請上戰場。」

周玥當初就是從唐韞錦的軍營裡練出來的，繼承爵位之後，出京的頻率降低很多。

然而，相較於蕭郢，反對周玥的人更多。

「不行，臣反對！侯爺一介女流之輩，怎能統率軍隊?!」

「臣反對……」

不贊成的話語就像滔滔江水似的從文官和武將口中傾瀉而出，他們的意見倒是難得如此一致。

趙瑾沈默了。

周玥的眼神冷了下來，她環顧四周那些反對她的武將，冷哼一聲道：「一群手下敗將也配叫囂？」

這話就像是冷水入熱鍋一樣，炸得武將們個個不服氣地瞪著她。

就在此時，趙瑾聽見了一個極其熟悉的聲音——

「臣懇求殿下，讓臣奔赴邊疆尋兄。」

是唐韞修。

趙瑾愣了一下，不僅是她，其他官員也安靜下來，一下子看駙馬，一下子看華爍公主。誰都知道駙馬手上握有兵權，但他是唐家人，聖上沒意見，他們就睜一隻眼、閉一隻眼。現在人家親兄長下落不明，他要去找人也無可厚非，就看公主願不願意放行了。

只是戰場上刀劍無眼，駙馬有能耐去，有沒有命回來，誰曉得？

趙瑾對上唐韞修的目光，一時之間沒有說話，她眸光閃爍了一下，正欲開口，耳邊忽然傳來一道尖銳的聲音。「聖上駕到——」

已經好幾個月沒上朝的人就這麼忽然出現，趙瑾眼尖地看到幾個臣子似乎鬆了一口氣。

伴隨著李公公的聲音，趙瑾看著她的皇兄緩緩出現在金鑾殿上，身上穿著金黃色的龍袍，身形頎長，氣勢不弱。

他還是那麼瘦，但顯而易見的，今天的精神不錯。

「吾皇萬歲萬萬歲——」

朝臣們齊刷刷地跪了下去，語氣聽得出不加掩飾的激動。

趙瑾心道：行。

眾人都跪了，趙瑾自然沒有不跪的道理，那雙黑色龍紋長靴出現在她眼皮子底下，聖上越過她，坐上了自己的龍椅。

「諸位愛卿平身。」

聖上這一出現，某種程度上撫平了不少臣子心底的慌亂。

「稟聖上，禹朝……」

趙臻抬了抬手，他那雙與趙瑾有幾分相似的雙眸緩緩掃過在場所有人，開口道：「朕知道了。」

於是那幾個老臣又齊刷刷地跪下，異口同聲道：「臣懇請聖上盡快派兵增援！」

趙瑾坐回了自己的位置，也就是聖上下首些的地方，她清楚地聽見後上方傳來便宜大哥的決定——

「傳朕旨意，封駙馬唐韞修為鎮國將軍，明日率軍趕往前線，不可延誤。」

此話一出，殿內陷入了短暫的沈默。

片刻後，又是一群人跪下，此起彼落地道：「聖上三思啊！」

本來華爍公主就夠瘋了，誰知聖上養完病之後更瘋！

就算唐韞修手上握有兵權又如何，他可曾真正上過戰場？聖上這樣做，是要亡國的徵兆啊！

人群當中，曾經的永平侯、如今只有普通官職在身的宋敬宇看著自己的二兒子，嘴唇動了動，但終究什麼都沒說。

第九十五章　駙馬親征

君無戲言。就算是臣子們鬧騰得再厲害，聖上也已經下旨，不可更改。儘管如此，仍有不少臣子在聖上那邊跪著進諫。

趙瑾坐馬車回到公主府，跟唐韞修前後腳踏進門。

這是他們夫妻幾年來第一次一起搭馬車返家卻沒一道進去，府上的人還不知道朝堂上的消息，不禁對眼前的狀況感到驚訝。

趙瑾剛關上房門，下一刻，房門又被人打開，再合上。

那道頎長的身影立在趙瑾身後兩步左右的距離，他張口想說句什麼，結果前面的人忽然轉過身來，二話不說就揚起手搧了他一巴掌。

聲音之清脆，下手之乾脆，可想而知，趙瑾沒有手軟。

「唐韞修，你究竟知不知道自己在做什麼？」趙瑾緩緩問道。

趙瑾向來喜歡唐韞修的臉，她平時可捨不得這張臉出了什麼狀況，可這一次，顯然是氣急了。

唐韞修被打了一個耳光，沒捂住臉，反而走近趙瑾，伸手去擦她臉上的淚水，輕聲道：「殿下別哭了，不過癮的話，再多打幾下。」

「你混蛋。」

「對，我是混蛋。」唐韞修此時的態度無比良好。

趙瑾看著他，一雙杏眸裡含著淚，每落下一滴，就看得唐韞修一顆心也跟著一抽一抽地疼。

「殿下，」唐韞修捧著她的臉。「兄長下落不明，我得去帶他回來，而且唐家軍向來只認聖上與唐家人，派別人去，想來不合適。」

這些話糊弄別人可以，糊弄趙瑾就不行了。

「皇兄派你去前線就算了，怎麼會直接讓你掛帥出征？」

趙瑾與那些大門不出、二門不邁的女人大不相同，別人眼裡只有夫與子，在她這裡，靠男人還不如靠自己。

唐韞修身為駙馬，娶妻之前不過是個遊手好閒的公子哥兒，有那麼兩、三個豬朋狗友，偶爾混跡賭場與教坊這些場所，就算當年在晉王宮變時率兵救駕有功，也遠遠達不到上戰場當主帥的程度。

「我十五歲時與父親爭吵，一氣之下跑去邊疆尋兄長，在那裡待了一年才回來，父親怕我私自出京去兄長那邊會惹聖上問責，於是瞞了下來。」唐韞修低頭親了親趙瑾的臉。「不過後來兄長還是如實稟告了聖上。聖上並未降罪，兄長也向聖上推薦我。只是那時聖上擔心若我也從軍，日後有個好歹，唐家就真的沒人了，又見我實在沒有兄長的穩重，便留我在京城。」

聖上登基這麼多年，邊疆那邊雖然大致上平靜，但大小磨擦總是有，不管是否對外宣稱無事，都改變不了這個事實。

然而，如今兩軍是真的開戰了，戰書今日已經送到聖上案前，挑起這場戰爭的理由也很敷衍。

首先是斥武朝不義，說他們拒簽關稅文書；再來，擅闖後宮的躂勇世子在回去後不到兩天就死了，按照禹朝的意思，他是被武朝人所傷，傷重不治而亡。

趙瑾聽到這些理由時忍不住笑了。只要想開戰，沒理由都能編出理由，看看禹朝怎麼做的就知道了，還編得格外不認真。

躂勇世子就是被趙瑾踹了一腳，頂多廢了，怎麼可能死？禹朝為了有個說得過去的開戰理由，連自己人都不放過。

心確實夠狠，看樣子能做成一番事業。

「你就這樣上戰場了，我與圓圓怎麼辦？」趙瑾眼眶裡還有淚水在打轉。「等你死了，我再招一個駙馬嗎？」

唐韞修無語。這個門注定出得不安穩。

別說趙瑾是公主，就算她不是，這張臉也容易引起世家子弟的覬覦。

當年若不是趙瑾實在太不想見人也不想成親，尚公主這樣的好事應該是輪不到唐韞修，早就讓人捷足先登了。

唐韞修嘆了一口氣，將趙瑾抱進懷裡。「殿下莫怕，您這麼說，我就是剩一口氣了也得爬回來。」

趙瑾並未就此原諒唐韞修，他請纓出戰，對她來說依舊是嚴重的驚嚇。唐韞修只是個沒打過仗的駙馬，這麼大的擔子落到他肩上，趙瑾怕他接不住，也擔心他回不來。

唐韞修沒太多時間能安撫趙瑾，既然聖上已經下令，他就必須準備出征了。

這次出發，他要將這幾年訓練的唐家軍也一併帶上戰場，除此之外，還有聖上安排的軍隊。

統領軍隊可沒那麼簡單，明日便奔赴戰場，今夜怕是不得安眠。

果不其然，整整一夜，唐韞修都沒回來。

第二日唐韞修再度出現時，已是準備領兵出發，正要與家人告別。

唐韞修環顧一周，發現除了趙瑾，他的閨女與姪子都不在。

「殿下，圓圓他們呢？」唐韞修看起來風塵僕僕的，明明才過了一夜而已。

「上書房。」趙瑾緩緩道。

就算是這種時候，她也雷打不動地讓人將兩個孩子送入宮。

「想見你女兒，就等回來再見吧。」趙瑾淡淡地道。

一旦打起仗，就不知道會耗時多久，等唐韞修再回來，小郡主不曉得長多大了……如果他能活著回來見到她的話。

唐韞修沒說什麼，他走上前去摟住趙瑾，隨後二話不說狠狠地親了上去。

身前的人胸膛滾燙、氣息急促，趙瑾隱約有種嘴皮要被磨破的感覺，舌頭也麻麻的。

過了許久，唐韞修終於鬆開趙瑾，他那雙丹鳳眼緊緊鎖著她，彷彿要將她的模樣刻在自己的腦海裡。

「殿下，保重。」

他說完這句話後轉身就走。

唐韞修的背影就這樣漸漸消失在趙瑾眼前，不一會兒，紫韻走到趙瑾身後輕聲道：「殿下，現在去城門上，還可以送駙馬出征。」

趙瑾不知道在想什麼，她搖搖頭道：「不了。」

不管多看幾眼，都一樣要分離。

紫韻瞧著趙瑾眼底的落寞，本來還想說句什麼，卻沒能說出口。

趙瑾還是有些鬱鬱寡歡，等閨女回來問起她的爹爹去哪兒了，她只輕輕地回了句。「爹爹出遠門了，娘親也不知道他什麼時候能回來。」

唐煜已經懂事，知道自己的叔叔上戰場了，只是關於他父親的消息，趙瑾還瞞著他。

邊疆那麼遠，就算軍隊快馬加鞭趕過去，也需要一段時間，不曉得前線那些人到底能抵擋多久。

趙瑾之前一直在想，如果碰上戰爭，她該置身事外，還是想辦法反抗？

這個時代沒有槍枝或彈藥，也沒有核武，儘管只有冷兵器或肉搏，死傷者依舊眾多。一場戰爭之後，百廢待興，勞動力卻嚴重缺失。

每個國家都是如此。只要天下沒有統一，這些爭鬥遲早會出現，就算一時停止，也不會維持永久的和平。

唐韞修出征這日，京城的天氣很好，可趙瑾的公主府卻是一片低氣壓，就連她肉乎乎的小閨女都不快樂了。然而趙圓圓很貼心，知道她娘親心情不好，連掉眼淚都是抱著她的唐煜哥哥偷偷掉。

聖上重新出來處理朝政，趙瑾便認定她這個攝政公主終於能「退休」了，於是她在公主府頹廢了三日，每日睡到自然醒，請戲班到府上唱戲，還吃香喝辣，順便帶兩個孩子出門逛逛。

也就是這兩天，從朱鈺宮出來的兩名女子找上了趙瑾。她們曾經返家，但是之前那件事傳得沸沸揚揚，從朱鈺宮出去的女子都受到了牽連。來投奔趙瑾的兩名女子沒能跨過心裡那道坎，既然家裡不歡迎，她們又不想嫁人，便只能另尋出路。

皇后為朱鈺宮大部分的女子指了婚事，配的多是宮中的侍衛，有些甚至還在御前伺候。

將來御前侍衛若被重用，那她們就能一躍成為官家夫人。

趙瑾不介意多養這兩個貌美如花的女子，若不是因為她們曾經入宮，不好太過招搖，趙瑾都想問問她們有沒有意願去她的悅娛樓當明星了。

唐韞修出征的第四日早晨，趙瑾被拍門聲吵醒，一開門，就見小李公公恭恭敬敬地站在外頭，他身後是一群宮人。

陳管家就站在一旁，不敢攔著。

「什麼事？」趙瑾問。

小李公公被趙瑾的眼神看得一哆嗦，但聖命不可違，他只得咬牙道：「殿下，聖上吩咐奴才請您去上朝。」

趙瑾無語。有沒有人性啊！駙馬都上戰場了，她說不定會變成寡婦，還要她去上朝?!

趙瑾現在就想跟便宜大哥斷絕這脆弱的兄妹關係。

小李公公看趙瑾的神色，大概推測得出她眼下的情緒，一時之間噤若寒蟬。

趙瑾沈默了片刻之後，開口道：「更衣。」

聖上還是挺了解自己這個妹妹的，提前派人上門告知，以至於趙瑾出現在大殿時，沒有遲到；倒是那些個臣子，瞧見她時眼皮子就跟著跳了。

上朝時，趙瑾還是坐在自己之前的位置上，聽著下面的朝臣稟報，就像是在聽王八唸經，一副消極怠工的模樣。

聖上聽著聽著，突然問了句「公主怎麼看」。

趙瑾忍不住一臉問號。這是什麼隨堂考試嗎？她都二十六歲了，可不是六歲！當然，重點不在此，重點是她剛剛走神，什麼都沒聽見，這會兒文武百官全盯著她看，等她回答。

趙瑾乾咳一聲道：「稟皇兄，臣妹覺得甚好。」

聖上默默地盯著她看。

趙瑾有一種小學沒寫作業時被老師拷問的既視感，幸虧她臉皮厚，還能一臉無辜地看著她的皇兄。

聖上不說話了。他早晚會被她氣死。

就在聖上欲宣布退朝時，忽然有人上前一步道：「稟聖上，臣有疑惑，望聖上解答。」

「講。」言簡意賅的一個字。

「如今聖上龍體安康，為何公主殿下依舊上朝？」御史大夫商大人發問。

趙瑾挑眉，臉上的戲謔一閃而過，巴不得他們趕緊吵起來，但就是這麼一瞬間，被聖上敏銳地捕捉到了。

瞧見便宜大哥的臉色，趙瑾立刻裝乖地坐好。

「朕之前說讓華爍公主暫代監國之職，沒說過等朕好了之後，她就不上朝了。」

趙瑾與朝臣無語。這是玩文字遊戲？

「聖上，公主殿下畢竟是女子，之前聖上龍體抱恙，不得已讓殿下代勞，如今……再讓殿下干政，是否不太合適？」

御史大夫此話一出，又有不少人跪下，齊聲道：「請聖上三思。」

趙瑾心道：打起來、打起來。

大概是趙瑾等著看好戲的模樣過於明顯，聖上瞄了她一眼，但最後什麼也沒說。

臣子們的意圖很明顯，想靠人數優勢給聖上施壓。

「怎麼，諸位愛卿想造反？」趙臻聲音不大，但殿內的人都聽清了。「朕還沒死呢，都管到朕頭上來了。平時滿口仁義道德，這會兒見女子坐得比你們高，就說不合規矩。規矩是人訂的，朕可是天子，難道連身邊要放誰的權力都沒有？」

「聖上息怒……」

「若真要讓朕省心，如今邊疆物資匱乏，你們倒是想想辦法。」

說聖上不生氣是假的。

現在是什麼時候？禹朝大軍壓境，邊疆那邊數日沒傳回消息，在這種情況下，武朝內部的人還各懷鬼胎，怎麼不教他火大？

趙瑾當然明白聖上是什麼心情，只是她也有相同的疑惑——既然已經用不上她了，便宜大哥現在這齣又是什麼意思？

下朝後，趙瑾就被揪著去了御書房。

「既然妳這麼閒，就來給朕批奏摺吧。」趙臻說道。

戰亂當前，戰場沒消息就是好消息，一個國家也不只有一件事要忙。

趙瑾道：「皇兄，既然您已回朝，奏摺應當自己批才是。」

換成別人，聖上吩咐什麼，照做就是了，趙瑾偏要多嘴說這一句。

也就趙臻習慣了，他說道：「再廢話，今日不將奏摺批完就不准回去。」

橫豎就是在宮裡過夜啊，有什麼了不起……

趙瑾敢怒不敢言地翻起了奏摺，大概是聖上的態度實在強硬，文武百官已經不在這個問題上觸霉頭。

趙瑾在御書房待了大半天，由聖上盯著她批奏摺，別說如今太傅他們不在，就算是在，也沒辦法在聖上的眼皮子底下替趙瑾作弊。

「好好批，別讓朕知道妳在這裡耍滑。」

趙瑾沒說話。有時候，她真覺得自己是個冤大頭。

唐韞修出征七日後才傳來新消息，來報的小卒說唐韞修率軍趕往前線後，第一時間安頓好邊疆的百姓，弄清楚軍營部署，才著手整頓兩批原本駐地不同的唐家軍。

在眾人眼裡，相較於行軍快十年的唐韞錦，唐韞修這個初出茅廬的小子不太夠格統領軍隊，然而聖旨就是這麼要求的，能不能穩定軍心，得看他自己的本事。

被丞相舉薦的蕭郢跟著抵達前線，他與大多數的人一樣，不太將這位主帥放在眼裡。一個入贅皇室的駙馬，不好好享受自己的榮華富貴，反而要跑到這裡來受苦，說他沒有野心，誰信？

蕭郢就像軍營裡最常見的那種刺頭，只有比他強的人才能將其制伏。

唐韞修無心理會所有人的心思。此時邊城正結束一場惡戰，死傷不少，唐韞修找上兄長的副將，問清楚他墜崖之處，便組織了不少人去搜尋他的下落。

只是此時距離唐韞錦墜崖已過了好些日子，軍營早就派人搜尋過，不光是武朝軍隊，想必禹朝也有人去找。生要見人，死要見屍。

「小唐將軍。」

軍營裡，唐韞錦是唐將軍，唐韞修便是小唐將軍。

「唐將軍會不會已經被抓了？」唐韞錦的副將蔣欽說道。

唐韞修搖頭道：「若是兄長被抓了，禹朝絕不會就這樣悶不吭聲。」

既然誰都找不到人，那就說明唐韞錦還活著，這是最好的消息。

「小唐將軍，禹朝不可能就此罷休，如今軍中還需要整頓……」

唐韞修當然懂他的意思，他新來乍到，底下不服的人多得是，武朝換了主帥這件事，禹朝自然也知道。

打仗最忌諱的就是陣前換將，若不是唐轀錦下落不明，這場戰爭說不定還有懸念。

唐轀修一個在京城裡遊手好閒的駙馬，能打出什麼好仗？

「召人來商討策略吧。」唐轀修說。

京城內，關於邊疆大戰一事已經傳得沸沸揚揚，但大概是因為打仗的地方距離他們實在太遠，所以大部分百姓還是該幹麼就幹麼。至於那些親人正在前線作戰的人家，難免擔心受怕。

趙瑾能明顯感受到京城的人心浮動。

唐轀修離開前特地囑咐過她要留意京城的動靜，還有朝中某些人。

趙瑾當時還震驚於唐轀修的敏銳，因為他說的那幾個人名，趙瑾曾在聖上案桌的一張紙條上看過。

聖上就算臥病在床，也未必真的不理朝政，他當時的確沒現身於人前，但耳目與眼線卻不少。

趙瑾看著那些每日在下面上奏的臣子，覺得人心的陰險與難以捉摸，令人不寒而慄。

第九十六章　性命堪憂

打仗會消耗大量人力、物力與財力，戰場上的物資不嫌多，這會兒前線那邊便催著要糧。

國庫尚且能支撐一段時間，但誰都不知道這場戰爭會持續多久，國力可不能全耗在此事上。

這日下朝後，趙瑾又被押著在御書房批奏摺。

「聖上，再過不久就是太后娘娘的壽辰，今年是否小辦即可？」

太后已經七十多歲，她的壽辰自然是大事。聖上是個孝子，往年就算簡單辦了自己的壽辰，也會讓太后的壽辰熱熱鬧鬧的。

「國庫難不成給太后辦個壽辰就沒錢了？」趙臻反問。

戶部尚書額頭上冒著冷汗道：「聖上，大戰當前，總是要多些準備，國庫雖然還充盈，但……」

剩下的話不用說，聖上已經明白。

若是這一仗打得順利，半年內能結束便罷，但如果打上三、五年甚至更久，百姓日子豈會好過？

「籌辦太后壽宴的錢從朕的私庫裡出。」

聖上說完這句話之後，戶部尚書便退下去了。

最近戶部與兵部的工作量直線上升，趙瑾看見這兩部的官員每天都像是踩著風火輪來上朝。

若趙瑾只是個普通公主，此時便該在家裡悲秋傷春，順便思念一下遠在萬里之外的駙馬。

那樣的日子是清閒，卻算有個寄託。偏偏如今聖上每日拉著她批奏摺，回去時早就累成狗，一躺下就睡，夢裡什麼都沒有，更別提唐韞修。

唯一不同的是，自從唐韞修出征以後，趙圓圓就主動抱著自己的小枕頭過來陪趙瑾睡覺了。懷裡抱著那一團軟乎乎的小傢伙，倒也睡得香。

「殿下醒醒！」

睡夢中，趙瑾忽然聽見有人在她耳邊輕聲喊著。

她迷迷糊糊地睜開了眼，發現是紫韻。「怎麼了？」

「殿下，聖上召您入宮。」

趙瑾看了天色一眼，再看看紫韻，沈默片刻後，忽然浮現出不祥的預感。上一次這個天色召她入宮，是什麼事呢？

這次不會是誰不行了吧？

趙瑾隨便套上一件外袍就往外走，小李公公看見她時眼睛一下子就亮了。

「殿下！」

趙瑾不說廢話，只道：「出發吧。」

她抱著忐忑的心情入宮，最後在養心殿內看到了披著外袍的聖上。不是聖上，那就是……趙瑾的目光越過他，看到躺在床上、似乎昏迷不醒的趙翊，旁邊還站著徐太醫、跪著兩個小公公。

「皇兄，這是怎麼回事？」趙瑾問。

趙臻似乎有氣，他瞥了地上的小公公一眼，隨手指了一個道：「你說。」

「回、回公主殿下，今日小皇子殿下跑了一小段路，奴才在後面喊停了，但是……小皇子殿下回坤寧宮後便說累，說是要休息，結果後面皇后娘娘怎麼喊也不醒。」

小公公的聲音聽起來像是要哭了。小皇子殿下要是有個三長兩短，他們這些在他身邊伺候的人也活不成。

趙瑾走上前去為趙翊把脈，眉心一蹙。

徐硯的聲音在旁邊響起。「小皇子殿下身子骨兒虛弱，怕是風寒入體，然而心律不齊，臣懷疑是心疾發作。」

趙瑾說道：「不必懷疑，就是發作了，取針來。」

她這一開口，徐太醫哪裡敢耽擱，立刻將針遞給趙瑾。

趙瑾解開趙詡的衣襟，毫不猶豫地將長長的一根銀針扎在小皇子的胸口，然後是第二針、第三針……

這畢竟是武朝唯一一個皇子，就算是經驗豐富的老太醫，也未必敢這樣大膽地扎針。

趙瑾扎針時，神色中的認真與嚴肅跟平時截然不同，不管身邊有幾個人在盯著，她也完全沒分神。

時間一點一滴過去，原本昏迷不醒的小皇子眼皮子動了一下，睜開眼睛時看見的第一個人便是趙瑾，他迷迷糊糊的，還以為自己在作夢，傻乎乎地笑了一下道：「姑姑。」

接下來又撇了撇嘴，一副要哭不哭的模樣，道：「姑姑，我疼。」

小小的身子上，胸口處扎了那麼多針，看著都駭人。

趙瑾摸了摸他的臉蛋，輕聲道：「乖，睡著就不會疼了。」

小皇子本來就覺得自己像在作夢，這會兒趙瑾拿銀針在他睡穴上扎了一下，小傢伙就睡過去了。

趙瑾慢慢將針拔了出來，最後才轉身看向聖上，道：「等等臣妹寫個藥方，按照這藥方吃兩個月看看，這幾日就別讓詡兒去上書房了。」

堂堂儲君人選，身子竟然羸弱成這般，不知日後該如何是好。

聖上此時自然是點頭遵照醫囑。

趙瑾不好立刻回去，她得留下來觀察一下姪子的情況。像這種情況，能換心是最好的，但這個時代不具備這樣的醫療條件，趙瑾也沒這種能力，趙詡這孩子，只能好生養著。

趙瑾本來是守著小皇子的，結果守著守著，自己趴在床邊睡著了，也沒人來叫她上早朝。

睡醒的時候，趙瑾對上了一雙滴溜溜的眼睛，姪子似乎相當好奇地看著她。

「姑姑，您怎麼在這裡？我又生病了嗎？」

年紀小小的幼崽懂事得讓人心疼，他知道生病不是什麼好事，每當這個時候，他的母后眼睛都會哭腫，照顧他的宮人也戰戰兢兢。這種時候，他都覺得自己犯錯了。

趙瑾笑了，摸摸他的小腦袋說道：「現在感覺怎麼樣？」

頓了一下以後，趙詡才晃著自己的小腦袋說不疼了。

趙瑾終於放下心來，鬆了一口氣。

外面的宮女聽見了動靜，進來一看，頓時欣喜道：「小皇子殿下醒了！」

趙瑾看了天色一眼，順口問了句。「現在什麼時辰了？」

宮女恭敬地答道：「回殿下，巳時了。」

巳時，早朝的時間已過。趙瑾斂了一下眸子，坐起身來捏了一下自己的肩膀——有些痠，今日正好偷懶。

小皇子醒來後，趙瑾又為他把脈，確認過他暫時沒事，她才放心地讓宮人端來吃食，姑姪兩人一起用膳。

雖然小皇子年幼，但在用膳禮儀上不知比他姑姑好上多少，不開口說話，也不用人餵，自己就吃得香。

趙瑾吃完飯，正打算說句什麼，小李公公又跑過來道：「殿下，聖上請您去御書房批奏摺。」

她好歹半夜跑來救急，連一天的假期都不配擁有？早晚她要弄個勞工保險局。

趙瑾帶著滿身的怨氣去幹活，小皇子當然也想跟著去，他的小姑姑笑得慈祥極了，說道：「乖，不是什麼好玩的事，以後姑姑再帶你去。」

這日回到公主府時，趙瑾遇見了住在隔壁府的煬王，煬王看起來像是在等她。「九皇兄有事？」

煬王趙鵬打量了她半晌後才道：「妳昨夜是在宮裡過的？」

趙瑾有時候懷疑煬王是不是在她身邊安插了眼線，不過他們畢竟住得這麼近，公主府有些風吹草動，他知道也正常。

「這與九皇兄有什麼關係？」趙瑾不是那種別人問什麼就回什麼的性子。

趙鵬眸色深了些，話裡有話。「本王聽聞昨夜小皇子身體不適，喊妳入宮醫治？」

誰都知道太醫醫術高明，就算趙瑾確實有一套，但有什麼情況需要大半夜將她召進宮去？

趙瑾打了個哈欠，非常不配合地說：「九皇兄若是關心詡兒，不如入宮親自詢問，來問皇妹做什麼？」

煬王並不是好糊弄的人，趙瑾越是不配合，他就越是有所懷疑。

「小皇子身體虛弱。」趙鵬幽幽說道：「妳經常見他，倒是告訴本王，他究竟有多體弱，能否擔起儲君之責？」

趙瑾的語氣冷了下來。「九皇兄，這不是您應該關心的。」

「事關江山社稷，本王為何不能關心？」趙鵬同樣冷眼看著她。

這個人還真是難纏，惹不起難不成她還躲不起嗎？

趙瑾一腳踏入公主府，留下一句。「九皇兄有什麼問題就入宮找皇兄談吧。」

本來上班就煩，還來惹她。

趙瑾不過是隨口一說，沒想到煬王還真入宮找聖上聊聊去了。

第二日下朝後，趙瑾在路上磨蹭了好一會兒，順便在御花園賞了一炷香的花，才不緊不慢地往御書房的方向走去，跟在身邊的宮人與侍衛都怕她去得太遲，聖上會降罪，偏偏這位主兒比他們這些人還不急。

趙瑾終於來到御書房門外，她正欲讓人通傳時，裡面忽然傳來聖上與煬王的爭吵聲。

煬王趙鵬質問道：「若小皇子身體無礙，皇兄為何多年不立儲君？」

聖上趙臻勃然大怒道：「老九你放肆！」

這些聲音有那麼一點不真切，趙瑾聽得恍惚，最後發現這兩人的爭吵已經上升到另一個層次。

聖上怒斥煬王有不臣之心，煬王指責聖上不為江山社稷著想，都快打起來了。

趙瑾沒想到煬王竟然敢這樣對聖上說話，然而事實證明，說話沒有藝術，是要吃虧的。

隱約中，趙瑾聽見便宜大哥怒氣沖沖說道：「別以為朕不知道你腦子裡在想什麼，你私下做的那些事，若不是看在你母妃的分上，朕早就對你不客氣了……」

煬王那頭不知說了什麼，讓趙臻更加氣急敗壞。「晉王造反時，他的兵是從哪兒來的？別告訴朕不是從你這兒借的！」

趙瑾心一驚，這兩個再吵下去，就不知是抄家還是滿門抄斬了。

她急得推門進去，剛好聽見趙鵬口不擇言道：「是我借兵給他造反的又如何？我早就給我的人下了暗令，若老七敢對你動手，他們便會拿下他，你少在這裡假惺惺地提我母妃……」

話說到這裡，趙瑾就闖了進來。

看著吵得面紅耳赤的兩兄弟，趙瑾尷尬一笑，試探性地說道：「不如臣妹先出去？」

趙瑾最終沒能出去，出去的是怒氣沖天的煬王，他路過趙瑾身邊時還不分青紅皂白地瞪了她一眼。

她不過是聽個牆根而已，礙著誰了？

趙瑾對上便宜大哥的目光，露出了一個極其無辜的眼神道：「皇兄息怒。」

趙臻面無表情地看著她，說道：「妳下朝以後將自己逛暈在御花園了？」

開口就是損人。若是平常，趙瑾還敢狡辯兩句，但現在上一個人剛氣完便宜大哥，這會兒她不敢輕舉妄動。

趙瑾在聖上涼涼的目光下坐到自己的位置上，小心翼翼地翻開了奏摺。

煬王母妃的事說起來不難打聽，無非是當今太后還是皇后時，身邊侍奉的宮女被先帝寵幸，一夕之間麻雀變鳳凰，之後母憑子貴封了位分。然而先帝後宮的妃子實在太多，哪記得起每個人？

九皇子的生母既幸運，又不幸運。幸運的是她有皇子傍身，不幸運的是不受寵，甚至有人說她踩著自己的主子飛上枝頭。

不過就算她過得不夠好吧，也比大多數人好。

先帝在世時，某次宮宴上出現刺客，混亂中，九皇子的生母替太子擋下一劍，算是全了與皇后的主僕之情。

當時九皇子已經是十幾歲的少年，就那樣看著母妃死在自己面前。

趙瑾得知這點往事後，並未多說什麼，橫豎那時候她還不存在，聖上與煬王之間到底有沒有一點不值錢的兄弟情，她也不好奇。

除了每日在御書房打工以外，趙瑾還多了個任務，就是看看她的寶貝姪子。這孩子太脆弱了，動不動就生病，天天都得喝藥。

剩下的，就是翹首盼望前線的消息。那些奏摺向來直接送到聖上面前，趙瑾想看，便宜大哥還不給。

直到唐韞修上戰場半個月後，趙瑾總算收到一封家書——夾在一堆前線戰報裡。聖上冷冷地抽出了那封信給她，眼神冷到趙瑾心裡發毛。

趙瑾回府後關在房間裡打開了唐韞修的信，一張紙上滿是一手好字。唐韞修寫字好看，趙瑾是知道的。

打開第一句話便是——

吾妻：

一別數日，吾心中甚是掛念。邊疆雖險，吾一切安好，不知家中是否……

最後還提筆在信件結尾畫了顆愛心——這是趙瑾教的。

就算在這個朝代生活多年，趙瑾還是保留了一些從前的習慣，唐韞修與她成婚已久，自然知道。

這封家書乍看之下倒是正常，不僅問起兩個孩子的情況，還提及沒找到他兄長，只是唐韞修斷定他仍活著。

就是中間有幾句話膩了些，然而兩人如今相隔十萬八千里，正是「家書值萬金」的時候。

趙瑾看完後，在信封裡找到一片紅色的樹葉，應該是唐韞修摘了放進去的。

她看著紅葉半晌，才進了書房提筆回信。寫完以後，似乎是想到什麼，跑去院子裡摘了朵新鮮的花，將花瓣放了進去。

不知道這封信要過多久才能送到唐韞修手中……

趙瑾看著夜空嘆氣。

翌日上朝時，趙瑾與朝臣們遲遲等不到聖上，最後見李公公匆匆趕來宣布。「聖上龍體抱恙，由公主殿下代為主持早朝。」

趙瑾明白聖上的狀況，不說他的身體本來就虧空得厲害，都聞了快三年的毒香，她再厲害，也不可能讓聖上回到巔峰狀態。

聖上的壽命，如今是看天。只是他昨日還在處理朝政，怎麼今日就倒下了？

趙瑾蹙眉。

一下朝，趙瑾就前往養心殿，皇后正端著藥餵聖上，昨日還能教訓她的便宜大哥，現在的臉色白得像紙。

趙瑾心裡一個咯噔。「皇兄。」

聖上似乎有話要對她說，好不容易喝完藥後，他就將皇后給支出去了。

「瑾兒，朕如今能信的人不多，詡兒年幼，妳須得撐起來。」

這話不用聖上說，趙瑾與小皇子本質上就是一條船的人。

趙瑾還想說句什麼，可聖上卻揮手讓她出去。

那一日，趙瑾在宮裡發了許久的呆，第二日上朝時，眾人就見她抱著小皇子來了。

趙瑾抱著小皇子出現時，朝堂上起了些爭執，但趙詡好歹是聖上的血脈，這孩子待在一旁，比趙瑾自己一個人來得有說服力。

聖上的身體情況，可以從每日在養心殿進進出出的太醫那邊看出來，趙瑾雖然心裡有數，卻總是覺得聖上忽然又倒下，原因有些蹊蹺。

她的雙眼往下方掃，卻什麼也看不出來。人心隔肚皮，表面上的神態再關切，都有可能包藏禍心。

「有事啟奏，無事退朝——」

小李公公的舉止既沈穩、又得體，大概是跟在趙瑾身邊的時間多了，他越來越有他乾爹的作風，做事越來越像李公公了。

「稟殿下，臣有奏……」

趙瑾如今在處理一般政務上也算是得心應手，只是這並不影響其他人對她的偏見。

小皇子乖巧得不得了，他一開始坐在趙瑾腿上，後來就自己慢慢移到椅子上剩餘的空間窩著，用一雙滴溜溜的眼睛盯著趙瑾面前的奏摺。

在別人眼中，他們未來的君主已經有了一定的覺悟，只有趙瑾曉得，旁邊的幼崽正在認字。

五歲不到，能指望他什麼？

第九十七章　內憂外患

趙瑾一連幾日都抱著小皇子上朝，下朝後也趕著去養心殿看聖上。

瞧見皇后在照顧聖上，趙瑾盯著她手裡那碗黑色的藥汁，忽然問道：「皇嫂，皇兄的藥是誰在煎的？」

「是太醫院。」

「皇嫂，能不能從太醫院裡將煎藥剩下的藥渣拿給臣妹？」

蘇想容聽到這句話時愣了一下。「瑾兒，可是藥有什麼問題？」

趙瑾不習慣將沒確定的事情說出來，她搖頭道：「帶回去看看有沒有可以改善的地方。」

皇后當初生孩子時是趙瑾從鬼門關拉了他們母子一把，趙瑾又每日帶著小皇子，皇后對她的態度從小到大本就溫和，如今也不例外。「本宮稍後吩咐人去替妳拿。」

此時趙臻喝完了藥，雖然虛弱，但仍舊不妨礙他開口說話。「妳將心思都放在朝堂上，朕還能放心些。」

趙瑾無語。誰家公主要幹這種活兒的？

返回公主府時，趙瑾帶著聖上的藥渣，一進門就看見紫韻氣成了河豚，雙頰鼓鼓地拿著掃帚掃地，說是打掃，更像是發洩。

「怎麼了？」趙瑾問。

紫韻瞧見她後，將掃帚隨意地放在一邊。「公主殿下，奴婢今日出去買東西，外面的人可真是大膽，不知道都將您傳成什麼樣子了！」

她看起來憤憤不平，可趙瑾還沒意識到這話是什麼意思。

「他們說您如今把持朝政，聖上的身體不好說不定就是您的手筆，那些人說您身為女子，將朝廷弄得烏煙瘴氣，就連打仗的事都是您引起的，氣得我今日差點跟他們打起來！」

紫韻說要動手就會動手，她年紀不小了，卻還是衝動。趙瑾問過她願不願意嫁人，只是小姑娘說嫁人得伺候丈夫全家，還不如不嫁，跟著趙瑾，便是公主身邊的紅人。

趙瑾問道：「外面的人都這麼說我？」

紫韻此時才意識到趙瑾應該會不高興，於是委婉地說：「倒也不是誰都這麼說，就是那些自詡是讀書人的，胡說八道！」

趙瑾說道：「倒也沒完全說錯，說不定大家真是這麼看我的。」

她這話有點自嘲的意思，但那些傳言未必不是有心人引導的結果。

趙瑾從前很希望他們有本事將自己從攝政公主的位置上拉下來，然而她的心境到底發生了些變化。不得不說，權力確實是好東西，難怪有人緊緊盯著。

聖上的藥渣沒問題，最壞的預想並未成真。

自唐韞修出征以來，邊疆傳回過幾次戰報，有勝也有敗，目前的局面是雙方僵持不下。戰爭一旦開始，一時半刻自然不可能結束，眼下還是盛夏，等天氣冷了之後，就得送保暖的衣物跟食物過去，那時就沒那麼好過了。

趙瑾最近終於讓她自製的金瘡藥成功量產了，流入京城裡的藥鋪沒多久便銷售一空。邊疆的戰況偶爾會傳入京城百姓耳中，在這種時候，屯糧、屯藥的情況都不少見。這藥並不算好買，趙瑾留了一批打算送往戰場，然而沒有軍隊護送的話，說不定在途中就會被山賊盯上。

趙瑾意識到沒有自己的軍隊是件很麻煩的事，唐韞修離開之前倒是給她留了可用之人，但遠遠不夠，聖上給的兵權，不是趙瑾能隨意調遣的。

身為公主，若在這種時候組建自己的軍隊，等事跡敗露，第一個被抓去開刀的人就是她。

趙瑾思考這個問題好幾日，可是沒等到她想清楚，民間的流言蜚語就已經燒到她身上了。不知道哪裡來的傳聞，說趙瑾包藏禍心，想「挾天子以令諸侯」，「天子」也不知道是如今身體抱恙的聖上，還是才幾歲的小皇子。

不管是哪一個，這個罪名扣下來，對趙瑾還是有影響的。

在傳聞越演越烈的情況下，趙瑾依舊上朝，不過小皇子倒不會每日都陪著她，目前他最重要的是養好身體，這麼小的孩子，起碼睡眠得充足。

趙瑾暫時不讓小皇子去上書房，而是為他安排了幾個老師，在適當的時間為他上課。

這個舉動對趙瑾來說正常，然而對那些本來就懷疑她的出發點的臣子而言，又有另一層意義。

「稟殿下，臣等聽聞殿下停了小皇子殿下的課程，不知殿下對此有何解釋？」

這是御史大夫在金鑾殿上問的。

趙瑾看著下面這麼多雙眼睛，並未慌亂，她說道：「小皇子體弱，不適合每日起太早，本宮另外為他請了老師，有何問題？」

當然有問題。在上書房內唸書的不僅有皇室子弟，還有不少各家公子，哪一個將來會成為輔佐小皇子的近臣，不得而知。

如今趙瑾這麼做，不就相當於斷了他們的念想？

趙瑾不知道他們心裡在想什麼，她掛念的是小皇子的身體健康，沒有健康，這江山就算落在姪子身上，他也守不住。

「殿下，皇子三歲後到上書房學習，本來就是老祖宗留下來的規矩，怎麼能因為睡眠問題就擱置了？」

在他們看來，每個皇子都是這麼過來的，趙瑾這種說法站不住腳。

命？

趙瑾在心裡嘆道，上次奪嫡之爭可沒少死幾個皇子，哪裡等得及驗證他們到底短不短

為了自己的安穩日子，她無論如何都不可能讓她的寶貝姪子短命。

「諸位大人若實在信不過本宮，下朝後可以去看看小皇子有沒有好好唸書，這種事沒必要特地拿出來說。」趙瑾緩緩道。

她怎會不知道他們的意思，就是怕她將皇子給養廢了。聖上之前命她監國，他們捏著鼻子認了；如今聖上再度倒下，他們意識到趙瑾可能長期代理朝政，心態就不同了。

對這些臣子們來說，就算上次趙瑾是被迫接受的，那麼如今呢？他們自己都垂涎權力帶來的種種好處，又怎麼願意相信有人守著唾手可得的權勢卻無動於衷？

趙瑾說道：「諸位大人還有什麼事嗎？」

「殿下，」丞相蘇永銘上前一步。「京城內關於殿下的謠言甚多，殿下有什麼想說的嗎？」

丞相那雙略顯渾濁的雙眸盯著上方打扮得光鮮亮麗的公主。她能勾得男人魂不守舍，看起來確實不像是坐在金鑾殿上指點江山的人。

趙瑾笑了一聲道：「丞相這說的是什麼話？你也說了，既是謠言，那必然是妖言惑眾之輩編出來的話，本宮難不成要為了這種虛假之詞惴惴不安？」

「殿下，雖是謠言，但未必是空穴來風。」有人走上前一步道：「這些言論有損殿下的

清譽，臣建議殿下暫時在公主府休息幾日，朝中之事，可由丞相大人代勞。」

趙瑾一頓，目光落在那人身上，臉上的表情頗為耐人尋味。「這樣豈不是辛苦丞相了？」

蘇永銘垂著眸子。「為聖上分憂，臣願鞠躬盡瘁，死而後已。」

趙瑾說道：「這怎麼行？丞相乃是皇兄最器重的臣子，本宮怎好讓你承擔這些，不如讓煬王來？」

煬王正老神在在地看著這群虛偽的人忽悠趙瑾，誰知道她突然說了這麼一句。

他的眼神裡清楚寫著三個字：別搞我。

不久前煬王才跟聖上大吵一架，這會兒當然明白此事絕對不可能落到他頭上，不被問罪就不錯了。

果然，一提到煬王，剛剛還裝聾作啞的臣子們忽然像是活過來了似的。

「聖上讓公主殿下監國，怎可隨意換人？」

「臣附議……」

在這群人當中，只有一個人說的話最合趙瑾的心意，他說道：「外面的傳聞既是謠言，公主殿下就更不能避風頭，否則豈非默認了那些空穴來風的言論？」

莊錦曄削瘦的身影在殿上顯得有幾分孤寂，但也傲然。

煬王趙鵬在此時站了出來，他低頭道：「臣自認不能勝任此職，還望殿下收回成命。」

趙瑾坐在上方，她在王爺面前，也為尊。

這個監國的職責既不能落到丞相身上，自然也不能落到煬王手裡。若是趙瑾，尚有可能讓她放手；若是王爺，那就困難了。煬王看起來不像是淡泊名利的人，只是在此事上選擇推辭。

趙瑾在朝堂上與臣子們爭論了一番，下朝後就在養心殿那邊聽見太傅與聖上在商量事情。

「聖上，朝中需要更有氣魄的人來主持大局，臣雖能明白聖上一片苦心，但公主殿下實在不行。」

太傅現在對趙瑾倒是沒什麼意見，與從前的華爍公主相比，太傅對攝政公主已經算是滿意了。身為一名公主，能達到這種程度屬實不易。

然而眼下武朝內憂外患，趙瑾的身分確實是尊貴，可她手下卻無人。因為她是女子，朝堂上那些人對她多半抱著輕視的態度。

平時，她是高貴的公主；朝堂上，別人只當她是門外漢。並不僅僅是因為她的性別，而是大多數的人認定她德不配位。

「太傅覺得朕將瑾兒放到這個位置上是害了她？」趙臻的語氣虛弱，但他畢竟是君王，即便到了這種時候，也不會讓自己居於下風。

趙瑾總覺得這話不是自己能聽的，她看了門旁邊的侍衛一眼，隨後轉身去逛御花園了。

聖上身體不適，已不知多久沒踏入後宮，滿園盛開的花沒幾個人有心情欣賞。

宮鬥，要聖上在的時候才有意思，他如今病了，後宮的女人育有孩子的就三個，想鬥都鬥不起來。

趙瑾正賞著花呢，御花園裡忽然出現了一道清俊的身影，那人身穿玉白色的衣裳，長髮高高束起，手執一支玉笛，手指猶如白玉一般溫潤動人，不知是哪家公子。

在御花園裡看見男人，倒是稀奇。

趙瑾開口問道：「何人膽敢擅闖御花園？」

那位公子一轉過身來，趙瑾就看清了他的相貌，確屬上乘，還有股青年的意氣風發，格外亮眼。

趙瑾平時沒怎麼跟外人接觸，自然不知道有哪些名動金甌的「美人」，這麼漂亮的青年，想必早就被不少貴夫人盯上了。

青年的神情閃過片刻慌亂，隨即對趙瑾行跪禮道：「參見公主殿下。」

趙瑾眸色不變，平靜道：「抬頭讓本宮看看。」

那青年乖巧地抬起頭，便聽見趙瑾問道：「你是哪家的公子？」

青年還沒回答，不遠處就響起一道女聲。「臣妾參見華爍公主，此乃臣妾娘家的姪子。臣妾近日身體不適，皇后娘娘心慈，特許臣妾的姪子入宮探望，不慎衝撞殿下，還望殿下恕罪。」

這個女人趙瑾認識，是盧婕妤。曾經的挑事好手，只是她那便宜大哥不太行，居然沒讓這位有事業心的妃子懷上，她如今已沒了爭寵的心思。

盧婕妤不年輕了，不過大概是因為沒生育過，她看起來也就三十出頭。

「娘家侄子？本宮記得妳兄長前幾年升職了吧，是洛城太守之子？」

「是，煩勞殿下記掛，臣妾這侄子才十八，是特地從洛城趕來京城的，他明年要參加科舉，所以兄長才讓這孩子來京城住一年。」

趙瑾聽完後沒說什麼。「既然是來看妳這個姑姑的，那便好好敘舊，本宮不妨礙你們了。」

等趙瑾往前走了一段路，才品出了點味道來。盧婕妤雖然不是最早跟著她皇兄的那批妃嬪，但在她出生那年就已經入宮了，二十幾年沒出宮，能跟一個十八歲的侄子有什麼姑侄情？

再回想剛剛從頭到尾只跟她說了一句話的盧太守之子，趙瑾有些遲鈍地反應過來，方才那不會是美男計吧？

突然撞上一個俊美青年，讓趙瑾後知後覺地意識到，自己真的成了個有權有勢、有那麼點值得巴結的人。

說實話，那青年與趙瑾當年初見時的唐韞修截然不同，雖然都生了一張不錯的臉，但唐韞修的相貌給人的感覺卻是張揚的。
原本這幾日已經習慣他不在身邊，趙瑾現在卻又被勾起了思念。
這男人吧，平時就在她面前晃啊晃，忽然分開這麼久，說不想念是假的，他們的女兒就委屈兮兮地哭了好幾次，吵著要找爹爹。
若是一年半載回不來，說不定小姑娘連她爹爹長什麼樣都不記得了。
趙瑾在宮裡逛了一圈後回到養心殿，太傅已經離開，可聖上也休息了，趙瑾沒見到人。她在養心殿外面站了一會兒，轉身走了。
邊疆開戰不過兩個月左右，武朝跟禹朝都還未派出全部的兵力，然而聖上的身體卻是每況愈下。
一開始，大家以為聖上在玩什麼欲擒故縱的把戲，只是後來就連宮裡的人都看出來了，聖上的身體，確實已是強弩之末。
眼下是八月，再過沒多久，邊疆就會開始變冷。趙瑾想往戰場上送物資，可就在她提出這點時，遭到不少官員反對。
「殿下，之前駙馬出征時帶走了不少物資，想必那批東西還夠用，朝中如今還得往其他受災地區輸送物品，國庫可禁不起這般消耗。」
趙瑾問：「既然是賑災，那撥下去的款項是多少，總得讓本宮過目，為何沒人呈上來？」

「殿下，臣稍後便將帳目呈上，只是運往前線的物資，臣認為不用急於一時。」

趙瑾聽到這話時，臉色完全冷了下來。「物資運送少則半個月，多則一個月，甚至更久，若在這段時間斷糧，讓邊疆將士怎麼熬？」

她大可一意孤行，只是朝廷不是她一個人說了算。以丞相跟太傅為首的兩派人馬展開了博奕，還有以六部尚書為首的，也有幾個保持中立的。

顯然，太傅那一派內部也有爭論，畢竟趙瑾看起來不像能扛起大梁的模樣。

在這種情況下，不是她跑去和自己哥哥哭訴就能成事的，朝廷的每個環節都極其重要，任何一個部門陷入癱瘓，都不是她想看到的。聖上將這麼個爛攤子扔下來，也不是要趙瑾混吃等死。

趙瑾極需要威望，而她也不是完全沒有，身為堂堂攝政公主，她與帝權，不過一步之遙。

趙瑾無法強硬要求朝廷往邊疆送東西，這種事就算能成功一次，之後也難再有第二次，激起朝臣的叛逆心，不是趙瑾的初衷。

「喊靖允世子來見本宮。」趙瑾吩咐道。

來見自家姑姑的靖允世子忐忑不安。看著垂眸處理政事的女子，趙景舟只覺得她的心思深得可怕。「見過小姑姑。」

趙瑾抬眸，隨口問了一句。「新婚生活如何？」
什麼叫哪壺不開提哪壺？這就是了。
「託小姑姑的福，還可以。」
「之前聽宸王妃抱怨，說你娶媳婦了但是不圓房，是想著自己先養幾年？」
聞言，趙景舟無語。母親怎麼連這種事也往外說？
趙瑾繼續說道：「本宮看你閒著也是閒著，要不要來給本宮幹活？」
怎麼說呢，趙瑾這話怎麼聽都不像是在商量，也不像是在詢問她那冤家姪子的意見。

第九十八章 腹背受敵

「小姑姑若想往前線送東西，找我也沒用，我父親手上沒有兵力，還不如去找九皇叔。」

顯而易見，靖允世子有自知之明。

趙瑾道：「本宮也不指望你，禹朝既然敢發起戰爭，就說明他們早已找好了盟友，你才剛娶越朝的公主，她那國不知道何時就發兵了，到時候她要怎麼辦，你想過嗎？」

國與國交戰之際，無人在意這些公主的犧牲。之前嫁入武朝宗室的那位禹朝公主如今過得如何，趙瑾不用想都知道。錯不在她，卻受牽連。

眼看趙景舟的臉色沈了下來，趙瑾繼續道：「阿緹公主跟你算是本宮撮合的，真到那一日，本宮也能相信她只是單純來和親，沒有其他目的，可你若是立不起來，便護不住她。」

趙景舟懷疑趙瑾從要他和親時起的每一步都算計好了，她早就打算拉他上這艘賊船。

這時候的靖允世子，還沒意識到自己上的究竟是什麼賊船。

等趙瑾打發走趙景舟，周玥就從一旁的屏風後走出來，朝趙瑾行了個禮，問道：「小姨，您拉攏趙景舟做什麼？」

在周玥眼裡，趙景舟就是一個閒散世子，並沒有什麼野心，他的父親宸王雖然似乎有那麼些心思，卻既沒有才華，也沒有實力。

趙瑾不知在想什麼，半晌後，她認真地回答周玥。「就憑他能保持自己的童子身二十幾年，本宮願意相信他日後必有所成。」

周玥的神情不禁有些恍惚。想到現在的世家子弟普遍是什麼作風時，她覺得趙瑾的話還算有道理，可她腦子一轉，又道：「不對小姨，說不定他不是不想，而是不行？」

這個猜測挺合理的。

趙瑾看了她一眼後說道：「好歹是妳表弟，才剛娶媳婦呢，別這麼咒人家，看面相就知道小夥子氣血方剛呢。」

周玥沈默了，她終究不是什麼「專業人士」，這會兒無法反駁。

京城裡對趙瑾不利的傳言越傳越烈，趙瑾卻毫不處理，甚至稱得上是放任了。

「小姨，您還不打算處理那些謠言嗎？」

趙瑾搖頭道：「妳去推波助瀾一下，現在還不夠。」

總得先知道朝堂上的那些是人是鬼，才能進行下一步啊。

京城內，各種關於皇室與戰況的傳聞甚囂塵上，在訊息本就不夠透明公開的情況下，百姓的想法最容易跟著飄忽不定的小道消息跑。

趙瑾不是在這個時候才意識到百姓需要一個獲取官方消息的管道，京城已經算是消息最為靈通之處，情況尚且如此，那麼那些窮鄉僻壤呢？

張貼在城門上的布告，遠遠達不到推廣消息的目的，任何訊息在長期用耳朵聽、用嘴巴傳的狀況下，原先要傳遞的內容便會失真。

趙瑾認為這個國家需要類似於「報紙」這種東西。

很快的，趙瑾就體會到了謠言的傳播速度以及導致的後果，為此，她下令撤掉之前聖上安排在公主府的御林軍。

這個舉動就像是一種風向，暗示趙瑾已經不像從前一般受聖上器重，牆倒眾人推的時候差不多到了。

先是趙瑾在朝堂上的威望不斷降低，那些平時只知道擁戴皇權的臣子在這個時候顯得無動於衷，就算太傅他們有心要為趙瑾護航，也難以突破重圍。

碰巧此時京城裡鬧起了疫病。染病之後乾咳不止、雙目渾濁、渾身痠痛，最後咳血，不少人將這個當作是上天降下來的懲罰，懲罰偌大的武朝竟由一介女子當家。

這導致求見聖上的人越來越多，文武百官也越來越不想與趙瑾溝通，大概是連戲都不想演了。

這一日，公主府的大門在即將天明時被潑了兩桶狗血，血腥味濃到站在門外好幾步都能聞到，巡邏的侍衛剛好抓到了潑狗血的人，提著人來見趙瑾。

趙瑾看見那個男人時，臉上閃過些許不解。眼前的男人長相平平，身上穿的衣服也是粗布所製，她並不認識他。

「公主殿下，這個歹徒往門上潑了狗血，該如何處置？」

趙瑾盯著雖然被抓但看起來毫無悔改之意的男人，嘴角扯了一下道：「你認識本宮？」

今日趙瑾是在睡夢中被叫醒的，眼下甚至還沒到她平時出門上朝的時辰，所以她有時間在這裡與面前的人掰扯一二。

那男人憤恨地瞪了她一眼，之後便開口罵道：「妖女！」

妖女。趙瑾還是頭一次被冠以這樣的稱號，她沒生氣，也不覺得難堪。

男人看著她，忽然笑了，說道：「等一下天就要亮了，妳猜京城這麼多人看見妳門上的狗血會怎麼想？」

狗血雖然才潑上不久，但是公主府如今有什麼風吹草動都瞞不了人，不出意外，早朝上就會有人出來刷存在感了。

趙瑾笑了一聲道：「你是讀書人？」

「什麼讀書人？不過就是一個看不慣妳這個妖女惑眾的普通人罷了！」

普通人，這幾個字在趙瑾喉嚨裡過了一遍，她抬眸看向其他人道：「將他給本宮看好，等本宮回來再審。」

等人被帶下去了，趙瑾才將目光落在一直保持沈默的高祺越身上，御林軍的人已經被她撤走了，但高祺越還在這裡。

「高將軍，本宮給你一個白天的時間，將那個男人的來歷調查清楚。」

高祺越拱手道：「臣遵命。」

他比許多人看得遠一些，如今在朝中張望的人，哪個不知道趙瑾被賦予的權勢？他們之所以這般不將趙瑾放在眼裡，是認定她這個公主就算一時得勢，也沒能耐把握住。

聖上的妹妹何止這一個，不提妹妹，親生女兒也有兩個，為何偏偏是趙瑾？

在趙瑾坐上監國的位置前，她的能力在眾多公主當中絕不算是最出色的，她的醫術確實好，但治國又不靠醫術。

聖上信任趙瑾，這就是她最大的造化，哪怕身為公主，日後聖上給趙瑾留下的，絕對不僅僅是這些。

高祺越不得不承認，跟著趙瑾，前途要比跟著其他人好得多，唯一的問題就是她實在太心慈臉軟，就算不是君王，若捨不得處置一些人，甚至痛下殺手，難免會有軟肋。

趙瑾隨口吩咐了幾句，很快就頂著那一門的狗血出去，今日遲了些，剛好碰上隔壁的煬王。

煬王趙鵬看著公主府門上的狗血蹙眉，一時之間還真不知該說什麼。他看著面色如常的趙瑾，問道：「這是怎麼回事？」

好歹是同事，趙瑾對這個九皇兄沒什麼意見，她說：「沒什麼，就是被潑了。」

趙鵬蹙眉道：「人抓到沒有？」

「抓了。」

煬王終究有一些人生歷練，知道這件事沒那麼簡單。他說道：「妳若是怕自己的手沾上人命，最好早點向皇兄請辭，不然日後就不只是潑狗血這麼簡單了。」

說著冷哼一聲，越過趙瑾走向自己府上的馬車。

趙瑾笑盈盈地在他身後回了他的話。「謝九皇兄關心。」

煬王沒理她。

按照煬王擁有的條件，即便在聖上面前也不需要收斂。他有兵權，虎符也一直沒交出來，朝中眾多臣子都忌憚他，他又與趙瑾住得近，有不少人擔心他們兩個人有什麼牽扯。

煬王掌握著的兵權，不僅聖上盯著，文武百官也是。

果不其然，今日趙瑾一上朝就有人發難。

「殿下，京城近日傳入的瘟疫已感染上百人，昨日有不下十人染病而亡，太醫院那邊研製的解藥，是否該加快速度了？」京兆尹開口道。

民間多有迷信，稱此次瘟疫乃是上天降下的警告，說有妖女禍亂朝綱。

京兆尹掌管京城大小事，說實話，在他看來，這次的瘟疫帶來的影響可大可小，而趙瑾無論如何都該為這件事負責。

「本宮已經將這件事交給崔紹允負責，相信再幾日就能給諸位大人一個滿意的答覆。」

趙瑾緩緩開口道。

「崔大人？」御史大夫商大人上前一步，抬頭看著趙瑾道：「殿下，此事與大理寺有何干係？臣以為如今以救人為當務之急，崔大人查案拿手，治病不行吧？」

此話一出，朝堂上便響起不太友好的嗤笑聲，昭示著趙瑾毫無威望可言。

趙瑾垂眸道：「商大人，本宮的意思，是讓崔大人查瘟疫傳入的源頭，若你聽不懂本宮的話，御史這個位置可以換人了。」

話音一落，不少人都朝商大人看了過去。御史大夫這個位置，多得是人盯著。

御史大夫沒想到趙瑾竟然將矛頭轉到他身上，一時之間脹紅了臉道：「殿下，臣乃聖上親自任命的御史。」

他在提醒趙瑾，她只是個公主。

趙瑾輕輕笑了一聲，玩起了扶手上的一顆圓珠子，聲音清冷，卻響徹整個金鑾殿。「真巧，本宮不僅是聖上親封的公主，還是聖上親自任命的攝政，貶個官而已，聖上應該不至於摘了本宮這個攝政的頭銜吧？」

「您——」

趙瑾沒再給御史廢話的機會，說道：「既然這麼不服本宮，那這個御史就讓別人做吧。來人，剝了他的官服！」

「殿下……」有人上前一步想為御史說話。

趙瑾眸光冷冷地掃了過去。「怎麼，想陪他？」

那人瞬間閉嘴了。

「既然這般正直，連本宮也不放在眼裡，那就去外面闖蕩一下，到時候再讓本宮看看，你是不是同樣鐵骨錚錚。」

趙瑾將御史貶出京，成為一個下州的刺史。

三品變五品，不是每個被貶出京城的人都有再被想起來的機會。

趙瑾雖然不是她那個便宜大哥，但也是有脾氣的，她不需要放一個時時刻刻想給她找碴的人在身邊，既然罪不至死，那就放出去遛遛。

其他想為御史說話的人都被趙瑾的處置給嚇退。這就是封建皇朝，就算趙瑾不是聖上，但聖上給了她這個權力，那她要懲治一個人，也不用看任何人的臉色。

相較於前御史的下場，大夥兒對這個位置將由誰遞補更感興趣。

趙瑾下朝前，將莊錦曄留了下來。

莊錦曄跟著趙瑾進入殿內後便一直安靜站著，小李公公將門合上之後，殿內就只有趙瑾、莊錦曄與小李公公三個人了。

「莊錦曄，本宮有一件事想交給你辦，不知你是否有信心完成本宮的囑託？」

莊錦曄半垂著眸子跪下，語氣懇切。「臣願為殿下鞠躬盡瘁。」

趙瑾不得不承認，全心全意為自己辦事的人，就是比那些心裡打著各種算盤的人好用得多。

待趙瑾說了自己的要求，莊錦曄即便內心感到疑惑，依舊應下了。

等莊錦曄領命出去，周玥來了，她看起來殺氣騰騰。

「小姨，今日有人在您的府上潑狗血？」

趙瑾看著她，笑了聲道：「氣什麼，本宮巴不得他來潑呢。」

周玥不明白原因，但看她小姨的樣子，顯然是她多慮了。

趙瑾批閱奏摺的過程中，徐太醫來了一趟，之後太傅也來了，他顯得憂心忡忡。

「殿下今日有些張揚，臣怕丞相那邊會對殿下不利。」

前御史是丞相的人，趙瑾是知道的，不過今日丞相並沒為他說話，看樣子像是在觀察趙瑾這個公主究竟能硬氣到什麼程度。

「太傅與其擔心會不會有人對本宮不利，不如替本宮想想，御史這個位置該換誰上？」

太傅兩三下就被趙瑾轉移了注意力。

等趙瑾回到公主府時，門上的狗血已經被處理乾淨，為了不嚇到女兒，趙瑾吩咐不用送小郡主去上書房。

高祺越已經等在院子裡，看來已經查到趙瑾要的答案。

「高將軍，本宮吩咐你去查的事情怎麼樣了？」趙瑾緩緩問道。

高祺越站在她面前，低著頭道：「稟殿下，今日那人確實是讀書人，只不過屢試不上，前兩屆就沒再參加了，後來在一間私塾當教書先生，並娶妻生子。」

趙瑾默不作聲，高祺越繼續說道：「此人的妻子是大字不識一個的村婦，平日靠著在高門大戶接些活兒補貼家用。」

「僅此而已？」趙瑾問。

高祺越沈默片刻後，才說道：「他那妻子的堂妹，就在煬王府的後廚做事。」

煬王府？趙瑾倒是沒想過這個答案。她那個九皇兄看起來不像會做出這種事的人。

「煬王府那個姑娘多大？」趙瑾又問。

「才二十歲，一年前入了煬王府，之前曾嫁過人，但她丈夫沒幾年便死了，留下孤兒寡母。」

這麼年輕啊……趙瑾轉頭喊道：「紫韻，去給煬王府遞個拜帖，說本宮明日下午過去拜訪。」

趙瑾這拜帖一送過去，第二日一早煬王出門遇見她的時候，眼神就有種說不出的怪異。

煬王欲言又止半天，最終還是在上馬車前轉過身來快步走到趙瑾面前，他的臉色不算好，看樣子被趙瑾突如其來的拜帖困擾了一個晚上。

「妳好端端的遞什麼拜帖？」

趙瑾還覺得他奇怪呢。「九皇兄是什麼意思，皇妹覺得兩家相鄰，想上門寒暄兩句，您不方便的話讓九皇嫂接待皇妹就好了，有什麼問題嗎？」

「有什麼問題？」趙鵬近乎咬牙切齒。「就走幾步的事，遞什麼拜帖？」

趙瑾頭一次碰上自己講禮數反而讓人有意見的情況，她扯了一下嘴角道：「皇妹閒的，不行？」

煬王無語。就這麼個態度，誰信她是真心上門拜訪？

趙瑾在朝堂上當眾宣布瘟疫解藥已有進展，這場疫病還沒發展到人人自危的地步，不過說到底，瘟疫出現的時間點不對，讓她不得不多想。

「殿下說瘟疫已有解決之道，臣斗膽問，藥方何在？」

趙瑾看著下方的臣子，神色淡然。「明日藥方就會傳出去，太醫們還在確認最後的劑量。」

昨日趙瑾才貶了御史出京，今天便有人向她推薦新御史的人選，這個位置果真香得很。

「御史之位空懸有什麼好著急的，前線那邊缺物資，諸位大人都覺得能緩緩，一個御史而已，既不能上戰場打仗，又不能解決京城的大小事，誰來坐這個位置不都一樣？」

趙瑾說了一番語義不詳的話，剩下的就等著他們自己領悟。

太傅跟丞相都說有要事跟趙瑾相商，可她掛念著要上門做客，下朝後就出宮了，跑得比誰都快。

趙瑾跑得快，煬王也一樣，大概是對這個皇妹的不信任，煬王緊跟在她後頭離開。

公主府的馬車過家門而不入，直接停在煬王府門口。

趙瑾下了馬車，眼尾餘光瞥見煬王也跟著下車，不禁笑了。

煬王妃從府上出門相迎，身邊跟著自己的幾個兒媳。

如今煬王府的女兒嫁得差不多了，那些還待字閨中的，既不是嫡出的姑娘，也不到出閣的年紀，自然不需要到趙瑾這邊露臉。

第九十九章 皇子染疫

趙瑾朝煬王妃露出了一個笑容，她那張臉格外能迷惑人，更何況這會兒有心社交，連煬王妃也招架不住。

「九皇嫂，平日皇妹忙，難得上您這兒一趟，今日既然來了，就給九皇嫂帶了些禮物，不是什麼貴重的東西，九皇嫂瞧個新鮮便罷。」

趙瑾送的東西當然不是她說的那樣廉價。

她手一揮，下人們就從隔壁的公主府搬來了幾大箱東西，除了名貴的寶石首飾，就是京城當中最暢銷的胭脂水粉、絲綢錦緞，還沒流入市場，她就將東西送來了。還有幾個手持鏡子，煬王妃一照，那清晰度直接將她給看呆了。

「公主，這可是銅鏡？」

趙瑾輕笑道：「九皇嫂，此乃本宮讓人特地研製出來的玻璃鏡，還沒傳入市面，先讓幾位嫂子用著。」

她說「幾位嫂子」，意思就是皇后也沒落下。

煬王妃與趙瑾之間的情分，自然比不上皇后與華爍公主的感情。趙瑾是皇后看著長大的，孰親孰疏，再明顯不過。

可趙瑾除了皇后，同樣給了煬王妃玻璃鏡這種好東西，這份好意讓煬王妃挺受用的。

「這鏡子照著可真是清楚。」煬王妃雖然不再是年輕小姑娘，但這鏡子清晰地映出她的臉，比她房中那面銅鏡好了不知多少。

跟在煬王妃身邊的兒媳跟著照了一下玻璃鏡，瞬間就被俘虜了。「公主殿下這鏡子實在神奇至極！」

煬王平時不愛搭理一屋子的女人，這會兒見趙瑾給自己的王妃送東西，還引來幾個女人對著鏡子臭美，忍不住嗤笑了一聲。

「這鏡子能有多神奇？」趙鵬伸手拿了一面鏡子往臉上照，隨即愣住了。「這……」

他轉頭看向趙瑾。「此物是何人所製？」

趙瑾笑盈盈地說道：「九皇兄，皇妹從前就喜歡民間工匠做的小東西，自己也雇了幾個工匠進行研究，這東西便是他們其中一人所製，九皇兄喜歡的話，皇妹讓他改日給您做一面大的。」

不得不承認，趙瑾拿出來的東西實在新奇，但也僅只於此。趙鵬冷哼一聲，放下鏡子道：「妳今日上門就是為了送禮賄賂本王？」

趙瑾聞言笑了聲道：「九皇兄有什麼值得皇妹賄賂的，還是說，九皇兄對裡面哪些東西感興趣，心動了？」

煬王貌似想反駁趙瑾說的話，但趙瑾已經挽著煬王妃的手臂往門裡走了。「九皇嫂，皇妹還沒吃東西，今日就在您這兒叨擾一頓了。」

聽趙瑾說要留下來用膳，煬王妃立刻召管家來準備，剛吩咐完，她就聽見趙瑾道：「九皇嫂，皇妹沒參觀過煬王府，能否煩勞您帶皇妹逛逛煬王府，看看與公主府的布局有何不同？」

煬王妃還沒來得及回話，就聽見趙鵬在旁邊不耐煩地說道：「趙瑾，妳到底想做什麼，本王這煬王府當然比不上皇兄親自下令督建的公主府，沒什麼事就回去，賴在本王這裡做什麼？」

趙瑾說道：「皇妹是來找九皇嫂的，若九皇兄實在忙，就走開吧。」

有那麼一瞬間，煬王不禁懷疑這究竟是誰的地盤。

趙瑾人都在這裡了，煬王妃不好不招待，煬王則認定趙瑾想在他這裡耍些陰謀詭計，不僅沒走開，反而寸步不離地跟著。

雖說是隨意逛逛，但一行人逛著逛著就來到膳房外。

煬王妃道：「公主，此乃後廚之地，我們回吧。」

恰巧此時從裡面走出一個身穿下人衣物的女子，趙瑾立刻拉住煬王妃道：「九皇嫂，來都來了，就進去看看吧。」

膳房油煙重，別說是煬王妃了，就連她身邊稍微得寵的丫鬟都懶得來這種地方，趙瑾說想進去看看，這話本身聽起來就很可疑。

煬王在趙瑾身後冷哼了一聲，不過這回他沒阻攔，就像是想看看她葫蘆裡到底賣什麼藥一樣。

「王爺，要不您就在外邊等……」

煬王妃的話還沒說完，趙鵬就道：「不就是個後廚，本王再髒再亂的地方也進過。」

原本煬王妃想說一句「君子遠庖廚」，但覺得煬王說得也有道理，過去他們行軍時，再危險與髒亂的地方都踏足過。

趙瑾率先走了進去，在一眾埋頭苦幹的下人堆裡，她精準地將目光落在一個年輕女子身上。

下人們哪裡想得到煬王等身分尊貴之人會進後廚這種地方，一時之間眾人都顧不上工作，齊刷刷地跪了下去，異口同聲道：「見過王爺、王妃、公主殿下。」

管事直接走上前來，恭敬地問道：「不知王爺與王妃有何指示？」

煬王妃道：「無事，你們忙自己的。」

趙瑾到處走動，左看看、右看看，隨後停下腳步，貌似驚喜地轉身向煬王妃道：「皇嫂，王府的後廚竟有這麼漂亮的婢子！」

她這麼一喊，瞬間讓煬王妃等人的注意力集中到她面前的女子身上。

那女子有一雙動人的杏眸，膚色白皙，即便穿著下人的衣物，也沒能掩蓋那我見猶憐的氣質，不僅生得不錯，還年輕。

那女子哪裡被主人這樣關注過，她抖了一下身子，道：「奴婢見過公主殿下，見過王爺、王妃。」

趙瑾彎下腰，伸出食指抬起女子的下巴，將她從臉上到身上打量了個遍，隨後笑了聲道：「妳叫什麼名字？」

「奴婢名青玉。」

「多大了？」

「二、二十歲。」

「可有婚配？」

管事上前說道：「稟殿下，青玉的男人前兩年沒了，剩下她與一個三歲兒子。」

趙瑾不知道在想什麼，忽然說了句。「可惜了。」

說著她鬆開手，似乎對這女子失去了興趣，轉身挽著煬王妃的手臂出去了。

用午膳的時候，趙瑾留意到上菜的侍女當中，也有青玉此人。

趙瑾在煬王府蹭完飯，才在煬王嫌棄的目光中回到公主府。

一回到公主府，趙瑾便對高祺越道：「給本宮盯緊煬王府那個青玉，她肯定有問題。」

高祺越雖然跟著趙瑾進了煬王府，方才卻沒進後廚，這會兒便問道：「殿下可是發現了什麼？」

趙瑾頓了一下才緩緩道：「她應該是細作。」

細作？高祺越因為這個答案愣住了。

先不說那位名為青玉的女子是不是細作，但她除了生得不錯以外，還無半分為奴的氣息，不像窮苦人家出身的女子，反而更像趙瑾曾見過的揚州瘦馬。

事實證明趙瑾沒有想太多，高祺越著手調查之後，真的發現了一些不尋常的事——那名女子與煬王府上幾位公子都有點關係。

另一邊，趙瑾離開之後，煬王在書房裡回想起了今日趙瑾的所作所為。皇家出身的人，哪有幾個心思不重的？

就算趙瑾以前是十指不沾陽春水的公主，如今也把持著朝政，總該有些心機。

煬王平常並不怎麼關心自家後院，他一忙起來，連自己的房間都不踏足，何況插手其他事。他那幾個兒子還未分府，但各有各的院子，他這個當父親的從未關心過，偌大的王府，全由煬王妃與世子妃操持。

沒多久，煬王就意識到了趙瑾參觀府裡時的反常之處——她進了後廚，甚至故意讓人注意到一個婢子。

煬王身邊不缺漂亮的女子，何況他的年紀不算老，跟時不時就抱恙在床的聖上相比，他簡直健康過了頭。正因如此，他瞧出了那個婢子確實不像丫鬟。

想到這裡，煬王召來了自己的心腹，讓他查查府上那個叫青玉的婢子有沒有什麼不對勁的地方。這一查，煬王才驚覺自己後院著火了。

在趙瑾造訪煬王府當日深夜，她還沒躺下，小郡主就抱著自己的小枕頭過來要跟娘親睡。

趙瑾正伸手將小閨女抱上床去，結果外面忽然傳來急促的腳步聲，接著聽見陳管家低聲道：「殿下，出事了！」

趙瑾還沒開口問是什麼事，就聽見陳管家道：「宮裡道是小皇子殿下感染了瘟疫！」

這下子是什麼睏意都消失得無影無蹤了，趙瑾原本還想哄自己香香軟軟的女兒睡覺，現在身體比腦子動得快，還沒等她反應過來，人已經穿好衣服出去了。

天空正下著雨，趙瑾吩咐人看好女兒後就趕著進宮了。小皇子的身體經不起玩笑，本來有心疾就容易出事，這會兒染上瘟疫，更是凶險。尋常健康孩子染上瘟疫死亡率都不低了，更何況是小皇子這樣含在嘴裡怕化了的。

趙瑾第一時間入宮，已經有太醫圍著小皇子，皇后臉上蒙著面紗，湊近守著兒子，眼眶紅腫。

進門後，趙瑾第一句就是：「詡兒如何了？」

徐硯低頭道：「回殿下，小皇子殿下如今高燒不退，臣已經按照殿下給的藥方讓太醫院煎藥了。」

趙瑾蹙眉說道：「詡兒就在宮裡，這幾日更是連上書房都沒去，怎會感染瘟疫？」

不管這瘟疫的起源是什麼，皇宮畢竟不同於他處，小皇子的活動範圍就這麼大，卻染上了瘟疫，其中的原因令趙瑾不得不深思。

「徐太醫，」趙瑾低聲吩咐道：「你親自去太醫院重新煎藥，就說是為了皇嫂煎預防的藥，如今正在煎的藥稍後照常端來。記住，煎的時候你必須寸步不離。」

徐太醫神色一凜，領命而去。

等徐太醫一走，蘇想容便問趙瑾。「瑾兒，可是有人要害詡兒？」

趙瑾搖頭道：「皇嫂勿急，此事容臣妹先查查。」

話雖如此，但趙瑾心裡已經有了答案。小皇子的存在很大程度上有穩定朝堂的作用，若他出事，聖上要怎麼再生出一個皇位繼承人來？

小皇子出事對趙瑾來說不利，結合如今滿天亂舞的謠言，很明顯有人正在操控這一切——試圖讓人以為是趙瑾對小皇子下手，因為她有獨攬大權這個動機。

「皇嫂，今日詡兒去過什麼地方？」

「詡兒大部分時間都在坤寧宮，早上少傅來為他講學，之後詡兒想出去逛逛，本宮便隨他，派了宮人跟著。誰知晚膳時他就沒了胃口，接著忽然發起高燒來……」說著，蘇想容忍不住哭了起來，但她很快就擦乾眼淚，神情變得堅定沈著。

這是她用半條命換來的兒子，若有人想對他動手，她絕不會放過對方。

沒多久，兩碗藥都送來了坤寧宮，趙瑾檢查了徐太醫親自煎的那碗，自己嚐了一口，才差人為小皇子餵藥，這一切都在皇后眼皮子底下進行。

趙瑾知道人心經不起考驗，這些日子來在皇后面前嚼舌根的人有多少，她皆有所耳聞，與其用言語辯駁，不如用行動證明。

皇后已經不再相信其他人了，選擇自己抱著兒子餵藥。

趙瑾將目光落在另外一碗黑色的藥汁上，她已經要徐太醫將眼前這碗藥的藥渣全要了過來——這藥總共有兩份，是一次煎好準備供小皇子服用的。

空氣中瀰漫著淡淡的藥味，趙瑾先是低頭聞了一下，隨後看向藥渣。在裡面挑挑揀揀之後，她挑出幾塊黑色的藥材，在另一份藥渣裡也有類似的東西。

趙瑾盯著兩份藥渣陷入了沈默，眸色微變。「來人，將煎這份藥的太醫給本宮喊過來。」

徐硯走了過來，問道：「殿下，可是有什麼問題？」

「你看看這是什麼？」趙瑾的語氣冰冷。

徐硯湊近一看，再拿起來聞了一下，隨後臉色猛然一變。「是烏頭。」

蘇想容正在為兒子餵藥，聽見趙瑾與徐太醫的對話時，她察覺到了不對勁。「可是藥有什麼問題？」

徐硯回過頭，朝皇后拱手道：「回皇后娘娘，烏頭平時主要用來治療風寒濕痺，但本身含有大毒，不能隨意服用，看這用量，若小皇子殿下服用的是這碗藥……」

他頓了一下，才低聲道：「估計熬不過今夜。」

「啪」的一聲，皇后手中的碗摔在地上，瓷片碎了一地。

雖然她手上的藥是沒問題的，可一想到若不是趙瑾發現了其中的陰謀，她馬上就會失去自己的寶貝兒子，頓時驚懼不已、渾身發冷。

她懷裡發著燒、被哄著喝下藥的小皇子皺了皺眉，嘴裡發出些微嚶嚀聲，又睡了過去。

煎藥的太醫到了，趙瑾一個眼神過去，侍衛立刻控制住了那位太醫。

「皇后娘娘饒命……公主殿下饒命……臣不知做錯了什麼，還請娘娘跟殿下明示！」那太醫沒想到一來就是這種場面，一時之間慌了神。

被請來的是太醫院一個不太起眼的太醫，姓鄒。

「鄒太醫，這藥可是你親自煎的？中途是否假手他人或暫時離開？」趙瑾問。

鄒太醫不明所以道：「殿下，這藥確實是臣煎的，但中途臣出去了一下，交由臣收的徒弟看了一會兒，臣很快便返回了。」

趙瑾抬眸道：「去將人帶過來。」

鄒太醫此時還不曉得發生了什麼事，但見皇后的臉色並不好看，他心裡實在沒底。「殿下，是藥出了什麼問題嗎？」

「鄒太醫，」趙瑾緩緩道：「你既知道這藥是給小皇子服用的，還擅離職守，如今藥裡被下了東西，你說本宮該找誰算帳？」

鄒太醫一聽，瞬間渾身癱軟。小皇子若是喝下他煎的藥而有個三長兩短，他這條小命就不保了。「殿下明鑑，臣絕無害人之心啊！」

趙瑾沒理會鄒太醫。

侍衛回來時，身邊沒帶任何人。「稟皇后娘娘、稟公主殿下，卑職在太醫院附近的荷花池內發現了一具屍體，經查實，就是鄒太醫的徒弟。」

聞言，鄒太醫後背發涼，他看向華爍公主跟皇后，想要說句什麼，卻聽見皇后冷聲道：「拖下去，等本宮查清楚再發落。」

鄒太醫被帶走後，皇后很快便命人徹查今日入宮的人，尤其是接觸過小皇子的，一個都不放過。

皇后的氣勢頗為嚇人。她向來大方得體，也不喜歡處罰人，可人都有逆鱗，那些人觸犯了她的底線。

趙瑾從入宮的名單當中發現了個不對勁的人。她看向伺候小皇子的宮人們，問道：「小皇子白日時見過安華公主？」

一位宮女老老實實地答道：「今日安華公主確實與小皇子殿下接觸過。」

「詳細道來。」

那幾個照看小皇子的宮人說，安華公主入宮時帶了隻寵物，還讓小皇子摸了摸。根據宮人們回憶，那寵物是隻牡丹鸚鵡，看起來有些病懨懨的。

到了這個地步，事情的脈絡漸漸變得清晰起來。

趙瑾召來高祺越道：「去探探安華公主府，看那裡到底有沒有養鸚鵡？」

蘇想容沒這麼多耐心，她道：「瑾兒，本宮召安華入宮豈不更快？」

趙瑾輕聲道：「皇嫂勿急，若真是安華對詡兒下手，皇兄定然不可能輕饒她，怕就怕她背後還有人。」

皇后沒再說話。

安華公主畢竟是帝女，之前與反賊牽扯在一起，也只是讓聖上降了賢妃的位分並讓安華公主禁足罷了。除非他們有十足的把握，否則不宜打草驚蛇。

趙瑾今夜注定得在宮裡過了，正好也能守著小皇子。

第一百章　伺機而動

高祺越在天亮之前回來了，還帶著一隻死鸚鵡。「稟皇后娘娘、公主殿下，臣去的時候，安華公主府上的人正好掐死了眼前的鸚鵡。」

鸚鵡被高祺越拿一塊布包得嚴嚴實實的，趙瑾手一揮道：「交給徐太醫。」

徐太醫接過死鸚鵡後進行了一番檢查，牠確實染了瘟疫。

謀害皇嗣，重罪。何況那是武朝這一代唯一的皇子，未來的儲君。

趙瑾吩咐道：「私下看好安華公主府的人，傳消息出去，道是小皇子感染瘟疫，高燒不退。」

「瑾兒？」蘇想容不解。

趙瑾握住皇后的手，輕聲道：「皇嫂，您應該也想知道是誰在背後給安華出謀劃策吧？」

皇后不再吭聲，默許了趙瑾的計劃。

天還未亮，小皇子染上瘟疫的事就傳遍半個京城，與此同時，京城內發行了報紙，上面刊登了治癒瘟疫的藥方。

小皇子身染瘟疫不見好轉的消息一傳出來，不少大臣都急了，尤其是丞相。

本來就只有這麼一個寶貝皇子，若出了什麼事，對丞相一族來說無疑是巨大的損失。

丞相蘇永銘很快就將矛頭對準了趙瑾。「公主殿下，小皇子殿下養在宮裡，為何會染上瘟疫？還有，您之前說根治瘟疫的藥方已經研製出來，為何小皇子殿下的身體不見好轉？」

趙瑾坐在上方，不躲不閃地對上了丞相的目光。「丞相這是什麼意思，懷疑本宮謀害皇嗣？」

她說起話來不拐彎抹角，這短短一句便將丞相想栽贓到她頭上的意圖明晃晃地搬到檯面上來。

「殿下言重了，臣太過關心小皇子殿下的身體，一時失言，還望殿下體諒。」

體諒。他倒是知道怎麼說話，大概也意識到還不是跟趙瑾翻臉的時候，就算她沒能力與氣魄讓所有人心服口服，她也是聖上親自任命的攝政公主，丞相想拉她下馬，除非證據確鑿。

「小皇子殿下的身體事關社稷，還請殿下如實告知他的狀況。」

「皇嫂正在照顧他，她是小皇子生母，難不成還能害自己的兒子？」趙瑾反問道：「還是說丞相不相信自己的女兒？」

蘇永銘一頓，隨後緩緩道：「那殿下說的瘟疫藥方一事呢？可是已有解決之道？」

趙瑾其實有點想問問丞相究竟是以什麼立場來質問她，就算趙瑾在聖上面前是臣，可眼下對他們而言，她也是君主般的存在。

她說道：「藥方已傳遍京城，到任何一個藥鋪都能配到藥。」

此話一出，蘇永銘不禁愣了一下，但他並未將趙瑾的話當真。「殿下的意思是瘟疫已經解決？」

趙瑾道：「差不多吧。」

一場瘟疫耗費了她不少時間，受陰謀波及而死的人可謂受了無妄之災。

今日上朝之前，京城當中根本沒傳出風聲，現在突然告訴他們瘟疫危機已解，和信口雌黃有什麼區別？朝臣們的眼神滿是不信。

趙瑾不在乎他們在想什麼，她看起來多少有些無心於朝堂，像是迫不及待想下朝。

一下朝，她就迅速往後宮趕，一副很憂心小皇子身體的模樣，這就側面反映出小皇子的情況確實不妙。

等文武百官下朝後各司其職時，京城內的百姓全被新奇的「報紙」吸引了，只要是識字的人，都會從奔走的商販與孩童手中買一張。

報紙對他們來說本就新奇，加上分發報紙的人喊著上面寫有治療瘟疫的藥方，單單為了這點，他們就願意掏錢。

這段時間以來，京城的市集並不算熱鬧，因為這場瘟疫來得突然，出門的人不多。可報紙發行加上瘟疫有解，街道上的活動頓時活絡了起來。

趙瑾抵達坤寧宮時，小皇子已經醒了，小臉蛋紅通通的，身邊只有皇后的心腹守著。外面的人進不了皇后的寢殿，也打探不到真實的訊息。

「姑姑。」趙詡自然不知道外面發生了什麼事，他小聲地喚了趙瑾。

趙瑾伸手探了他的額頭，燒退了。「詡兒，可還有哪裡不舒服？」

小傢伙指了一下自己的喉嚨，咳了一聲。

趙瑾又為他把了一次脈。「今日可服藥了？」

一提到服藥，小皇子的臉就垮了下來，旁邊的宮女代替他回答道：「回殿下，小皇子殿下已經吃過藥了。」

趙瑾點了他的小鼻子一下。「今晚再喝一次藥，過兩天就能出去玩了，乖。」

這次多虧趙瑾警戒心重了些，昨晚那藥若喝了下去，這會兒小孩都涼透了。

趙瑾跟姪子商量起來。「答應姑姑，這兩日就不要出門了，在你母后這裡待著好嗎？」

小皇子很聽這個姑姑的話，乖巧地點了點頭。

趙瑾在坤寧宮待了好一會兒才離開，當日，太醫院端來的藥未檢查出異樣，對方大概是覺得已經打草驚蛇，不好再下手。

僅僅一日的時間，根治瘟疫的藥方以及趙瑾的名聲就傳遍了京城。她不是什麼做好事不留名的冤大頭，這次的藥方雖然不是她親自調配，但很大程度上是借鑑她在臨岳城時寫下的藥方。

這個美名，她無論如何都要擔。對當權者而言，在民間的聲望，可比朝堂上的名聲來得更重要。

公主府被人潑狗血的事還沒結束。被抓的那人有家室，後來也去公主府門外鬧，說趙瑾無緣無故抓了她的相公。趙瑾沒慣著，將這對夫妻都送了官。

在武朝，冒犯皇室不是小事，趙瑾有心追究，這對夫妻絕對討不了好。

崔紹允那邊也沒讓她失望。

審訊犯人後的結果與趙瑾獲得的訊息差不了多少，潑狗血的人確實是受人指使，那對夫妻不無辜，有趣的是那女人在煬王府當差的堂妹。

趙瑾比較了一下那女人與煬王府那婢子青玉的長相，怎麼樣都聯想不到一起，說得白一點，她們兩人不像一家人。

對於這些猜測，趙瑾那邊自然有人會去查，不過趙瑾更急著讓大理寺徹查這場瘟疫的起源。

然而，令趙瑾沒想到的是，這件事也與煬王府扯上了關係。

京城裡的報紙是趙瑾吩咐莊錦曄籌劃的，發行模式由她來定，莊瑾曄是執行人。

輿論與民眾的呼聲緊緊相連，目前報紙還無法日日更新，但對趙瑾的計劃來說已經足夠，下一份報紙上的內容，必須點出有人要為這次的瘟疫負責。

趙瑾要在朝堂上立足，根本不可能靠那些官員，他們心裡各有算計。明面上站在趙瑾這邊的，一部分是為了聖上跟小皇子，還有一部分是擁護正統，真正站在她身後的人寥寥無幾，就連高祺越的心態也有那麼點搖擺不定，他只跟隨能讓自己往上爬的人。

被趙瑾忽悠著上了賊船的靖允世子前來求見。

看著這個與自己同齡的姪子，趙瑾笑得格外「慈祥」，說道：「本宮吩咐你做的事如何了？」

趙景舟被那笑容弄得心裡發毛，他道：「小姑姑，您讓我與京城那些紈袴子弟待在一塊兒，我爹差點沒將我扔出家門，另立世子。」

還有一件事趙景舟沒說，那些紈袴子弟天天穿梭花街柳巷、紙醉金迷，導致他新娶的世子妃不讓他踏進院子裡一步，誰是冤大頭他不說嗚嗚嗚。

「所以本宮吩咐你做的事到底怎麼樣了？」趙瑾又問了一次。

靖允世子無語。他早就知道這個女人沒有心，她看起來嬌滴滴的，實際上心狠著呢。

他不情不願地將自己最近探到的消息全盤托出，尤其是紈袴子弟之間的交友情況，就算只是酒肉朋友，也有不少值得留意的內容。交代得差不多時，趙瑾就瞧見趙景舟一臉糾結。

「有話就說。」她淡淡地道。

趙景舟有些遲疑地說道：「小姑姑，我昨夜看見九皇叔的女婿在聞風樓。」

煬王的女婿？趙瑾問道：「哪個？」

「娶了淮陽郡主的那個。」

淮陽郡主趙霜，煬王的嫡長女，嫡次女趙罄為淮樂郡主。其中淮陽郡主嫁的人，乃是某屆科舉殿試的魁首呂灝，他參加科舉時才十七歲，後來一直未娶妻，正好讓煬王撿了這麼個女婿。

煬王挑選女婿時，據說莊錦曄也在待選之列，但後來淮陽郡主嫁的是別人。

「沒記錯的話，煬王這個女婿如今是戶部的人？」趙瑾喃喃道。

呂灝，擔任戶部侍郎一職，年紀雖輕，卻已在官場耕耘許久。如果可以的話，趙瑾並不想跟戶部對上，他們掌握著民生物資，送往戰場上的東西都要戶部點頭，得罪他們並沒有好處。

趙景舟知曉為君者最是多疑，於是他提醒道：「小姑姑，我只是在聞風樓看見他而已。」

「有看見他與何人在一起嗎？」

「一名女子。」這才是趙景舟關注的重點。

聞言，趙瑾沈思片刻，隨後拿出一張白紙與一枝趙景舟沒見過的筆，在上面畫了好一會兒，最後展示出來。「是她嗎？」

趙景舟目瞪口呆地看著趙瑾手裡的畫。他看得出這是人像，但這與他認知中的人像十分不同，筆觸相當簡單，卻莫名傳神。

「是、是她……」趙景舟結巴了一下。「小姑姑，您是怎麼畫得這麼像的？」

「哦，」趙瑾得到答案之後頗為平靜。「這叫素描。」

從前當個千嬌萬寵的公主太閒了，總得發展一下自己的興趣，於是趙瑾將前世學過的東西撿了回來。素描，在沒有相機的時代裡還挺有用的。

趙瑾看著畫上的人，忽然發現之前調查的方向也許出了點問題。煬王府是有狀況，但有嫌疑的人不一定只在煬王府裡。煬王的女婿跟煬王府後廚的一個婢子認識，挺有意思的。

「小姑姑，您還有什麼吩咐嗎？」

「關心一下你父親的身體吧，這幾日上朝時看他臉色不太好，請大夫去給他把把脈。」

趙景舟沈默了。倒是沒發現小姑姑跟他父親還有那麼點不值錢的兄妹情。

趙瑾的行動力不差，朝堂上那些人剛開始沒反應過來，但很快就意識到趙瑾置辦「報紙」的目的是什麼——她在籠絡人心，只是對象不是他們。

太傅如今看趙瑾時的心情十分複雜，人心最難猜測，太傅敢說趙瑾過去只是個紈袴公主，但在朝堂的高位上坐久了之後，難保她不會生出別的想法來。

在這個時候，趙瑾總算感受到孤立無援的滋味了。

若她是個皇子，是聖上的胞弟，那在這些臣子眼裡，她起碼有一半的機會登上皇位，另一半，是在小皇子登基後被封為攝政王。

趙瑾對當皇帝不感興趣，可唐韞修正在戰場上，如果她不爭，日後戰場上有什麼需要，她完全幫不上忙。

這就是趙瑾覺得悲哀的其中一個原因。國難當前，這些人心裡想的仍舊是爭權奪勢。

小皇子的身體越來越不妙的消息傳得沸沸揚揚，丞相表示想親眼看看外孫的狀況。既然他要看，煬王也想看。

皇嗣的安全非同小可，趙瑾前兩天一直信誓旦旦地表明小皇子會痊癒，如今那些臣子不信了，他們認定小皇子出事與趙瑾脫不了干係。

一個是孩子的外公，一個是孩子的叔叔，趙瑾這時候說不讓他們看孩子，就有點欲蓋彌彰的意思了。

趙瑾果斷拒絕了他們。「小皇子正在養病，你們都與他不熟悉，不合適。」

煬王看著趙瑾，蹙起了眉。這一瞬間，他又有些看不懂趙瑾這個人了，她看起來不像是對皇位有野心，但她眼下的所作所為，求的又是什麼？

「殿下當真不讓臣等見小皇子殿下一面？」蘇永銘已經失去耐心，他說道：「小皇子殿下是聖上唯一的皇子，他怎容殿下這般放肆，臣要面聖！」

趙瑾有恃無恐道：「丞相儘管去就是了，本宮倒想知道你能不能見到皇兄。」

丞相氣憤地拂袖而去，剩下煬王在原地一臉懷疑地看著趙瑾。

趙瑾道：「九皇兄還不走，是打算留下來用午膳？」

「妳究竟想做什麼？」趙鵬問。

趙瑾不答反問。「九皇兄覺得皇妹想做什麼？」

煬王沒得到答案，也打算離開了，他臨去之前留下了一句話。「如果謀害皇嗣，本王絕不會袖手旁觀。」

就在煬王回府後不久，他幾個兒子都進了書房。

「父親，眼前正是大好機會。」煬王府世子說道：「聖上抱恙，小皇子殿下狀況不明，小姑姑一介女流，朝中不服她的人多得是，若您願意，那皇位……」

剩下的話他沒說出來，但所有人都明白他的意思。

煬王有一個很明顯的優勢，就是他有兵權。當初返京時聖上顯然也忌憚他，然而不知為何，過了這麼久，他都沒要走煬王的兵權。如今的局勢，只要煬王想，皇位他是坐定了。

那些煬王府的公子們也是這麼想的。若煬王登上皇位，他們的地位就跟著水漲船高，這種百利而無一害的事，不會有人無動於衷。

趙鵬看著他的兒子們，一句話打破了他們的幻想。「你們想得到的事情，聖上難道想不到？」

煬王一直覺得此事哪裡不對勁，卻又說不出來，唯一能確定的是，目前不宜輕舉妄動。

趙鵬又說道：「聖上手中也有兵權，就算他病了，誰能保證華爍公主不能調動那些將士？」

「父親，聖上怎麼會將兵權交給別人呢？」煬王的二兒子道。

何況趙瑾並非皇子或王爺，只是個公主而已。

過去確實有御林軍守著公主府，可那些御林軍本質上是聖上的人，不過是保護攝政公主的安全罷了，說得直白些，說不定還負責監視她。

趙鵬幽幽地看著擺在桌面上的硯臺，警告自己這些兒子道：「聽著，不要採取任何行動。」

針對這個決定，煬王的兒子們雖然不解，卻也沒有忤逆他們父親的意思。

顯而易見，煬王是典型的封建時代大家長，手裡掌握治家的一切權力，他，就是煬王府的天。

煬王這邊沒動靜，不代表別人那邊沒反應。

丞相求見聖上不得，竟聯合朝中多數臣子上書彈劾趙瑾，罪名挺大的——謀害皇嗣。

趙瑾看見他們列出來的罪狀時都不禁瞪大了眼，站在她旁邊的趙景舟也倒抽了一口氣。

「小姑姑，這事聖上不管嗎？」趙景舟戰戰兢兢地問道。

「皇兄不知道。」趙瑾冷靜地回道：「這奏摺被本宮攔截下來了。」

一聽這話，趙景舟的腿更軟了。「小姑姑，小皇子殿下還活著嗎……」

趙瑾咬牙切齒地看了面前的人一眼。「你猜你能不能活著見到明天的日出？」

聞言，趙景舟害怕極了。

「小姨，您逗他做什麼？」一道爽朗又帶著幾分調侃的女聲傳來。

——未完，待續，請看文創風1267《廢柴么女勞碌命》5（完）

2024年2月出版

嗆辣廚娘真千金

文創風1235~1237

不管是不是「郡主」，廚藝方為立身的根本！
既要發展餐飲事業，又要面對競爭對手的威嚇跟殺手的追擊，
她這個鄉野出身的小姑娘，也招惹太多怪人了吧……

劇情布局操作高手／咬春光

除了一身傑出的廚藝，沈蒼雪最佩服自己的就是唬人的功夫，
看看，財主家的兒子不就被她三言兩語哄得一愣一愣，
輕易就跑回家拿出大筆資金供她創業了嗎？
說起來，開間包子鋪、賣些吃食的對她而言根本是小菜一碟，
畢竟她穿越過來之前年紀輕輕就獲得料理比賽冠軍了，
真正需要花心思的，反而是在如何訓練出好員工。
瞧聞西陵這小子，模樣跟體格都好，偏偏頂著一張死人臉，
好不容易將他「調教」成功，他卻要返京做回他的將軍？!
行，反正她也得去京城解開身世之謎、揪出害死養父母的凶手，
到時候可別怪她把他拎回臨安當他的「工具人」！

2024年2月出版

夫人請保持距離

文創風 1232~1234

這些人總鄙視商戶貶低她名聲，
但這名聲好壞於她來說又不值錢，
縱使他們擁有一身清譽，
可真正能辦好事情的是她家的財富！

預料之外的婚約，握入掌心的鍾情／拾全酒美

首富千金秦汐帶著金手指，回到家中受誣陷而家破人亡前，
她一掃上輩子的迷障，看清環繞秦家周遭的魑魅魍魎，
並加快腳步，為甩開針對她家的陰謀詭計做準備。
暗示商隊可能被塞了通敵信函，學會漠視虛情假意的親戚，
並利用空間裡的水產，與貴人結下善緣，爭取靠山。
多項事務同時進行下，蝴蝶翅膀竟搧出前世不存在的婚約，
對象是赫赫有名不近女色的小戰神暻郡王——蕭暻玹。
儘管她不願早早嫁人，卻也不擔心這門婚事能談成，
對於外頭頻傳秦家挾恩逼王爺娶商女的流言，她更不在意。
誰知不但惹來皇上賜婚，那前世敢抗旨的小戰神也一反常態，
提議先假成親，待一年後他自污和離，以維護她名聲。
這條件對她皆是有利的，而且秦家與他也有更多合作空間，
且思及上輩子此人無論是行事作風及人品，皆可信賴，
不就是一種契約婚姻？他既然願意，她又怕什麼呢？

2024年2月出版

請進！美味飯館

文創風1229～1231

他是個不可多得的好男人，許多女人都想要，她也想，
可是，這份感情終究不是給她的，而是給另一個女人的，
她不能奪走屬於原身的深情，不然，她與小偷有何區別？
然而，他正在蠶食鯨吞她的心，她無法控制被他吸引，
如果他繼續守在自己身邊，她不知還能不能守住這顆心……

借問美味何處尋？
路人遙指楊柳巷／一筆生歌

孤兒出身的米味因從小就對廚藝極有興趣，所以努力靠自己白手起家，
最終她自創品牌，成立了世界知名的食府，站在美食金字塔的頂端，
因有感於生活太忙碌，她想好好放個假，便把事業交託給徒弟打理，
不料還沒享受人生，她就意外地車禍喪命，再睜眼已穿成個古代姑娘，
而且頭部受傷又懷有身孕，偏偏她腦中對這原身的一絲記憶都沒有！
幸好寺廟的住持慈悲收留，母子倆一住四年，過上夢想中的鹹魚生活，
可惜好景不常，為了兒子的小命著想，母子倆不得不離開，踏上尋親之旅，
只因兒子自出生起，每月便要發病一次，發作時會全身顫抖、疼痛一整天，
住持說孩子身中奇毒，既然她很健康，那問題顯然出在生父身上啊，
想著孩子的爹或許知道如何解毒，母子倆便循著住持占卜的方向一路向北，
哪怕人海茫茫，她也要帶著孩子找到他爹！
為了養活娘倆，看來她得重操舊業賣拿手的美食佳餚才能快速賺錢了，
貪多嚼不爛，她先弄了個小攤子賣吃食，打算日後攢夠錢了再開間飯館，
期間聽客人說，曾在京城看過跟她兒子長得很像的人，那肯定是孩子生父啊！
於是她二話不說，包袱款款就帶著孩兒直接北上進京尋父救命去了……

文創風 1266

廢柴么女勞碌命 4

國家圖書館出版品預行編目資料

廢柴么女勞碌命 / 雁中亭著. --
初版. -- 臺北市 : 狗屋出版社有限公司, 2024.06
冊 ; 公分. --（文創風 ; 1263-1267）
ISBN 978-986-509-529-1（第4冊 : 平裝）. --

857.7 113006130

著作者	雁中亭
編輯	連宓均
校對	沈毓萍
發行所	狗屋出版社有限公司
地址	台北市104中山區龍江路71巷15號1樓
電話	02-2776-5889～0
發行字號	局版台業字845號
法律顧問	蕭雄淋律師
總經銷	知遠文化事業有限公司
電話	02-2664-8800
初版	2024年6月
國際書碼	ISBN-13 978-986-509-529-1

本著作物由北京晉江原創網絡科技有限公司授權出版

定價290元

狗屋劃撥帳號：19001626

網址：love.doghouse.com.tw E-mail：love@doghouse.com.tw